母に牽《ひ》かれた住まいの遍歴

石津一成

鳥影社

母ヒサ（満88歳）

母に牽《ひ》かれた「住まいの遍歴」

目次

はじめに……7

第一章　北野（京都市）の巻

一節　北野（京都市）①……11
二節　等々力（東京）……30
三節　北野（京都市）②……32
四節　水上町（群馬県）……45
五節　椎葉村（宮崎県）……50

第二章　山科（京都市）の巻

一節　山科（京都市）……57
二節　日之影町（宮崎県）……62
三節　西郷村（宮崎県）……67
四節　津川町（新潟県）……70

第三章　大山崎（京都府）の巻

一節　大山崎（京都府）……77
二節　川崎（川崎市）……90

第四章　城陽（京都府）の巻

一節　城陽（京都府）……97
二節　六甲（神戸市）……107
三節　カルカッタ（インド）……114
四節　ミスラタ①（リビア）……118
五節　甲南（神戸市）……142
六節　ミスラタ②（リビア）……145

第五章　須磨（神戸市）の巻

一節　須磨・高倉台①（神戸市）……151
二節　ミスラタ③（リビア）……156
三節　須磨・高倉台②（神戸市）……164
四節　須磨・高倉台・マンション（神戸市）……181
五節　仁川（韓国）……185
六節　須磨・高倉台③（神戸市）……193
七節　三宮・マンション（神戸市）……217
八節　須磨・高倉台④（神戸市）……227

第六章　御影（神戸市）の巻
一節　御影山手・マンション（神戸市）……247
二節　六甲アイランド・マンション（神戸市）……253
あとがき……258
参考資料……263
主人公の略歴……268

母に牽《ひ》かれた　住まいの遍歴

石津一成

はじめに

衣食住は、人が生活するための根本である。「衣食足りて礼節を知る」という中国伝来の言葉があるが、「住」はどうか、住が足りるとはどういうことか。「起きて半帖、寝て一帖」もあれば人間一人には充分か。鎌倉時代の歌人・鴨長明は、十尺四方の庵に隠遁して、著わした『方丈記』で、「行く川の流れは絶えることがなくて、もとの水と同じでない」と言いながら、「仮の住居は、誰のために苦心し、何にもとづいて目を楽しませるのか。その主人と家とは、常に変転する」と述べている。はたまた、「九尺二間の棟割り長屋」を最小の家と言う考えもある。一帖半の土間に玄関と炊事場があり、四帖半の部屋があるだけで、庭はない。表にある共同便所と井戸端の空間が前庭と道路・広場になっている。私が子供の頃、現実にそのような家が京都には多くあった。通りに面して並んだ町家の間に、人一人がやっと通れる路地の奥に、多少開けた土地の真ん中に、共同便所と手動ポンプの付いた井戸の洗い場があり、それを囲むように五軒から八軒の小さな家が並んでいた。

ともあれ、人は住まいなしでは生きられない。人によっては、生まれた時から亡くなる時まで、一生涯住まいを変えないこともある。老舗の商店やお寺などの家業を代々引き継いでいる人達は、大概そうであろう。私の知人や友人にも、本人が生まれた住まいに、現在もそのまま暮らしている人が多く見られる。その家に生まれ育ち、学校に通い、その家から会社に通勤し、その家で結婚し、子供を育て、定年後もそこで余生を送っている。ある意味、それはそれで結構幸せな暮らしに違いない。その住まいが、その人の七十年、八十年の人生に十分耐えられる適当な住まいであったからだと思う。

　私の場合は違う。生まれ育ち、そして社会に出るまで、私の住まいは、京都の街中の路地にある狭く古い長屋で、しかも借家であった。子供心に一軒家の持家に住む友人が別世界の人のようで羨ましかった。その長屋で、その間、祖父母、両親、妹達と暮らし、まず、大阪の会社に就職した。仕事の性質上、間もなく地方への長期、短期の出張が始まった。それに絡まって、母の鬱積した住まいへの思いが顕在化し、最初の長屋を勘定に入れると、現在まで六回住まいを変わった。六回目の神戸御影の住まいのみ私の選択であったが、それも母の思いを忖度《そんたく》した結果の住まいである。それ以外は、母の絶対的な意思で決められた住まいばかりであった。家族の住む住まいとは別に三回、書斎を替えたが、その内一回も、父を巻き込んだ母の気ままな行動が基になっている。まさに、母に振り回された私の半生であった。しかし、一方では、母の思いに添ったお陰で、普通、一生に一度の大きな買物と言われる住まいを、その時々の生活事情に合わせて、思い切った遍歴を重ねることが出来たんだという感謝の気持ちも、今では感じるようになった。周囲の人から私を見れば、〝年年歳歳花相似たり、歳歳年年「住まい」同じからず〟であったのではないか。

　ここでは、それに加えて、父の転勤による東京での間借り住まいと、私が業務上の長期出張時に住まいとしていた所（海外も含む）も何ヵ所か記載し、「母に牽《ひ》かれた住まいの遍歴」とした。

　内容は、主人公の「私」岩成一樹の自分史的な意味を持つ、この上ない個人的な記録・情報であるが、「住まい」や「海外出張」に興味をお持ちの読者の皆様に、この一部分でもご参考になればと考えて、敢えて、生の記録をそのまま供覧する次第である。

　この本を、今は亡き母に捧げる。

第一章　北野（京都市）の巻

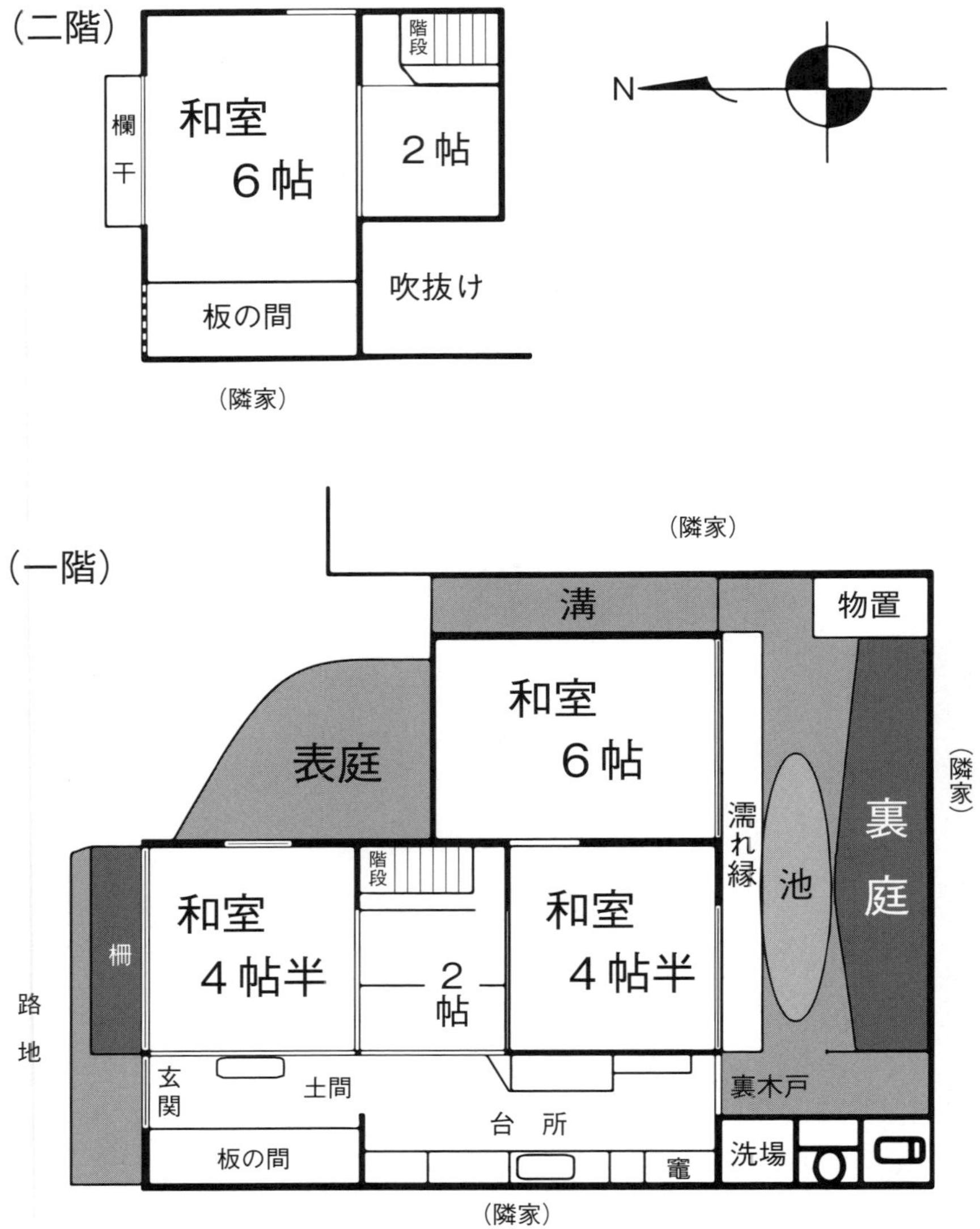
（二階）
階段
欄干
和室 6帖
2帖
吹抜け
板の間
（隣家）
N
（一階）
（隣家）
溝
物置
表庭
和室 6帖
濡れ縁
池
裏庭
（隣家）
柵
階段
和室 4帖半
2帖
和室 4帖半
路地
玄関
土間
台所
板の間
竈
洗場
裏木戸
（隣家）

図—1　**京都　北野の家**

一節　北野（京都市）①

1

もの心がついた時には、この家に居た。（図—1参照）八軒長屋の東端で床面積約六二平方メートル（約一九坪）、土地面積約七八平方メートル（約二四坪）で、玄関から裏庭まで通り庭のある典型的な京都の町屋である。所在は北野天満宮の南に広がる旧態依然とした街の真っただ中にある。家族では「北野の家」と言い慣らして来た。祖父「保多《やすた》」が祖母「ひさ」とまだ幼い父「保治《やすはる》」等五人の子供達を連れてこの家に引越して来たのは明治四十五年（一九一二）一月のことだった。新築されたばかりのこの長屋、京都府の巡査を勤めていた祖父が、家主から是非入居してくれと頼まれ、一番先にこの長屋の東端の家を選び入居したらしい。既に築百年になるこの家は、今もほぼそのままの姿で健在である。

もっとも当初、一階は四帖半二間に二帖の台所、二階は図に示した七帖半の間は、四帖半と三帖の物置のようであった。野村胡堂原作の「銭形平次捕物控」で、岡っ引きの平次が江戸・神田明神下に住んでいた家が、平屋ながら「六帖二間と二帖の茶の間という狭い家」と書かれているが、二階はあるものの、八人家族には狭苦しい家だったと思う。そのため祖父母は、入居後間もなく東側の空き地に六帖間を手造りで建て増しし、二階も物置をなくして一間に拡大したのだろう。また、通り庭の一角に井戸があったようで、水道が引かれていなかった頃は、炊事はこの水に頼っていた。上水道が引かれた後もしばらくは、と言っても私が小学校低学年の頃までは向かい側の十軒長屋と合わせて十八軒で四ヵ所の共同の炊事場が、表の路地の両側、軒下に設置されていた。魚や煮炊き物の野菜もそこで洗うため、それぞれの食事の内容が他の家の者によく分かった。また、夕飯の支度時にはその炊事場に米を入れた羽釜が何個か並び、住民が譲り合って順番に水道を使用していた光景を憶えている。当時、京都の街中にはこのような長屋（平屋が多い）が路地奥に多くあり、中には路地奥の広場の中央に共同井戸と隣り合わせて共同便所もあり、テレビの時代劇に出てくる庶民の家とほとんど同様であった。

2

私は昭和十三年（一九三八）七月七日にこの家で生まれた。実は、生まれたのは福井県下の母の郷であるが、子供時代を過ごし、育ったのはここである。

戸籍上は、私の誕生日は八月七日となっている。丁度一ヵ月遅れた理由は、名前が決まらなかったからという単純な原因であった。祖父保多は自分の子供達に自分の名の一部である「保」の字を付けた。すなわち、長男保治《やすはる》、次男保憲《やすのり》、三男保親《やすちか》である。その上、次女輝子《てるこ》の長女は保子《やすこ》と命名したのが二年前であった。内孫として初めての私には「保雄」という名前を考えていた。父母を差し置いて強く主張していたらしい。一方、母方の祖父は、現代的な感じのする「一樹《かずき》」が良いと主張し、折り合いが付かぬまま時が過ぎてしまい、結局、父が「保」を付けるのを嫌い、母が「一樹」を好み、そう命名することで収まり納得した。そのため、ようやく八月十一日になって役所へ八月七日生まれとして届け出た由。しかし、祖父はそれで収まらず、三年後、次男保憲に生まれた長男に一字で「保《たもつ》」と名付けた。

私は昭和十九年（一九四四）四月、北野幼稚園に入った。幼児の足では二十分程度の所にある幼稚園、近所から一緒に行く者は居らず、いつも一人で通園した。途中にある小学校の正門の両脇には、必ず六年生と思しき背の高い生徒が六尺棒を持って直立不動で警護していたが、時々、こちらと目が合うと棒を動かして脅かすので、門前は走って逃げるように通り過ぎるのが常であった。

その仁和《にんな》小学校に入学したのは終戦の年、昭和二十年（一九四五）四月であった。入学後、間もなく戦況が悪くなり、母も身重だったことから、五月には京都を離れて、福井県南条郡の母の親元にその時五歳の妹里子《さとこ》共々疎開した。米軍による京都空襲の被害を避けるためであった。

当時、京都市内の小学校の五、六年生はクラス毎に、担当教師と共に集団で京都府北部の山間や海岸の町に疎開していた。低学年の生徒は親族に連れられて田舎の親戚を訪ねて疎開する者がいた。しかし、どの程度の生徒が疎開していたのかは知らない。京都にそのまま残っていた友人も多かったと思う。

私は福井県でその村の小学校に転入した。授業中教室の窓から、目の下の運動場で男子上級生が在郷軍人の指揮の下、棒竹に括り付けた藁《わら》人形を号令と共に竹槍で突き刺す教練を繰り返し受けていたのを見た覚えがある。また、私自身は敵の空襲に備えて同級生と防空壕に避難したり、担当教師に付いて近くの山に逃げ込む訓練を受けた。当時はそんな田舎でも大変な緊張状態にあった。

そうこうする内、母は七月十四日に妹の綾子《あやこ》を出産した。ある夜、郷の家の庭から東方はるか彼方の空が一面真っ赤に染まっているのが見え、敵の空襲による火災で街が炎上していると聞いた。後に知ったが、それが七月十九日の福井市大空襲であった。しばらくした八月十五日、郷の家の広い板の間に家族全員が集まり、天皇陛下の玉音放送「終戦の詔」をラジオで聞いた。一年生の私は意味が分からぬまま、皆と一緒に黙って聞き入った。陛下のお声は雑音に混じり、高くなったり低くなったり波打って聞こえていたのが今も耳に残っている。

3

八月末、母の郷から京都・北野の家に帰った。真っ先に気付いたのは、奥の四帖半の間の仏壇の前に、一対の置き提灯に灯が点り、釣鐘状の渦巻き線香から煙が上がっていたことである。祖父保多が、我々が疎開で留守中であった一ヵ月ほど前の七月二十日に亡くなっていたのである。満七十歳であった。私の知っている祖父は、いつも庭木か植木鉢の木の手入れをしているか、台所の二帖間で一人酒を飲んでいる姿である。幼稚園の頃か、祖父が大事にしている裏庭の枇杷《びわ》の木の皮を、ナイフで四角に剝ぎ取り傷を付けたことがあった。祖父はそれを見て顔色を変えて怒り、大声を上げて私を追っかけて来た。私は家の前の路地から表通りの角まですっ飛んで逃げて振り返ったが、そこまで追っては来なかった。小さくても元気な子供の脚は速かった。直ぐには家に帰れず、何時間か経過してどのように帰ったかまったく憶えていない。枇杷の木は根元が子供で一抱えもある太く大きな木で、初夏から夏にかけて種が大きく果肉の薄い、比較的小さな実が鈴なりにでき、学友や近所の子供と大屋根の上まで登り、集果した。祖父とは時々、家族で「離れ」と呼んでいた祖父の居室である奥の六帖間の寝床で一緒に寝ることもあったが、いつも酒臭く頰擦りされた時、無精髭《ぶしょうひげ》が痛くて、正直嫌であった。残っている写真では、この家の玄関前で、羽織袴《はかま》姿の祖父の横にいて、絣《かすり》の羽織着物姿の二歳の私が、撮影を見ている母の方に下駄履きの片足を上げて駆け寄ろうとしている写真（写真―1）がある。また、裏庭の椅子に白いシャツ姿で腰かけた祖父の膝上で大人しくしている五～六歳の私の写真もある。傑作は、昭和十九年（一九四四）、父保治の弟、叔父の保親が出征する時、燕尾服を着て胸を張り得意顔の祖父の横で「撃ちてし止まん」とおそらく祖父が励ましのため墨書した紙片を両手で掲げて、自我に目覚めつつある坊主頭の私が、何とも嫌そうに写っている写真である。今それらの写真を見て、いずれも現在の私よりはるかに若い祖父が頭髪も口元の髭も真っ白で、いかにも爺さんに見受けられるのはどうし

写真－１　京都・自宅玄関前、
祖父（満65歳）と私（満２歳）

てであろうか。亡くなった病名は酒過飲による胃潰瘍であった。

北支に出征し、その後、南方に転戦した叔父保親は、翌昭和二十年（一九四五）三月二十八日シンガポールを発って、本国福井県敦賀《つるが》港を目指していた貨客船「阿波丸」に負傷兵として乗船していた。四月一日夜半台湾海峡を航行中の阿波丸は、アメリカの潜水艦・クイーンフィッシュ号による四発の魚雷攻撃で撃沈され、叔父は二〇四五名の人々と共に亡くなり戦死となった。殉難者は、東京都港区の芝増上寺の境内にある阿波丸殉難者合同慰霊碑に、名前を刻まれて祀られている。叔母の妻笠間静枝とは、出征直前に急遽結婚式を挙げ、披露宴を行っており、結婚の翌年の二月（叔父保親が亡くなった前月）十九日に笠間家への婿養子の婚姻届を出したばかりであった。遺された叔母も四年後には肺結核で病死している。

4

祖父保多は福井県の出身である。現在の越前市武生《たけふ》の東方池田村で生まれた。その地方の旧家で、遠く鎌倉時代から現在まで約八百年間四十代にわたって続く岩成家三十六代、治郎兵衛《じろべえ》・知周《ともちか》の五男である。本家に伝わる古文書に依れば、真偽のほどは判らないが、信濃源氏の祖とも言われる源為公《ためとも》が、前九年後三年の役の武功により、初めて北伊那の地（現在の長野県箕輪町《みのわ》）に領地を得て、天竜川左岸の小高い丘陵地に上の平城を築き、南信濃に勢力を持った。その孫である源為實（岩成の三郎と号した）の代に信濃国椚《くぬぎ》原庄岩成郷（現在の長野県上高井郡小布施町岩成・千曲川の畔）に移住、その子為信が岩成姓を名乗り岩成家第一代となった。現在、同地の栗畑の中に、「岩成居館跡」という標識柱が立ち、岩成公会堂の敷地には「からめては栗で埋りし御堀哉」という小林一茶の句碑がある。源朝臣為信は、同じく信濃源氏である木曾義仲の平家追討の下知に応じて挙兵し、福井県今庄の燧城《ひうち》防衛戦でいったん敗れて、同地の宅良郷《たくら》に土着したが、寿永二年（一一八三）五月の倶利伽羅峠の戦いで平家を駆逐して、その後何代かで付近を治める守護職に任ぜられ、岩成家一族が現在の池田町一帯に跋扈《ばっこ》するようになった。二十一代岩成為久の時、越前一乗寺に本拠を構える浅倉家の家臣として岩成伊賀守となり、領内に居館（城）を構え城主となった。その後、越前府中（現在の越前市武生）の城主・本多富正《とみまさ》の家臣として徳川家康側で大坂夏の陣に出陣して武功を挙げた。以後、二十八代岩成景恒の時、武士を捨て農業に専念しながら神仏興隆に尽力、菩提寺である浄願寺を創建したり、氏神八幡神社の規模拡大、改築などを行った。

私の曾祖父三十六代岩成知周は先代の長女の婿養子であり、長男治三郎が二歳の時先代が亡くなったため、治三郎を養子として育て、長じた後、三十七代岩成家当主にした。これにより知周の実子である祖父保多等は岩成の分家となった。祖父保多は他家に養子として出されていたが、明治二十四年（一八九一）十一月、十六歳の時、父知周が死去、同時に養子であり母ついの実の弟である兄治三郎が三十七代当主になった。祖父保多は翌二十五年（一八九二）三月養子先を離縁して岩成家に復籍、翌二十六年（一八九三）二月に兄弥五郎が退隠したため、岩成分家の家督を相続した。退隠した兄弥五郎は同年七月他家の婿養子となり出て行った。祖父は明治三十年(一八九七)、二十一歳の時、福井県巡査を拝命、教習生としての初任給四円の官吏となった。当時巡査の初任給は八円程度と言われていたので、その半分程の給与の教習生が社会人としての出発点であった。家督を継いだ分家の資産は知れたもの、経済的な理由により官吏として勤務せざるを得なかったのかも知れない。先ず三国警察署丸岡警察分署に勤務、山竹田巡査駐在所から三方警察署の南前川駐在所勤務、そして粟田部警察分署に在勤中の明治三十四年四月、約四年間で福井県警察部を退職した。

その間、記録は定かではないが、明治三十二年（一八九九）に池内家の娘婿として養子縁組を行い、翌明治三十三年（一九〇〇）に長男の清を儲けたが、離縁している。その直後、どのような伝手があったのか京都に出て来て明治三十四年（一九〇一）五月、京都府の巡査を拝命した。伏見警察署勤務を皮切りに中立売警察署、上長者町警察署、綾部警察署（単身赴任か）、伏見警察署、五條警察署、川端警察署と勤務先を歴任している。

住所は京都御所近くの中川方となっている。母ついを福井県に残して単身の京都暮らし、記録はないが、恐らく間借り生活ではなかったのか。京都に移って一年余り、職場の上司である五條警察署長から姪のひさを紹介され、結婚した。祖父二十八歳、祖母二十五歳であった。余談ながら、祖母の叔父に当たるこの署長は、当時、自宅から警察署まで馬丁を伴って馬で通勤していたらしい。

この家で、翌年明治三十六年（一九〇三）九月から明治四十五年（一九一二）一月までの八年余りの間に、嘉寿栄《かずえ》、輝子、保治、秀子《ひでこ》、保憲、鶴枝《つるえ》の二男四女六人の子供をたて続けに授かった。次女輝子は、長男保治（私の父）と年子であったため、保治が生まれて間もなく祖母ひさの親元に里子として預けられたようである。それでも計七人の大家族、とても部屋は一つでは足りなかったと思われる。

この家で次男保憲が生まれる頃、母から聞いた祖母の話として、後の日本画の大家、福田平八郎《へいはちろう》氏が田舎から出て来て京都の絵の学校に入り、この家で下宿していたとのこと。賄い付きではなかったようであるが、洗濯は祖母がやっていたそうである。この話からすると、祖父は部屋借りではなく一軒家を借りて、その内一間を福田氏に貸していたのではないかと思われる。祖父の安い給与だけでは足りず、狭い家ながら少しでも家計の助けとなる下宿料を稼いでいたのかも知れない。今、福田画伯の経歴を調べてみると、明治四十三年（一九一〇）に十八歳で大分県から京都に出て来て、京都市立絵画専門学校に入学しているので祖母の話が裏付けられる。

巡査としての祖父のこの十年間は、大家族を養うためにも大奮闘を強いられたようである。手元に残る辞令や文書から見てもそれが判る。月俸は一〇円程度から一九円まで昇給する一方、部署替えは前記のようであったが、色々な特別業務に従事している。伝染病予防救治五回、明治天皇行幸警衛、検疫委員、コレラ予防救治勤務など、窃盗犯五人、私書偽造行使委託物消費犯、詐欺取財犯三人、放火犯などの捕獲業績があった。その都度特別手当として一円五〇銭から五円が給付され、犯人捕獲では五〇銭から一円の給付、放火犯捕獲は特別功労金として、他の場合と比較して格段に多い功労金一〇円を給付されている。その代わり検疫委員の時に腸チフスに感染罹病《りびょう》して給助料一二円と療治料八二円を貰ったり、職務遂行上の負傷で療治料五円七〇銭を給付されたり、明治三十八年（一九〇五）九月には市内の岡崎博覧会会場に於いて開催された、日露戦争の講和問題に関する市民大会の警護に出向いた折、群衆中から投げられた小石が右目に当たり、十五日間の治療が必要になるなど、相当危ない仕事もやったようである。右目負傷に対して給付された療治料は、五円七〇銭であった。今で言うボーナスは、職務勉励慰労金という名目で、一年に一回、年末に三円から六円の一時金が給付されたが、月俸の三分の一から四分の一という少額であった。

そんな中、冒頭に記したように、明治四十五年（一九一二）一月、祖父保多は祖母ひさと幼い父保治等五人の子供達を連れて、新築されたばかりのこの北野の長屋に引越して来た。家賃は幾らか記録にないが、新築の上、恐らく前の家より広かったのであろう。早速、祖母の親元に里子に出していた次女輝子（当時六歳）も引き取り、一家八名となった。時に長女嘉寿栄は九歳、長男の父保治は五歳、祖父保多は三十五歳の働き盛り、まだまだ頑張らねばならなかった。警察では明治四十三年（一九一〇）に巡査部長に昇進して、横領犯、賭博犯、取引所法違反犯、窃盗犯三人の捕獲や昭憲皇太后大喪に関する尽力などで功労があったと表彰される活躍をした。

子供はその後も、大正三年、五女夏子、大正七年、三男保親とでき、合計一〇名の大家族が揃っていた。

そんな時の大正八年（一九一九）七月、唐突に四十四歳の祖父は警察を依願退職した。退職して約一ヵ月後に「疾病に罹り其職に堪えず」と退職事由を示して、巡査退隠料請求書を京都府知事宛に提出したようであるが、どのような病気に罹《かか》ったのか、また、退隠料が給与されたかどうかの記録がない。母が祖母から聞いた話として、以前の部下が次々に先に昇進したことに対する不満がつのり、発作的な退職であったのかも知れない。当時、自己都合による退職には、退職金が支払われないという規定があったのか。京都府警察での勤続年数十九年、退職時の月俸は二三円であった。頑張りの割には余り報われない仕事だったようである。

ところが、警察を退職した同年同月、祖父は、証券取引を扱う㈱京都證券取引所に、守衛長として就職している。警察時代の経験を買われたようで、月給も二円高い二五円となった。

警察を辞め、間を空けることなく京都取引所に就職して、若干でも給与も上がり、落ち着いたかに見えた翌年の大正九年（一九二〇）七月、大阪にいた実兄の大野弥五郎の次女マサヲ二十一歳と長男弥一十七歳を、この北野の家に引き取り同居させた。兄弥五郎が大正三年（一九一四）一月に死亡、兄嫁シヲはその前の年の六月既に亡くなっており、その後は長女のマサヱが兄弟の面倒を見ていたが、マサヱも大正七年（一九一八）九月に、京都市上京区の西森家に嫁いだため、遺された子供二人を引き取ったのである。

この時、岩成家の家族数は計十二人と最大になった。大野姉弟二人の同居は、弥一が祖父の次女輝子と従兄妹同士で結婚する昭和二年（一九二七）まで続いた。収入は祖父一人の安月給、大家族を抱えた祖母のやりくりは大変なものであったと推察される。

大正十年（一九二一）十二月には、長女嘉寿栄が十八歳で笛吹文吾（母ヒサの父の実弟）と結婚、翌大正十一年（一九二二）三月には、父保治が京都實習商業学校を卒業、十五歳であった。それを待ち侘びていたように、四十六歳の祖父は、六月に慰労金（退職金）一〇〇円を貰って㈱京都證券取引所を依願退職した。父保治は祖父と入れ替わるように十月一日、同所に就職した。十五歳の見習い小僧であったが、ようやく長男が働き稼げるようになった記念すべき年である。

大家族の貧乏所帯を何とかやりくりした祖母ひさは兵庫県丹波竹田のお寺の娘であった。寺は高野山真言宗の鎌倉山清薗寺《せいおんじ》である。父は第十八世大阿闍梨《だいあじゃり》・宥天和尚と呼ばれた依田宥夫《ひろお》であった。当初は七堂伽藍《がらん》を配する大きな寺であったが戦火で焼失し、現存するのは本堂・東の坊・仁王門・鐘楼・総門である。総門には左甚五郎《ひだりじんごろう》の彫刻が残り、築山式枯山水の庭園も有名である。ただ、曾祖父・宥夫の子は三人の娘だけで、跡継ぎの息子が居なかったため、宗門の掟により、父の和尚が亡くなると、曾祖母と祖母ら三姉妹は、和尚が代替わりした寺を出なければならなかったらしい。親戚に身を寄せていた祖母は、叔父の計らいで祖父と結婚することになった。その祖母から見ても祖父保多は相当見栄っ張りであったようで、自治会の役員や各種団体の委員を自ら進んで務め、ろくに収入のない家計から惜しげもなく学校や国に不相応な寄付をしていたようで、色々な感謝状が多く残っている。

これまた余談ながら、曾祖父・依田宥夫は依田（余田）源内の次男であったが、当時、丹波国下竹田樽井に住んで居た源内は、幕末の福知山藩主・朽木《くつき》氏の最後の家老職であったという話も伝わるが、記録で確認していない。

6

父の就職を機に無職となった祖父保多は、趣味でガラクタに近い骨董品《こっとう》を集めたり、嵐山や宇治方面に大きな投網を持って魚獲りに夢中になったりした。また、かなりの大酒のみで、夜遅く呑み屋の付け馬と一緒に帰宅し、勘定を祖母に払わせることもしばしばであったらしい。そのような六年間の徒食のあと、昭和三年（一九二八）九月に祖父は自宅真向かいの家一軒を借りてタテマキ工場を開業した。

北野の家は、広い意味での西陣にあり、周辺一帯は西陣織の家内工業街である。工場開業当時、向かい合わせ二棟の長屋計一八戸の内、九戸は自宅内に織機を据え色々な織物を生産していた。西陣織は、先染めした糸で紋様を織り出すものであるが、まず図案を考え、それに応じた糸を準備するなど、織るまでに実に多種の工程がある。西陣の織物は、少ないもので三〇〇〇本から、多くは八〇〇〇本の経糸《たて》が使われている。織物に必要な長さと本数の経糸を準備するのが整経である。また、緯糸《よこ》を準備する工程は緯巻《ぬきまき》という。さらに経糸に注目すると、①手経《てべい》、②経巻《たてまき》、③経継《たてつぎ》、④製織《せいしょく》という四工程がある。

① 手経は、織物を構成する経糸と緯糸のうち、経糸を準備する段階で、経台を用いて、布の幅を作り出す為の経糸の本数を引き揃える工程である。一定の本数ずつ、最終的に織る織物の長さの糸を、綜《あぜ》をとり手経の機具（経台）に巻き付けるのである。ここに綜とは、経糸の順番を決め糸どうしが絡まないように、交互に交差させることを意味する。

② 経巻は、経台から外した糸を、千切り《ちき》という経糸を織幅に均一に巻く筒状又は棒状の枠に巻いてゆく作業である。ただし、経を千切りに巻く作業の前段階として、張力を掛けるためにドラムに巻き取る。

次に、織幅に合わせるため、一定本数ずつ整経筬《おさ》に通す。次に経糸を整経筬で幅を出しながら千切りに巻いて行く。この時、糸がもつれたり、重なったりしないように、綜と整経筬で平目を出しながら巻く。

③ 経継は、経巻で出来た千切りを織機に架け、前に掛けてあった経糸と繋ぎ合わせ、緯糸を通す杼《ひ》の道を明けるためジャカードの指示に基づいて経糸を引き上げる装置である綜絖《そうこう》に経を通し、製織出来るようにする作業である。詳しく順を追うと、以前織機に掛けてあった経糸を綜を残し適当な長さの所で切る。次に新しく出来た千切りを架け、経糸で巻いた経を適当な長さまで引き出し綜を入れる。綜で糸の順番を出しながら、中央から一本ずつ経糸を結び繋ぐ。経をつなぎ目が出て来るまで巻き取り綜絖に通し、新しい経で織ることが出来るようにする。

④ 製織とは、経を綜絖及び筬に通し製織の準備が出来た所で緯糸になる緯を用意し、綜絖によって経糸を上げ下げしたところに緯を打ち込み生地に織り上げることをいう。

岩成家の『タテマキ』工場ではこの四工程の内①手経と②経巻を行っていた。工員は最初祖父と祖母の二人であったが、五女・夏子が長じた後は、昭和十二年（一九三七）に結婚するまで夏子叔母が主に作業していた。

ここで写真―2に掲げた写真を見よう。昭和十年（一九三五）頃の岩成家一家の記念写真である。北野神社の境内ででも撮ったものか。紋付羽織袴姿の祖父保多を中心に、祖母ひさと八人の娘や息子達、更に膝の上に子供を抱えた長女嘉寿栄と次女輝子と二人の子供達六人と輝子の夫・大野弥一の総勢一七名が揃ってい

写真－２　昭和 10 年頃の祖父の家族写真

る。母ヒサが岩成家に嫁ぐ直前、父と祖父母の周りに居た人々である。後列右から三人目、蝶ネクタイを付けたのが、当時モボ（モダンボーイ）と言われた父保治である。

工場で働く夏子叔母と入れ替わって岩成家に嫁に来た母は、この家に入って間もなくその作業をやることになった。記したように結構細かい作業で、母も戸惑ったことであろう。忙しい時は、サラリーマンの父が帰宅して着替えもせずに工場に行き、仕事の手伝いをやっていたこともあった。結局、このタテマキ工場は、昭和十九年（一九四四）に戦争のため廃業するまで約一六年間営業を続けた。

この十六～十七年間に、既に嫁いだ長女を除き四人の娘と父保治を含む三人の息子が、次々に就職し、順番に結婚し、父とその家族以外の者はこの家を出て行った。三女秀子は銀行に、四女鶴枝はお針子に、五女夏子は自宅のタテマキ工場に、次男保憲は自営の洋服仕立屋として、そして末っ子の保親はガス会社に就職している。ただ、それらの仕事で得た収入は、それぞれが自身の身の回りの物に使っていたようで、祖父が京都證券取引所を退職して、タテマキ工場を廃業するまでの二十二年間は、父保治の給与と工場経営の僅かな収入が家計を支える柱であったことは確かである。母が昭和十二年（一九三七）に嫁に来た時は、家計の財布は祖父が握り、父の給与もそのまま祖父が管理していたようで、工場廃業の翌昭和二十年（一九四五）に、祖父が亡くなるまでの二十数年間の父の鬱積は大きなものとなり、その後の生き方、考え方の基本となった。

昭和十九年（一九四四）には京都も何回か米空軍の空襲を受けた。空襲警報のサイレンが鳴り、家族一同裏庭の築山の陰にあった物置に身を潜めていた。米軍の爆撃機B29十数機が整列編隊を組んで、身体に響く不気味な爆音を立てながら青い空を背景に、まるで白い絣模様のように、阪神方面に飛んで行く姿を、物置の廂《ひさし》越しに眺めたことが思い出される。京都の町への空襲は、後で聞いて判ったのだが、グラマン戦闘機による焼夷弾の投下と機銃射撃であった。ある時、例の如く物置に避難していたら、急降下独特の爆音が響き、身近でバリバリという機銃音がした。警報解除後表に出てみると、隣家玄関の軒瓦を貫いた機銃弾が数発地面にめり込んでいたことがあった。身を隠していた所から僅か五、六メートルしか離れていなかったので、子供心に恐ろしさを実感した。

昭和二十年（一九四五）七月、祖父が亡くなり直後に終戦、父の妹弟が居なくなり、北野の家は、祖母と父母、妹二人と私の六人家族だけとなり、完全に代替わりをした。

7

十五歳で㈱京都證券取引所に就職した父・保治は、その後四年ほど経った十九歳の時、一人で家を出たようである。大正十五年（一九二六）十二月付の敷金・家賃の領収書が残っている。理由は全く判らないが、想像すると、息の詰まるような狭い家に多人数の家族で住み、給与は祖父・保多が全て取り上げて管理され、会社では最下層の雑用係という生活に嫌気がさし、飛び出すように他の住居を選んだのではないか。それだけではなく、いつまでか不明ながら、父が北野の家に戻って来るまでの何年間かはある女性と一緒になっていたらしい。祖母から漏れ聞いた「髪の長い女の人だった」という話から想像される。

それが、四十六歳で隠居した祖父に刺激を与えて「タテマキ工場」を開業するきっかけになったのかも知れない。祖父と父の間柄はその後の話を聞いても、決して良好な間柄であったとは言えない。

父の就職先・㈱京都證券取引所は、昭和十八年（一九四三）六月に日本証券取引所と名前が変わり、終戦直後の昭和二十二年（一九四七）九月に会社は解散となった。その翌月には運よく、日本勧業銀行系列の日本勧業証券㈱京都支店に、横滑りで入社した。その後は大阪支店・天六相談所長などを経て、昭和三十六年（一九六一）十月に京都支店長代理となった。直後の十二月には満五十五歳で停年となるところ、本人の願い出により、昭和三十七年（一九六二）末まで一年間の停年延長とすることが出来た。これはまさしく祖父と父の場合と同じように、私が大学を卒業して就職し、金を稼げるようになる翌年の四月を待つ姿勢が表れていたように思える。

停年後、三年間は嘱託として勤め、その後は「甲種外務員契約」を締結し、昭和五十五年（一九八〇）、満七十四歳になるまで継続して勤務したことは、ほとんど学歴のなかった父として驚嘆に値する。外務員契約は、業務の出来高に対する歩合給のため、証券ブームであった昭和四十六年（一九七一）より数年間は、現役時代を上回る収入があり、母を大いに喜ばせた。

退職後は、いつも家に居り切手や古銭の収集に精を出していたが、後で価値のあるものは何も残さなかった。株を仕事で扱って、その怖さも身に染みていた筈《はず》で、自ら個人的に株式の売買に手を出すこともなく、ただ。新聞の株式欄を熱心に読むと共に、ラジオの市況中継に毎日耳を傾けて、仮想した銘柄株の市況を、メモ帳に速記するのが仕事であった。本人によると、それがボケない秘訣で、その言の通り、目も耳も脚も達者で、杖も突かず、認知症にもならず、元気であった。ところが、平成二十年（二〇〇八）二月、自宅の廊下で転倒して背骨を圧迫骨折して入院、僅か一ヵ月余、院内感染の急性肺炎で、あっけなく死去、満百一歳の長寿を全うした。

8

母の郷は、福井県の片田舎の大きな農家であった。代々村長や庄屋を務めた旧家であり、寺の檀家総代も任されていた笛吹家である。山や田畑も多く、田圃だけでも最盛期には六〇町歩以上（約一八万坪）所有し、約二キロ離れた所にある国鉄北陸本線の駅まで、他人の田圃を通らずに行けるとも言われていた。戦前は、それらの田を耕す小作人が、収穫期になると毎日、家の広い土間に次々に年貢米を担ぎこみ、米俵の山が出来ていたという。今から三十年前頃まで残っていたその家は、二五帖程の土間に続いて大きな囲炉裏《いろり》のある三〇帖程の板の間があり、一段上って八帖間が七つ、内三部屋に床の間と仏壇置き場があった。さらに六帖間の女中部屋、六帖と四帖の納戸があり、広縁が三ヵ所にあった。便所は客用に二ヵ所、家人用に屋内に一ヵ所、屋外の物置小屋に一ヵ所の計四ヵ所設けられていた。

座敷に面して周囲を屋根付き板塀に囲まれた四〇坪ぐらいの庭がある。庭は築山泉水を配し、目の前に斜めに伸びる幹回り二抱えもある黒松や右手奥に建つ内蔵の前の白梅の巨木が歴史を感じさせる。持て成すべき客は庭に入る門から庭石伝いに式台に上り、座敷に通された。前庭も広く左手に外蔵を配し二ヵ所に池がある。主座敷に続く脇座敷には書院窓があり、目の下に鯉の泳ぐ池と周辺の杉木立が見える。その向こうは一面の田、さらに遠くには越前富士・日野山が聳《そび》えて望める。八帖の仏間からは、広縁の向こうに竹林の庭があり、竹の葉を揺らして吹き抜ける風音を聞きながらの、夏の昼寝には最高の居所であった。しかし、鼠《ねずみ》や燕《つばめ》の巣を狙って、音もなく欄間や梁《はり》を伝って来る、大きな蛇には何度も出くわした。

屋敷の敷地は約八〇〇坪と聞いている。子供の頃、その家でたまたま浄土真宗の報恩講があり、座敷二間をお坊さん方の居間とし、八帖一間を家族の居場所にして、残りのすべての部屋と板の間は、村中から集まった一〇〇人以上の信者が埋め、僧の読経に合わせて一斉に独特の節を付けてお経を唱えることがあった。家全体が唸《うな》るようなお経の合唱に圧倒されたことがある。真宗王国・越前のある時代の光景であった。

母は、そんな家で一男五女の次女に生まれて下男、下女にかしずかれて何不自由なく勝気で気ままな娘「チーさん」と呼ばれて育っていた。母が武生市（現・越前市）の高等女学校を卒業した直後、どういう経緯があったのか、三十一歳の父との縁談が成り、満十九歳で京都北野の家に出てきた。笛吹家と岩成家は母の結婚の時から十五年前、父の姉と母の父の弟が結婚しているし、また、岩成家祖父の次女・輝子は十年前に祖父の実兄の長男に嫁いでいる。さらにその昔、笛吹家祖父の妹は、岩成家祖父のもう一人の実兄の居る笛吹家と同じ村にある、小池家の長男に嫁いでいる。これら数々の縁が両家の間にあったことが、後になって不釣り合いとも思われる縁談を、可能としたものと推察される。昔のこと、事前に詳しい状況も判らず、突然、京都・北野の岩成家大家族に放り込まれた母の驚きは大層なものであったらしい。しかも、貧乏所帯、家計のやりくりは祖母が担当したようであるが、何かと口うるさく、大酒のみの祖父の采配で、下女・女中の如くこき使われ、工場の手伝いも義務化になり、私や妹の子育てにも追われ、当初は何度も親元に泣き帰ったようである。母の両親も、愚かにもそんな家とは知らず嫁に出したことを悔やみ、母に何度も謝ったと聞いている。嫁いでから祖父が亡くなるまでの七年余りの間は、母にとって塗炭の苦しみであったようで、今になっても、その時の状況を思い出しては怒り、悲しみ、祖父を恨んでいる。これが大きなトラウマとなり、その後の母の人生に対する考え方、処世術の基本となっているように思う。

この家で、東京に引越したごく短い期間を除いて、幼稚園から大学卒業まで生活していたのであるが、幼児期に母が傍にいた記憶が薄い。私の子守役は、祖母がほとんどであり、時には親戚の叔母が見ていたのか、叔母静子に背負われた写真も残っている。母は、それほど家事や仕事に忙しかったのではないか。

それでも、日常生活の家計は、祖母が取り仕切っていた。お嬢さんから女学校卒業と同時に父と結婚したためもあってか、数字に極端に弱く、家庭の財布番は、ずっと祖母が務めていた。祖母ひさは、いつも、それは父が帰宅した夕方であるが、二帖の台所脇の階段の下に立ち、二階にいる父に向かって、「やさる（保《やす》治《はる》のこと）！　千円おくんないんかー（下さいなー）、この前貰った千円は、いつまでもあらへんでー」と呼び掛けて生活費をせびっていた。

9

そんな環境の中で、私は育っていた。

子供の遊び場としては、当然、目の前の道路である。南側八軒、北側一〇軒の長屋の棟の間にある幅約三メートル、長さ約五〇メートルの、子供にとっては遊びの広場である。鬼ごっこ、縄跳び、野球、凧《たこ》揚げ、メンコ遊び、独楽《こま》回し、ビー玉遊び、竹馬乗りなど、同じ町内の子供達とあらゆる遊びをしていた。遊びを邪魔するのは、たまに路地を通り抜ける通行人ぐらいで、自転車も通ることは稀であった。大人達は時々各家の玄関扉を開け、または格子戸の隙間から、笑いながらそれを見守っていた。

他所から同学年の友達が来た時は、路地から二〇〇メートルほど北にある、日蓮宗の本山立本寺《りゅうほんじ》の広い境内に行った。当時の寺は荒れ放題で、子供にとっては思う存分遊べた。また、少し北に行けば北野天満宮があり、その広大な境内、特に西側の天神川渓谷に沿った「お土居《どい》」（豊臣秀吉の遺跡）は、ほぼ自然のままに残されていて、大人の目の届かない格好の遊び場であった。例えば、小学生でも高学年になると、樹の上に登って鬼ごっこし、捕まえられそうになると、登っている樹の小枝の先から隣の樹の小枝に、まるで猿のように飛び移り危機を逃れたりした。地上四〜五メートルの高さながら、大人には到底見せられないようなスリルを楽しんでいた。

そんな五年生の或る時、同級生の加東君のお母さんの肝煎りで、担当の先生の課外授業を加東君のお寺でやることになり、私の母にも話が来た。担当の山根先生のクラス約五〇人の中から、男子四名と女子三名の計七名が、週に二日ほど加東君のお寺の座敷に集まり、先生から主に授業の復習と予習を行うもので、一種の英才教育であった。授業料が幾らであったか、授業の内容や進め方については全く覚えていないが、授業開始前に座敷で雑談したことや狭いながらお寺の境内で、加東君の弟二人も加わり、やった野球の面白さだけは記憶に深く残っている。

加東君は、当時小学生ながらそのお寺の住職であった。彼の父親は、終戦で戦地から帰りその寺の住職になって直ぐ病死していた。彼は母親の命で近くにあった同派のお寺の住職から住職になるための特別教育を二〜三年間ミッチリ受け、正式に住職になっていた。課外授業の合間に彼の寺に遊びに行き、たまたま檀家への月次法要に出かける時であったりすると、私はのこのこ彼に付き従って檀家の家に行った。行き先で「ぼ・ん・は何しに来たの？」と尋ねられても「お付きの者です」と澄まして答えて、彼が法衣に着替えるのを手伝ったりし、読経の最中は、横に控えて神妙に手を合わせていた。本当の目的は、読経後に出されるお茶とお菓子をお相伴することだったのかも知れない。

二節　等々力（東京）

1

昭和二十五年（一九五〇）九月、父は東京本社の兜町営業所勤務となり転勤した。十二月母と三人の子供も移住することになった。祖母ひさは既に七十歳を過ぎていたが、元気であり、そのまま京都のこの家で留守居するようになった。

新しい住まいは、世田谷区玉川等々力《とどろき》にある平屋建て一軒家の間借りであった。図面で示すまでもなく南に一間幅の出窓と西面に間口一間幅、奥行半間の押入が付いた六帖一間であった。台所と風呂、便所は大家と共同使用であるが、最初は今まで居た京都北野の家が夢のように広く感じられた。六帖一間に両親と子供三人が住むのであるから、家財道具は最小限の和ダンス一竿と食器棚ぐらいであったが、身の回りの物は、寝る時布団を出した押入にすべて押し込んでいた。

この家には他に六帖二間と四帖半があったが、そこに家主の大工夫婦とお婆さん、子供三人が住んで居た。西側大通りに面して六帖ほどの土間があるが、ここは大工としての仕事場になっていた。ただ、ほとんど仕事がなかったようで、主人の大工は昼間からでも酒を飲み、赤い顔をしていた。たまに土間で仕事中の姿を見付けると、笑顔で挨拶する気さくな人でもあった。しかし、やはり生活が苦しいのか、父が夕方帰宅したのを見計らって、奥さんが、部屋の入口の廊下に跪《ひざまず》き三つ指をついて、家賃の前借りを願い出て来ることが何回もあった。

風呂は、その家の人と共同で使用していたが、毎日あるわけではなかった。その合間には歩いて多少時間がかかるものの、東急電鉄等々力駅の裏側にある、トタン屋根が蒲鉾型に丸い旧い銭湯に、父や友達と共に通っていた。

学校は、翌年一月初めの三学期から世田谷区立尾山台小学校に転入した。東急電鉄尾山台《おやまだい》駅前の商店街を南に下り東に入った所にある。そして、出席日数僅か六十三日で三月、尾山台小学校の卒業証書を頂いた。四月、すぐ近くの世田谷区立尾山台中学校に入学した。まだ木の香がするような木造二階建ての新しい校舎で、二階教室の窓からは、校歌「仰ぐ富士山、わが学び舎よ……」とあるように、西南西の方角に丹沢山塊の稜線から真っ白な富士山の頂きを望むことが出来た。

この年の四月十六日、終戦以来五年余、日本を占領していた連合国軍最高司令官ダグラス・マッカーサー元帥が、時の米大統領・トルーマンに解任されて離日した。当時の日本人は、在任中の彼の施策、業績に感謝して、帰途の沿道や空港での見送りは大変なもので、その様子はラジオの実況中継で放送され、私も聞き入った。

昭和二十六年（一九五一）九月末、突然父は大阪支店への転勤辞令をもらった。東京に引越した理由が、最低二年間は転勤がないという見込みであったので、家族は驚いた。父を残して、母と子供三人は、急遽十月の初め、一足先に京都に帰ることになった。

三節　北野（京都市）②

1

京都に帰った翌年（一九五二）の春、妹の綾子は晴れて小学一年生になった。その綾子が、新入学から一ヵ月も経たない四月末、発症した。医者に見せた時は既に手遅れで小雨がしとしと降る五月四日の夕方に亡くなった。腸炎であった。

祖母は、三年後の同じ五月、一週間ほどの入院で七十八歳の生涯を閉じた。病名は「破傷風」であった。近所に住む末娘・夏子の子供の守をしていた時、怪我をして破傷風と診断された。祖母の死も両親の無知で、手遅れになってから医者にかかることになったと父は反省することしきりであった。

2

転入した北野中学校の校舎は、三階建てで、昔の京都第二商業学校の立派な建物で、戦争中、米軍の爆撃を避けるため、外壁に施した斜めの白黒の迷彩柄がまだ残っていた。

昭和二十九年（一九五四）四月、京都市立西京高等学校に進学した。直前に市の方針で学区が変わり、北野中学校のすぐ西に位置する山城高等学校に行く予定が、自宅からはかなり遠い西京高校に通学することになった。高校三年生、大学受験を控えて呑気にはなれない時期であった。学校の勉強は真面目に授業に出て、受験勉強は、誰にも相談することなく、自分一人で考え、自分なりに自宅で継続してやっていたように思う。目標は、京都に住んでいる以上、やはり京都大学であった。

3

昭和三十二年（一九五七）二月京都大学工学部建築工学科を受験し、不合格となった。何とか合格を確信していたが、届かなかった。周囲からも意外顔をされた。第二希望を土木工学科としていたが、当時、第二希望での合否判定は、試験の採点値から一〇〜一五％差し引いて第二希望学科の合格点に届いていれば、合格と言う規定があったように記憶している。それだけ脚切りされても合格出来るほど甘くはなかった。その頃、建築を見るのが趣味で、大きなビルが出来ると、わざわざ見に行って、ペンでスケッチしたりしていたくらいで、その時の建築図が数枚残っている。他の大学に行くつもりはなく、本当は東京の早稲田大学の建築科受験も頭にあったが、家の経済状況から無理と判断していたため、その年は受験浪人となった。一年間の浪人中、余り勉強に身が入らず、暇な時は映画鑑賞をしていた。時には、四本立てを観ることもあり、朝から夕方まで映画館で過ごしたこともある。映画館を出ると頭がくらくらする程痛かった。当時、上映時間中の館内でもタバコが吸えた。自分が吸わなくても受動喫煙作用で、喫煙しているのと同じことだったのかも知れない。

そんな状態で一年間はアッという間に過ぎ二回目を受験したが、見事に不合格であった。秀才でも、もちろん天才でもないわが身は、人一倍努力して、初めてそれなりの成績が収められる凡才であることを、改めて自覚した。予備的に私立の立命館大学理工学部土木工学科を受けて、合格していたので、入学することにした。土木に行くのであれば、京大でも土木を受けていれば良かったのにという後悔の念も湧きあがったが、後の祭りであった。立命大には悪いが、「鶏口と成るも牛後と成るなかれ」という文句を思い出した。

初年度の学費は入学金一万八〇〇〇円、授業料二万三〇〇〇円等合計五万四七〇〇円となり、現在に換算すると約八〇万円になるのではないか。決して安くはなかった。父も驚いたことと思う。

当時の立命大は、まだまだ発展途上にあり、本部のある広小路学舎は鉄筋コンクリート造りの校舎（見た目にも安普請が判る）が狭い敷地に林立していたが、理工学部のある衣笠学舎は、木造二階建てのモルタルを塗り付けた古い教室と学生達が自虐的に「鳥小屋」と呼んでいた平屋建てのいかにも貧しい実験棟が主たる部分であった。同級の一部（昼間）新入生は一六〇名程で、その内、地元の京都出身者は二〇名も居なかったように思う。もちろん大阪・神戸など近畿の出身者は多いが、他は広く全国的な出身の学生が集まった。

初授業の日、前席に座っていた後藤君が振り向いて私に話しかけて来た。それが縁で、その後四年間の学生生活だけでなく社会人になっても付き合ってきた。私は既に記した北野の自宅から自転車通学をしていた。

4

入学すると直ぐ、私はヨット部に入部した。当時活躍していた俳優・石原裕次郎の神奈川県・葉山でのヨット遊びや高校生の夏に神戸に行って海上保安庁の巡視船に乗せて貰った影響かも知れない。広い水面をヨットで走る快適さを味わいたかった。ヨットの艇庫は琵琶湖畔の大津市柳《やな》が崎《さき》にある。ザラ半紙にガリ版で刷ったヨット操船の教本を座学で学んだ後、早速、湖面で先輩の部員に同乗して貰いながら実習を重ねた。

ディンギー級、スナイプ級と船の型式が異なるヨットに日替わり乗り、操船技術を二ヵ月ほどで習得できた。

風の強い日には、風を孕んで大きく膨れた帆の帆綱を力いっぱい引き付けて、身体を舷側から張り出して傾く帆柱を見ながらバランスを取り、快走する時は水面に背中が触れるほどで、まさにヨットに乗っているという快感が楽しかった。ただ、クラブ活動は、毎日、艇庫にあるヨットを運び出し、帆柱や舵を取り付け、帆を張る必要がある。ヨットの艇本体は艇庫内で船腹を上にして木製の台上に置かれている。これを、まず一〇人ほどの部員で持上げ、船底が下になるよう、表返しに反転しなければならない。先輩部員の掛け声に従って手順通り作業するが、手先は痺れるし、肩に食い込む重量は半端ではない。当然、訓練を終える時は、この手順を逆にして、艇庫の所定位置に艇体を収めなければならない。身体を使うこれらの作業は、私自身は新鮮に感じ楽しかった。しかし、ある先輩が、理工学部は、これから実験・実習があり、部活動で欠席すると単位が取れないのではないかと忠告してくれた。ある日、部長に退部を申し出た。私の申し出に「判った」と一言で退部を許可してくれた。大学の運動部でのシゴキが問題になっていた頃でもあり、円滑に退部出来るか心配したが、結果はＯＫであった。ただ、毎年夏休みには、ヨットで琵琶湖一周の合宿実習があり、それに参加出来なかったのが心残りであった。

社会人になってからも、時々大津港まで出かけて貸しヨットに乗った。或る時、ヨットは初めてで不安がる友人を乗せて、快適に帆走しかなり沖まで出たが、港から沖に向かう風が強くなり、帰港するためには、風に逆らって走るため、頻繁なジグザグ航行が必要になった。程なく、貸しヨット屋のモーターボートが曳航するため迎えにやって来た。私が大学ヨット部に居たことがあるから心配しないで良いと伝えて、曳航を断り無事帰港できたことがあった。

5

四年間の学生生活中、随分多くのアルバイトをやった。先ず、専門の測量技術を生かして、また逆に、測量の実習単位を取得するために、京都市や京都府の土木事務所で、大学が休みの時、長期間、測量の助手を務めた。水道局の測量作業では、水道局の技師一名に私と工業高校土木科の学生二名の、計四名からなるチームで、京都の東山の山麓を祇園《ぎおん》から伏見までの街中に、水道幹線を通すための現状測量を実施した。炎天下、丸一ヵ月掛けての大測量であった。手軽に自動販売機で水分の補給が出来る現在と違って、手元の水筒だけでは間に合わず、沿道の見知らぬ民家に駆け込んで水道水を飲ませて貰った。測量作業では、先に記した後藤君と共に道路公団の大山崎工事事務所に行き、名神高速道路が国鉄東海道本線を跨ぐ部分の詳細測量に加わったことも良い思い出になっている。

もちろん、家庭教師もやった。その他のアルバイトは学生相談所で紹介して貰った。市内・百万遍近くの学生相談所には、毎日の如く自転車で駆け付け、掲示されているアルバイトに目を通して、希望の案件に登録するのである。しかし通常、良い条件の案件には当然希望者も多く、思い通りにはアルバイトにありつけない。競争した案件から外された時、および希望する案件が見当たらなかった時には登録証の日付欄に窓口担当者の印を捺《お》して貰う。そのハンコの数が多いほど、次回の案件にあり付く可能性が大になるため、ハンコを貰う為にだけでも自転車で出かけた。

一般的なアルバイトでは、京都ならではの職種も多い。太秦《うずまさ》にある映画会社のエキストラにもよく行った。里見八犬伝の戦闘場面で太い竹竿に旗印を掲げて、鎧姿で駆け回る役とか、木津川を大井川に見立てて、褌《ふんどし》ひとつの雲助になり、蓮台に役者を乗せて川を渡る役などもあった。祇園祭の山鉾《やまほこ》引き役、時代祭りの行列役などは何度も経験した。酒の醸造元では酒の瓶詰め作業、家内工業の捺染《なっせん》屋での雑用係、質屋の大掃除は昼食として出前のうどんが付き、作業後に銭湯に行かせてくれて五〇〇円だった。趣味の会の品物の配達係（自転車自前で、これも五〇〇円だった）電器部品の組立係（女工さんと一緒に並んで座り、目の前を流れて来るベルト上にある部品の一部を組み立てる作業）一番体力が要ったのは、捺染の大規模工場で水洗された布を一まとめにした、水の滴る布包み（二〇キロはあったと思う）を、エッチラオッチラ抱えて歩き、直径三メートル程の大きな脱水機に満遍なく収めて、高速回転で脱水した物を、カートに積み、工場内の離れた所にある乾燥室まで運搬する仕事を際限なく繰り返すことだった。

親から出して貰うのは、授業料と教科書代だけと決め、あとの小遣いは全てアルバイトで賄っていた。長い休みの時は前半アルバイトに精を出し、後半に、稼いだ金で旅行に行くことにしていた。大学受験に使用した参考書類はほとんど全部古書店に持ち込み、換金した。

後藤君も経済的には逼迫《ひっぱく》していたようで、入学直後からパチンコ屋通いを始めた。彼の下宿に行って不在の時は決まったパチンコ屋を探せば、必ず彼は居た。卒業間際に彼自身が吐露していたが、パチンコ屋通いがなかったら卒業出来なかったようだ。二人でビールを飲むのは、いつも拙宅で母の料理を賞味しながら食事をする時のみであった。

6

肝心の大学での勉強は、受講届を提出した科目は真面目に出席していたようであるが、授業を終えるとまっしぐらに自宅に帰っていた。大学側から見ると私は、目立たない、存在感の薄い学生であったに違いない。二回生になっても、建築の外観図を描くのが楽しみであったようで、製図用具の烏口を使って、当時、完成直後であった東京タワーの立面図を描いたりしていた。建築への憧憬が未だに断ち切れなかったのかも知れない。

四回生の六月だったか、翌年の春の卒業。就職を目指して、主任教授の就職模擬面接があった。面接時の冒頭、T主任教授から「この成績では余り良い就職先を紹介出来ないなー」と言って、成績の悪さをなじられた。私は驚いて「私の成績は悪くない筈です」と応えると、T教授はムッとした表情で、傍らに控えていたK助手の方に向いて、どうなんだという問い掛けをされた。K助手は、ただ首を傾げただけであった。T

教授は「この件は調べて、後で結果を知らせる」と言って、話を先に進めた。私が面接室に入る直前、面接順が一人前のA君が顔を真っ赤にして部屋から出て来て「俺の成績が無茶苦茶良いと言われた」と興奮して喋っていたのを思い出した。ははん！　一人ずらして成績を間違って記載したようであった。その後、T教授からはもちろん、K助手からも、私に例の話に関して何の連絡もなかった。この話には後がある。その後しばらくして、約七〇社の就職先から募集要項が発表され、大学側から各自に推薦企業が紹介された。私には、「この成績なら、どんな企業にも推薦できるが、日本道路公団はどうか？」との紹介が、やはり同じT教授からあった。教授は先日の私のことを全く覚えていない様子で、それに関する何の話もなかった。先にも記したように、それまでの間、大学側にとって私が如何に存在感の薄い、目立たない学生であったのかの証左である。T教授の紹介に対して、私が、当時の知識から、道路公団は現在、世界銀行から資金を借りて名神高速道路を工事中であるが、その後、東名高速道路の工事予定はあるものの、それ以降はわが国の経済状況から見て、更なる道路計画を推進するのは難しいのではないか？　という疑問を投げ掛け、公団として存続する期間が短いのではないかとの不安を理由にして、応募は遠慮したいと返事した。面接順で私の後、道路公団を紹介されて就職したN君は、最終的に広島建設局の局長にまで栄進し、専用車で送り迎えされるまでになった。

私は、結局、建築に近い構造美を感じる鋼橋の老舗会社・大和橋梁㈱に紹介状を出して貰うことにした。同社は中小企業の中位ながら、初任月給が他社の平均と比べて二〇〇〇～三〇〇〇円多い一万七〇〇〇円（現在換算・約二五万円）であったことにも心を動かされた。同社からは、七月十三日付で採用通知が届いた。

また、卒業研究は「ゲルバー式溶接道路橋の設計」とした。橋長八〇メートル、有効幅員六メートルの二等橋である。設計計算は全て計算尺で行い、図面は一〇〇センチ×七〇センチの大判のケント紙を用いて墨入れするよう指定された。指導教師は、橋梁設計の出版物もあるG教授であった。教授は図面を一瞥しただけで、計算書はチェックせず、橋梁部材のバランスが良くできていると評価され、文句もなく合格とされた。やはり、その道の専門家は違うと感心することしきりであった。

一方、後藤君は、提出期日前のチェックで指摘事項が多くあり、提出期日の当日朝、当方宅に訪ねて来て、「もう間に合わない。卒業は諦める」と言っていたのを何とか励まし一部私も手伝って完成を目指した。母が横から「気の弱いことを言うな！」と一喝し、当日午後五時の締切時間ギリギリに、彼は大学まで走って駆け込み、間に合わせた結果、合格となった。その彼も、横浜市の下水道局に勤務し、あの大都市で一ヵ所しかない、下水道工事事務所の所長まで勤め上げ、専用車を乗り回す身分になった。

7

大和橋梁㈱には昭和三十七年（一九六二）四月一日付で見習社員として採用された。これに先立ち、前年の七月十三日に採用通知書を受け取り、同封されていた「請書」に署名捺印して返送したが、それが会社に届いた後、同月十七日付で、原稿用紙を同封して、「現代の世相を語る」と言う主題で論文を出すよう人事課長から指示が届いた。大学からの紹介状を会社に出して、面接試験があったのだが、同級生のO君と二人揃って出かけた。彼が設計部を希望し、私が工事部を希望した以外、内容はほとんど何も覚えていない。その後、直ぐ採用通知が来たのではなく、その前に私の留守中、人事課の係員が北野の長屋を訪れ、対応した母に色々質問したようだ。家庭調査である。現在では、この様な家庭調査や近所の評判調査などを直接行っている会社は、おそらく皆無であろう。非常に念の入った対応だと感じていたので、更にその上でのこの論文提出要求には正直驚いた。取り急ぎ以下のような論文を提出した、ここに転写する。

〈現在の日本で顕著な現象は、やはり、高度な経済の成長であろう。昨年の実質経済成長率は一一%、先進資本主義国のアメリカ・イギリス等の成長率が二〜三%であるのに比べ、全世界驚異の的になるのも無理がない。しかし、この数字だけから国民の生活を云々するのは早計である。十六年前、壊滅的な打撃を受けた敗戦の時、日本の経済力は、ほとんど零に近かった。即ち、アメリカ・イギリスと比して、その出発点が異なるのである。その証拠に、一人当たりの国民所得を比べても、わが国のそれは、アメリカの九分の一、イギリスの三分の一でしかない。国内で天然資源に恵まれないわが国は、海外から高い原料を輸入し、豊富にある中小企業や農村からの低賃金労働者でもって、安い製品を作ることで、今日の繁栄を得たのである。

大企業の過剰な設備投資競争の結果、最近求人難を来しているが、その内容は決して楽観できるものではない。大企業と中小企業の労働者間の賃金格差は予想以上に大きい。大企業の労働者と言っても、その中には今日の消費ブームとは縁遠い多くの臨時工が不安な労働条件の下で働いていることを忘れてはいけない。わが国の貯蓄率は一五%とかで、世界で最も高い国の一つであるが、これは必ずしも国民生活の安定を示すものとは言えない。むしろ逆に、社会保障の貧弱さから将来のことを考え、止むを得ず貯蓄しているると見る方が正しい。この様な企業の大小間の所得格差ばかりでなく、都市と農村と言う地域間に於いても格差は大きい。即ち、東京を一〇〇とすると東北や九州等の農業県は六〇ぐらいにしかならない。所得が増え文化生活が出来るようになったと言っても、それは大都市のみで、農村では依然、前時代的な生活を余儀なくされているようである。

わが国の農業人口は、全人口の三九%で、アメリカの一二%、イギリスの五%とは比べ物にならない。ここ数年来、米作は農薬の進歩及び徹底的な集約農業によって、未曾有の豊作を続けているが、それ故、なお工業国となる為に、農業人口を減じなければならない。この余った農民は、政府の示した拠点開発方式による国土総合開発案に吸収されるべきで、都市と農村の格差解消の為に大いに結構である。
大東亜共栄圏の夢破れ、一億の日本人は、四つの島に閉じ込められた。しかし、三七万平方メートルの四つの島は、面積としては人口の割に、確かに狭いかも知れないが、穏やかな気候に恵まれて、捨てる所なく利用できる土地だ。即ち、利用率を考えると、まだまだ開発の余地はある。前記したように、わが国の産業は加工産業を主としなければならない宿命を持っているが、その貿易の対象として、六億の民を有する中国を忘れてはいけない。
この様に考えて来ると、現在、わが国経済が直面している問題が山積しているにも拘らず、国家予算の十数%を食う、無意味な防衛費や時期尚早の感深く国民総生産の一〇%を必要とするＤＡＧ（開発援助グループ）の分担金等は、国として無駄な回り道を辿っているように思う。所得格差の縮小と所得の増大、社会保障の充実、国土の開発・整備等が成されて初めて、アジア・アフリカ諸国の指導国及び世界の大国となり、輝かしい発展が約束されるのだと考える〉
この論文のことは、会社役員も出席した新入社員歓迎の昼食会で人事課長から披露され、好評であった。その際、私に一言を求められたので「会社の就業規則を一読したが、社員の福利厚生に、余り重点が置かれていないように見受けられる」と応えて、人事課長や役員が、一様に苦い顔をしたことが思い出される。初っ端から余計な発言であったと反省したが、遅かった。

8

入社間もない頃、工事部の直属上司である山田課長から告げられた。「君の大学での成績は、二番だった」と。

会社が昨年の六、七月に社員募集要項を出した頃は、当然四回生が始まったばかりで、成績も中間情報である。卒業も見込みである。その状態で会社に対し推薦した応募学生の成績が通知されることになる。従って、三月に卒業した直後、それぞれの学生の正式な成績証明書が卒業証明書と共に会社に提示される。私の手元に卒業後の日付で、私の「学業成績証明書」がある。これには四回生で選択履修した専門選択科目の成績が全て表示されている。備考欄に「③本学部に席次の定めはない。」と記されているが、会社が強いて問い合わせたのであろう。成績の評価欄には、優良可の三段階評価と○の中に「合」と表示されている。これについて、同じく備考で、「成績は八〇点以上優、七〇点以上良、六〇点以上可と記載がある。可でも単位取得合格という意味で、○の中に「合」と表示しているのも合格の意味である。しかしこれだけでは成績の席順は不明である。それとは別にある「成績認定表」では評点は一〇〇点満点で表示している。これなら、すべての評点を合計してすべての単位数で割れば、単位当たりの平均点が算出でき、土木科の学生一六〇名全員の席順が明らかになる。成績の席順は卒業間際には、学生の間で既に話題になっていた。彼らは特定の教授や助手から漏れ聞いていたものと思う。一番はS君、次は岩成と噂では承知していた。一番のS君は病気で進学が遅れたとかで、我々より四〜五歳年上の無口な大男だった。大手建設会社に就職したが、卒業後十年も経たぬ間に病死したとの話を聞いた。

改めて、席順が二番と聞かせられても、特に何の感慨もなかった。心の中では、大学入学時に浮かんだ言葉について、「牛後には成らず（成れなくて）鶏口には成った」と思った。

大和橋梁㈱は、当時、資本金四億円、従業員数約七〇〇人の中規模の会社であり、横河橋梁、松尾橋梁、宮地鉄工所と並んで、戦前から橋梁・鉄骨を専業とする老舗のファブリケーターであった。三菱重工業、川崎重工業、石川島播磨重工業等の造船各社が後を追っていたが、まだまだ健在ぶりを発揮していた。私が入社する僅か二年前までは従業員は職員と工員に分けられて、給与体系等が異なっていた。以後全ての従業員は社員となったが、まだ何となく差別が感じられた。大和橋梁は、松尾橋梁等と共に、組合活動が非常に活発であった。春の賃上げ、夏冬の一時金闘争はストライキを打つ激しいもので、我々の入社日も四月二日（一日は日曜日）の予定が、春季闘争の労使交渉が長引き、直前になって五日に変更された。労使交渉が始まると、旧工員食堂に管理職を除く全社員が集まり、組合幹部の演説を聴き、労働歌を合唱した。時には二列、三列縦隊になって互いの手や肩を組み会社構内を小走りでデモ行進した。役員室の前で足を踏み鳴らして要求を訴えたこともあった。本社及び工場は大阪市大淀区（現・北区）の大川端にあり、最寄り駅の阪急電鉄・天六駅（天神橋筋六丁目駅）から徒歩数分の所にあった。始業時間は午前八時、終業時間は午後三時四十五分、昼休みを四十五分取るため、実働は七時間であった。組合活動が強いことから、当時として、労働条件は先進的に感じた。終業時間の早さから判るように、十五分の休憩時間を取り、四時からの残業が定常化していた。我々事務所勤務の者も毎日二時間程度の残業は当たり前で、午後になると女子社員が部内全員に当日の残業時間の申請を確認し、全員の残業事前申請を、まとめて課長または部長が承認していた。二時間以上残業する者には、パンかうどんの食券が会社から無料で支給された。パンは箱入りでまとめて届けられたが、うどんは出前で受け取っても、直接その店に出かけて食しても良かった。京都の家からざっと一時間半ぐらいの通勤時間であったため、毎日早朝、家を出なくてはならない。その際、阪急電車の混雑は物凄く、淡路駅での乗り換え時に、簡単には京都線の電車から下車出来ず苦労した。特に夏季、冷房設備のないぎゅうぎゅう詰めの満員電車内では、滴る汗を自分の手で拭うことも出来ず、今から考えるとまるで地獄であった。

さて、四月分の初月給は、基本給と出勤手当をあわせて、交通費の補助金を除くと一万八八〇〇円であった。この金額は一年前、大学で見た募集要項の一万七〇〇〇円より多いが、これは春闘の結果を反映して増額になったのであるが、世間の物価上昇を考えると、ほぼ同額ではなかったか。残業分は翌月に反映されるため、四月分ではゼロだった。翌月以降しばらくは平均して約二五〇〇円（現在換算で約二万四〇〇〇円）

ずつ受け取った。

9

一方、自ら望んで入った工事部の仕事、当面は会社近くの現場工事の見学を兼ねて測量など補助業務であった。そんな中、任された仕事は、日本道路公団の名神高速道路・大山崎橋の仕事だった。京都と大阪の境にある天王山の麓を名神高速が通るが、国鉄東海道線と阪急京都線を一挙に跨ぐ橋の設計・製作・現場工事一式を大和橋梁㈱が受注していた。工事部として現場工事を行う上で橋の上の車が通る床版《しょうばん》という鉄筋コンクリートの路面を造るにあたって、コンクリート内にどのような鉄筋を配置すれば良いかということを図面で明示する必要があり、それは結構手間のかかる複雑な仕事であった。仕事の合間は、隣接する工場内をぐるぐる歩き回って、橋がどのような手順と工程で製作されているのかをつぶさに見学した。工場の作業員からは、時々、工事部の若造が工場内をウロウロしているが、何をしているのか？　と上司に文句が出ているようだったが、これが、後に判ることだったが、橋の現場で客先の担当者の質問に答え、協議する時に大いに役立った。

そんなことをしている間に、群馬県行きが決まった。その件は次節に記すが、群馬から帰社して翌年の秋、宮崎県に長期出張するまで、まさに、橋に次ぐ橋の仕事が連続して始まり、東奔西走の毎日であった。この間、七月には、道路公団の招待で、名神高速道路で先行して完成した京都・山科の区間を特殊高速バスで、時速一四〇キロで試走したこともあった。社長宛の招待状だったが、現場の判る者が参加せよとの話で私が参加したが、他社の参加者は役員クラスばかりで、真夏にも拘らず、道路公団の岸道三《みちぞう》総裁を始め全員が背広姿であった。その中で、たった一人、私だけがカッターシャツ姿で記念写真に収まっている。

四節　水上町（群馬県）

1

昭和三十七年（一九六二）八月のある日、上司から群馬県の橋の担当を言い渡された。橋の架設・床版・舗装・塗装一式工事である。水上《みなかみ》駅近くの役所の出張所にも顔を出し挨拶、更にバスで利根川沿いに約一時間余り遡り、藤原《ふじわら》湖畔の現場に到着し、宿舎の手配に目途を付けた。その夜は、麓の湯檜曾温泉の旅館に役所を招待して着工の接待を行った。日本酒のほとんど飲めない私に代わって杯を受けていた上司は、宴の終わりには別室でぶっ倒れていた。その日、朝五時過ぎに東京駅に着いて以降、接待完了まで本当に忙しく、長い一日であった。

2

一旦、大阪に帰って、九月十三日再び夜行列車で群馬県の現場に向かった。初めての一式工事の現場監督就任であった。橋は、径間が二五メートルぐらいながら、幅員六メートルの鋼桁橋《こうげたきょう》で、群馬県で最初の曲線橋で、斜橋でもあるチョット手強い工事であった。現場は、まだ橋台工事の真っ最中で、地元のS建設が施工していた。当方は、そのS建設に橋体架設後の工事一式を同社に下請させることにしていたが、その前に、桁を架設するための設備工事が必要であった。現在なら、クレーン車を現場に配置して桁を吊上げ架設するが、当時、そんな便利な物はなかった。

工事期間中の私の宿は、前回来た時に、下打ち合わせを済ませていた、現場から約五〇〇メートル離れた藤原湖の湖畔にある民宿「湖畔亭」であった。普段は夏季のみ営業している由だったが、当方の仕事が地元に歓迎される公共の工事であり、民宿の主人が地元の議員を経験した人でもあったので、工事期間中、子供も含めて湖畔亭で暮らして営業を続け、当方の世話をしてくれることになった。そんな人にめぐりあえて本当に幸運だった。本来の家は、バスで更に十五分ほど上流の藤原郷にあり、そこには旅館もあるらしいが、毎日の通勤がバス便の少なさから支障があった。部屋は二階の六帖間で湖の見晴らしが良かった。湖畔亭の奥さんは、現場から逆に七~八分ほど下流の藤原湖が出来た藤原ダムのほとりでお土産屋を営業していて、前回、通りかかって立ち寄り、付近の宿の情報を聞いたのがきっかけであった。おまけに奥さんが、未だに訛《なま》りの抜けない大阪の出身だったことも幸いした。

S建設に外注した工事は、遅々として進まなかった。彼らが施工している本来の橋台工事が遅れていたこともあり、思うように手を付けてくれなかった。当方の本社からは電報で進捗状況を知らせよと督促されていた。こちらからは、細かい情報は電報では無理のため、電話で行っていたが、電話機は、仮の宿である湖畔亭にはなく、五〇〇~六〇〇メートル離れた所にある民家にお願いして、そこの電話機を使用していた。通話は全て交換手に先方と当方の電話番号を伝えて、しばらくして交換手から、当方の電話に先方と繋がった旨の通知を受けて行っていたが、繋がる（繫げる）まで時間の長短で、普通報・急報・特急報の三種類あり、最初に交換手にどの「報」で頼むかを伝える。電話料金は、急報は普通報の二倍、特急報は三倍であった。特急報にすると、その交換手がその前に訊いていた普通報や急報の依頼者に優先して繋げるので、その分早くなる。電話用件の程度に応じて使い分けていたが、普通報で頼んで待つ時間が長い時は、一時間以上かかったこともある。その間、その民家の一間で電話機の前に座って、ひたすらベルの鳴るのを待ち続けることは、民家にとっても迷惑な話と思う。
その頃の現場工事に使用するセメントは、全てお役所からの支給品であった。余分なセメントは支給されないので、一旦受領したセメントは固まらないように注意して保存する必要があり、また、使用済みの空袋は返納しなければならない。支給は大和橋梁に対して行われるのであり、返納は監督の仕事とS建設はそっぽを向いていた。仕方なく、私は、顔や手足を白くしながら、空袋の耳を揃えてたたみ、員数を数えて水上の役所までバスで運んで届けていた。また、打設したコンクリートの強度を確かめるための供試体は、一週間と四週間養生した後、役所に運んで破壊試験受けて合格しなければならない。一本約一五キロにもなる供試体を三本、運搬は元請監督の仕事としてS建設は知らぬ顔で、止むなく、これもバスで運び、役所まで引きずるようにして持参、試験を受けていた。S建設は地元の有名企業、はるばる大阪からやって来た若造の監督下で、今回だけの下請仕事を潔く思わなかったようだ。同社との契約内容まで関わっていなかったので、契約時の上司との価格交渉に不満が残ったのかも知れない。工程の進捗を督促する為、水上町にある同社の本事務所に直接行ったが、応対に出た同社役員の態度は、慇懃無礼《いんぎんぶれい》で腹立たしかった。

3

架設の準備工事がようやく終わると、東京から橋架設の下請業者・日置建設から代人と鳶職《とびしょく》達が現場に来た。日置建設は大和橋梁と常時契約している気心の知れた企業であった。代人の号令下で、てきぱきと手際よく架設設備を設置し、労働基準監督署の荷重テストを受け合格した。それらの作業の合間に、代人を助手として測量作業も済ませた。それに呼応するように、大阪から貨車に載せた橋の部材が水上駅に到着した知らせを受け、代人と協議して、日通にトラック運搬させる、部材の順番を決め、日通に通知、架設が始まった。数日で架設が終わると、鳶職は足場を設置し、その間、桁の継手部をリベットで埋める鋲屋《びょうや》が現場入りし、コークスを燃やした炉で焼いた鋲を放り投げれば、鋲屋が受け取り、リベットハンマーで叩いて締める。流れるような作業は円滑に完了した。もちろん、時々役所係員の視察もあり、検査を受けていた。

桁の架設工事が終わる頃、上司が日置建設の社長と共に現場視察に来られた。その夜は、水上温泉に行き、今度は日置建設が大和橋梁の我々を接待する番であった。社長と歓談しながら大いに飲まされた。

4

現場は、引き続いて床版工事を開始した。下請は、S建設である。曲線橋で斜橋、おまけに勾配が付いているややこしい橋であったが、何とか、コンクリート打設する段階を迎えた時、本社から柳本係長が応援に駆け付けてくれた。生コンクリートがない時代であるため、現場で、砂・セメント・砂利そして水を所定の割合でコンクリートミキサーに放り込み、回して出来た練コンクリートを、カートと呼ばれる人力車で運び連続して打設する必要がある。床版の一番低い部分から高い部分へ確実に施工しなければならない。我々二人も作業員と一緒になり施工した。主な工程を終わり、柳本係長は六日間滞在して現場から去った。引き続いて高欄手摺や伸縮継手、舗装コンクリートを施工した。橋の両端四ヵ所に親柱も施工した。十一月の後半、塗装工事が始まった。工程がずれ込んだ為、低温の影響を心配しながらの塗装であった。役所の竣工検査は、契約工期ギリギリの十一月三十日に行われた。前日降った雪が残っていた寒い日だったが、無事、検査合格となった。その晩は、お役所の方々を招いて、奥利根にある宝川温泉の旅館で、竣工のお礼をする接待となった。手慣れた様子でお客に酌をする柳本係長を真似て、私も接待役を務めた。

工事完了の承認印を受け取りに、湖畔亭に初めて私を訪ねてS建設の副社長が来た。工事費請求の手続き上、仕方なく来た様子が丸見えであった。工程の遅れはS建設が自社の都合を優先した結果であるが、それを現場代理人である私が、督促し管理出来ていなかった結果でもある。初めて担当した一式工事を終えて、ほろ苦い成果を得た。

五節　椎葉村（宮崎県）

1

群馬県・夜後沢《よごさわ》橋の現場から帰社して、あちこちの現場巡りの最終地、宮崎県・高鍋大橋の測量業務に引き続いて、帰社することなく、ここ宮崎県東臼杵《ひがしうすき》郡椎葉《しいば》村下椎葉の現場に来た。間柏原橋の現場である。橋はアーチ橋で、径間は六十数メートル、幅員は四メートル余の比較的小さい橋であるが、格好の良い美しい橋で、昭和三十八年（一九六三）十月一日に現場に行った。場所は、日向《ひゅうが》市に河口を持つ耳川の上流のダム湖に架ける橋である。本工事は、橋体の架設までで発注されていた。前日に下請業者・㈱大神製缶の社長と延岡の本社で会い工事工程について打ち合わせていた。本工事では十一月二十日頃架設完了検査を受けて現場を離れる予定でいた。架設は、アーチ部材架設完了後、床組み等の部材を組み立てる工法であった。

2

重要な作業として、径間測量がある。通常、橋を支える長さが三〇～四〇メートルの場合は、鋼製のテープで測定して問題はないが、それ以上長い径間の橋梁の場合は、直接測定できない。そこで、今回のように径間が長い橋の場合、測定はピアノ線を用いて行う。径間の長い橋の担当者に決まると直ぐ、測量用のピアノ線を自ら責任を持って作成する必要がある。ピアノ線は担当者が出張時に持参、ピアノ線緊張機は重いので、手荷物として乗車時に送る。現在は、測量機を覗くだけで距離が測定出来るが、当時は直線の見通しや角度は測定出来るが、距離は直接測定出来なかった。土木工事一般は、精度はセンチ単位であるが、鋼橋の場合はミリ単位の精度が求められる。

3

工事期間中の宿は、現場から川沿いに五〇〇メートル程だらだら坂を登った道際にあった旅館成《なるみ》である。当方は山中ながら林産業の盛んな頃であり、定期的に業者や林業作業員の宴会が行われていたようである。当方は長期滞在ということで、玄関の真上、二階の六帖間を宛がわれた。廊下の反対側には、八帖や一〇帖の和室が襖《ふすま》を隔てて並んでおり、滞在中も一回宴会場になり、遅くまで賑やかであった。その座敷から目の下深くに、耳川の支流・十根《とね》川の渓谷が見下ろせ、頗る《すこぶ》眺望が良かった。食事は、昼は握り飯に漬物の弁当であるが、三食付けて貰っていた。朝夕の食事は自室まで女中さんが運んできてくれ、食事が終わるまで、横に座って給仕していた。

椎葉村の中心・上椎葉はそこから約六キロ耳川を遡った所にあり、映画館もあった。そこからさらに二キロほど奥に行くと、日本最初の巨大なアーチ式ダム・上椎葉ダムがあり、日向椎葉湖というダム湖を造っている。源平合戦・屋島の戦いで有名な那須与一の弟・那須大八郎と鶴富《つるとみ》姫の暮らした鶴富屋敷も観光名所として直ぐ傍にある。

4

この様に意気込んで現場に入り、種々の段取り工事に大忙しの十月九日、自宅より手紙が届き驚いた。十月二日の契約で、京都山科に家を買い、この二十七日に転居するとのことであった。もちろん、それに間に合うように何とかして帰って来いという母の手紙であった。九月末にはまだ家を買う話は、予定も含めて全くなかったので、本当にびっくりさせられた。しかも三軒長屋の真ん中の家との由であった。直ぐ返事を出し、何故急に家を買うことになったのか、何故、長屋から長屋なのか、何故、私の留守中に引越しするのか等憤《いきどお》りを込めて記した。もちろん仕事が終わるまで帰れないとの話もしたが、橋を架けることを仕事にしているとは知っていても、その内容は元より、そこから途中で抜けることがどういう意味を持つのか、全く理解していない。当然、父も傍に居ながらそのような振舞いを母にさせた責任は重いと思った。父は母の言うとおりに動いて売買契約をしたようだった。ただ、同時に本社にも転居の旨を伝え、出来れば一旦帰宅させて貰えないかと、やんわり要請した。

その後、再び母から十六日付の手紙が届いた。内容は、転居通知のはがきが出来たので同封すると共に、

〈二階にある一樹の本が沢山なので整理が大変です。母一人でやきもきしており、色々考えると夜も眠れません。もし、引っ越しする時帰れたら帰っていらっしゃい。待っております。田舎の祖父からも家が買えたかと言って、余りの嬉しさに家内一同涙を出して喜んだと言って、お祝い状が来ました。一つ親孝行が出来ました〉

と母の興奮状態が手に取るように記されていた。主に、妹の里子が二階の私の部屋の整理を行ったようだ

が、全てを持って行くには、新居は狭すぎるため、私の意見を聞かずに、何をどのように取捨選択しているのか気が気でなかった。その後も、帰宅の話を会社と交渉し、架設の準備が全て終わる十月末までに代わりの監督を派遣して貰うことで話は決着した。本社が「勝手な奴だ」と思ったことは間違いない。このこと、父に宛て、電報で「今月末までここに居る」と短く返事した。二十七日の引越し日には間に合わなかったが、それより、肝心の橋体架設の指揮・監督が出来なかったことが、本当に残念であった。三十一日しぶしぶ現場を後にした。本現場の滞在日数は計三十一日間であった。

そして、生まれてからその日まで、自宅であった京都・北野の家、居住年数は二十四年余という長い借家生活であった。この二十四年間の北野での生活が私にとっての基盤となり、これから先の「住まいの遍歴」を生む確固たる土壌となったことは確かである。

第二章　山科（京都市）の巻

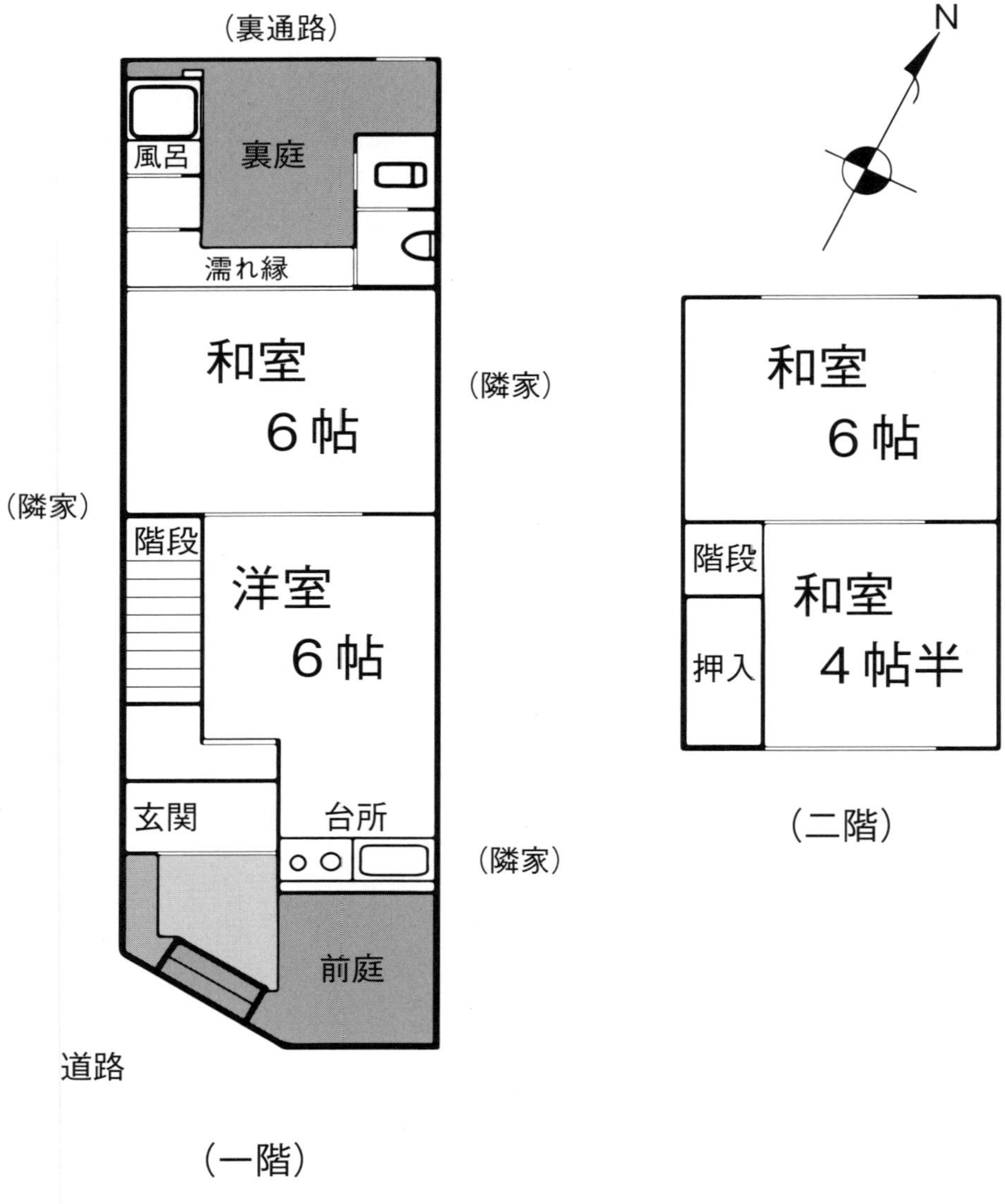
（裏通路）
風呂
裏庭
濡れ縁
和室
6 帖
（隣家）
（隣家）
階段
洋室
6 帖
玄関
台所
（隣家）
前庭
道路
（一階）
N
和室
6 帖
階段
和室
押入
4 帖半
（二階）

図ー2　**京都　山科の家**

一節　山科（京都市）

1

引越しには間に合わなかったが、その五日後（昭和三十八年十一月一日）、新居になった山科の家に帰った。（図―2参照）初めて目にした新築分譲のわが家は、三軒長屋の真ん中で、土地面積七二平方メートル（約二二坪）床面積は一、二階合わせて四四平方メートル（約一三坪）いかにも狭い。二十四年間住み続けた北野の家と比べても、土地面積で約三坪、床面積で六坪も狭い。何でこんな家を、しかも事前に私に何の相談もなく、買ったのか、と驚き、呆れたのが第一印象であった。この土地面積には、前の私有道路の半分及び裏木戸外にある裏通路（汲取り式便所へのホースの進入用に必要）の半幅の土地面積も含まれていた。周辺は同じような五軒、六軒長屋がズラリと一〇〇軒以上並んだ団地になっていた。そんな中に一軒だけ独立家屋があったが、そこは内科医のお宅であった。本通りに出るまでの私道は全て未舗装で、雨の日のぬかるみ状態は、尋常ではなかった。

所在地は、京都市東山区（現・山科区）山科厨子奥長通、京津電車の日ノ岡駅より南へ徒歩十二分の所にあった。大阪の会社に通勤するためには、京津電車で京阪三条駅経由、京阪電車で四条駅まで行き、鴨川に架かる四条大橋を徒歩で渡り、阪急電車に四条河原町駅で乗り、淡路駅で下車し、乗り換えて天神橋筋六丁目駅まで行くという経路が一番早かった。通勤時間は約一時間五十分、北野の家からの通勤より、二十分は余計にかかった。八時の始業に間に合わせるには、六時過ぎには家を出る必要があり、帰りは二時間残業後であれば、夜八時過ぎに帰宅することになった。「朝は朝星、夜は夜星」を仰ぎ見ながらの通勤である。こんな事情を母は何ら気にする様子はなく「早起きは身体に良い」と言ってケロっとしていた。何より、持家となった自宅に満足して嬉しそうであった。私は、日頃は出張が多く、家からの通勤も少ないから、まあ、いいか、と言う感じで受け入れざるを得なかった。二階の四帖半の間を妹が使用し、六帖の間を私が使用した。一階の六帖和室を両親が使用し、寝ていたが、トイレ使用時には、その枕元を通る以外に途はなく、不便をかこった。

2

家の買値は一四九万円（現在換算・約一三五〇万円）であったが、図面にある風呂は当初なかった。購入後直ちに追加工事として発注したが、完成するまでの一ヵ月余りの間は、京津電車の駅近くにある銭湯に通った。夜八時過ぎに帰宅して、夕飯後、銭湯に出かけることは、やはり不都合であった。プロパンガスで湯を沸かす狭い風呂ながら、出来上がった時は、家族一同ホッとして、それなりに幸せ感を持った。その他、台所の面格子や門柱・階段工事などの追加工事を行い、合計費用は一六九万円（現在換算・約一五三〇万円）となった。その費用は全て父が支払った。私は、就職して僅か一年半、資金がある筈はない。私の給料は、全て母に預けていたし、長期の出張中の給料は自宅に送金されていた。その中から、適当に生活費を差引き、残りは母が私の預金口座を作り、振込んでいたが、当時、私はその中身には全く関心がなかった。父はその年の三月、前記したように一年延長された定年退職を迎えており、一定の退職金を手にしているが、その内容は皆目判らない。父のそれらの資金だけでは足りず、結局、分譲会社・近畿土地㈱より三五万円（現在換算・約三二〇万円）を借りている。返済は、毎月末に七〇〇〇円を、五〇回払いで行い、金利は付かないという条件であった。当然、不動産の名義は一〇〇%父になった。

3

住んでみると、色々な問題点が出てきた。まず、夜間の列車騒音である。道路を隔てて向かい側にも同じような家が並んでいるが、その棟と棟の間に、当方の家の二階から水平距離で約三〇メートル離れているが、丁度同じ高さに国鉄東海道本線の線路が見える。普段から列車の通過音は聞こえるが特に問題にならなかった。しかし、深夜と早朝、一定の間隔で上りと下りの双方向で通過する特急寝台列車四〜五本の通過音は、速度が出ていることもあり、物凄い大きな音に聞こえた。特に上り列車の時は、近くに東山トンネルの出口があるため、列車がトンネルを出ると急に音が大きくなる。最初の頃、就寝中に何回か、この音と地響きに、何事が起きたかと飛び起きた。それも、時が経てば慣れで気にならなくなるから不思議である。母の妹は、福井県下のお寺に嫁いでいたが、或る時その主人の住職が、浄土真宗の本山・西本願寺での所用序で、母の誘いで当宅に一泊した。翌朝、眠れましたかとの問いかけに、夜中あの音に驚いて起き、その後は、一睡も出来なかったと苦笑しながらの返事であった。

音と言えば、お隣の物音、壁を通しての話し声は、ほとんど何も聞こえないものの、壁に何か物が当たったりする音や階段を昇り降りする音は、明確に聞こえる。やはり、就寝中の階段の音は、誰が上がって来たのかと目が覚める程であった。

収納スペースは、階段の上下にある中途半端な押入のみであり、布団以外の物は、天井近くに棚を設けて載せるようにせざるを得なかったが、雑然とする感は否めなかった。日常の買物も近くに店がなく、御陵駅周辺か、山科駅近くまで出かけることになり、不便を感じた。唯一、これは良いと思ったことは、二階の南側の屋根の上が、格好の布団干し場になることだった。燦々と遮る物のない日光を受けての布団干しは爽快であった。

程なく、この家から妹・里子は嫁に出た。相手は勤務先㈱オーム社の同僚で、京都市内、老舗うどん屋の息子であった。入社して直ぐ十代の頃から付き合い始め、母の猛反対を押し切って五年余の交際の後の結婚であった。新居は、何かと便利と、日ノ岡駅近くの鉄骨二階建ての賃貸アパートであった。一人減り、三人で生活すると、これで良いのかなーと狭い家を肯定的に見るようになった。

この家からの遠距離通勤地獄に耐えながら、本社工事部で橋梁の架設計画や工事費見積業務を主として勤めていた。その合間に、数々の橋の仕事に従事した。

4

昭和四十一年（一九六六）十一月、野島常子《つねこ》と結婚した。仕事の合間に、何回か見合いした後、この春、常子と婚約を交わしていた。常子は当時、京都市内の紫野に家があり、市立堀川高校を卒業して、専売公社に勤務していた。義父は、旧制の姫路高校を卒業し、京都大学で化学系の教室で助手を務めた経験から、京都府警の鑑識課に勤務して定年を迎えていた。定年後、語学力を活かして京都国際ホテルのフロント勤め等を行っていた。元々、四条堀川を下がった西側にあり、家業が刀屋の野島家に、子供の頃から養子で入っていたらしい。堀川の家は、戦争中、堀川通の西側が大幅に強制立ち退きで拡張されたため、母屋は取り壊されて、西端にあった土蔵のみ残って、家族はそこで暮らしていたようだ。現在の堀川通の道路幅の広さから見て、元の家が如何に奥深く大きな家であったのかが偲ばれる。義母は、大阪府下江口で大きな農家の出身と聞いた。常子には三歳下の弟がいた。関西大学卒業で、京都市内の化学系メーカーに勤務していた。結婚式は、母のたっての希望に副って京都・岡崎の平安神宮で挙げ、披露宴は近くの平安閣で執り行った。婚約に先立ち、義父は何より私の家系が大事と考えて、福井県の本籍地にまで出かけて調査し、岩成家の先祖が信濃源氏であることまで突き止めていた。結婚直後にその話を伝えられ、関心の薄かった私の方が辟易した。また、どんな苦労にも耐えられる様に育てていますからとも伝えられ、山科の小さな家から推し測られた話と感じて恥ずかしく思った。常子の話では、野島家の祖母は非常に厳しい人で、養子の義父にも、嫁に入った義母にも虚飾を一切廃する姿勢を貫いて、祖母が野島家の主《あるじ》という見識を強く持った人だったらしい。常子はお見合いの時以外は、化粧気も薄く、地味な娘だった。紫野の家は、元は大きな糸屋の家のようで、どの部屋も大きく、通り庭や南の庭も広くて、立派な家であった。常子は初めて山科の家を見て、こじんまりした良い家だと持上げていたが、恐らくその狭さに驚いたことであろう。また、見合いの条件として、母が息子は長男だから、必ず両親と同居することと仲人に話していたようで、それについても野島家や常子から何の文句も出なかった。私の勤めのため、毎朝、六時前には食事の用意をし、夜は遅い夕食にも苦労したことと思う。新婚旅行は、寝台列車で宮崎・鹿児島に出かけた。式を含めて三泊四日の短い旅行だった。

二節　日之影町（宮崎県）

1

宮崎県・城橋の現場に入る前に、色々な仕事があった。昭和三十九（一九六四）年七月、熊本県の三角港から天草二号橋（大矢野橋）の現場を見ながら本渡に渡り、苓州館《れいしゅう》に泊まった。天草に橋を架けるために来た一団とみて旅館で大歓迎を受けた。翌日天草より三角に移り、道路公団天草架橋事務所で打ち合わせの後、旅館「さつまや」で宴会、翌朝、公団事務所に立ち寄った後、熊本市に戻り、白川橋、長六橋《ちょうろく》を視察して博多に移動した。そしてようやく翌十七日午後、城橋の現場に入った。

現場位置は、宮崎県西臼杵郡《にしうすき》日之影《ひのかげ》町城《じょう》で、延岡市に河口のある五ヶ瀬川の上流である。橋は、径間長が七六メートルのトラス橋で、川は両岸の岩の間に白波を立てた激しい流れがある。左岸側に県道、右岸側に集落があり、国鉄高千穂線（現在廃線）が走り、近くに城駅がある。この間に橋はなかったため、城橋は新橋であった。

2

地元は大歓迎で、十七日から四日間は、橋の直ぐ近くの民家で是非泊まってくれと言われて、下請の代人と同宿で過ごしたが、書類仕事もあり、代人と同部屋で長くは居られず、また、目の前に牛小屋があるため、食事中も蝿が多くて気になる等の不都合から、一般旅館に移った。旅館は一駅、高千穂側に行った日之影駅近くにあった田口旅館である。客室は全部で四部屋しかない平屋建て小さな旅館の一番奥にある床付き六帖間に泊まることにした。中年の女将と姪の若い娘さんが世話してくれた。現場には毎朝、宿で弁当を作ってもらい、宮崎交通の路線バスで通勤した。この旅館には、十月初めまで二ヵ月余滞在したが、静かで落ち着けて良い宿だった。

3

この橋の架設工法は、ＰＣＴ工法で、宮崎県の許可を得て行う実験であった。ＰＣＴとはプレテンションド・ケーブル・トラス（Pretensioned Cable Truss）の略称で、従来のケーブルエレクション工法の主索、吊索にプレストレスを作用させる新工法である。このプレストレスの大きさを架設する橋体の重量と同じにすれば、上の主索、吊索には架設を完了したときと同じ張力が働くことになり、従って、この時に全ての仮設機材の安全を点検、確認できるので、作業員は大きな安心感を持って架設を進められる。この工法を最初に思いついたのが、大神製缶の社長・大神龍馬氏であり、理論的な解析を行ったのが九州工業大学の渡辺明教授と出光隆助手（当時）であった。架設の監督を行い、得られたデータから実用解を提示したのが私であった。実橋実験の最初がこの城橋であった。

後のことであるが、九大の先生方と共に、昭和四十三年（一九六八）の五月には土木学会の論文集に掲載され、同年同月、特許公報に掲載され特許工法と認定された。また、同年十一月には専門技術誌「橋梁と基礎」にも掲載され、さらに翌四十四年（一九六九）三月には、発明工法として科学技術庁長官賞を大神社長が戴くなど、輝かしい成果を得た。

大和橋梁㈱としては、昭和四十三年（一九六八）九月に社長名で「東名高速道路・根古屋橋架設工事について」と言う立派なパンフレット（原稿は私が作成・編集した）を発行して、主な官公庁に配布した。一言でいうと、架設途上が不安定で、不安全なケーブルエレクション工法を確実で、安全な工法に変えたのがＰＣＴ工法である。

しかし、仮設の工事設備が今までより余分に必要であり、その費用を役所で予算金額に計上しにくいうらみがあったようである。

大和橋梁を離れた大神製缶は、その後も、他の橋梁会社と提携して何橋か、ＰＣＴ工法の実績を重ねたが、その他多くの橋の架設工法として一般的に適用される様な発展はなかった。

4

城橋の現場では、七月末には両岸のアンカー工事を完了し、その後一ヵ月掛けて、ケーブルクレーン用の鋼製柱を建て、ケーブルエレクション用の門構柱を建て、上下の吊索を張力計とチェーンブロックを間に入れて張り渡した。九月四日チェーンブロックを絞って各吊索に応力を導入し終わった直後、門構の一部が座屈したが、直ちに補強した。もし、ＰＣＴ工法を採用せず、従来工法で橋体の架設を進めていたら。架設する部材がほぼ全て吊下がった荷重状態で門構柱の一部が座屈したことになり、大事故の可能性もあった。工法としてその役割を発揮したとも言える事故であった。九月七日より架設工事開始し、僅か七日間で架設完了となった。その後リベット打ちを行い、鋲頭塗装を施工し、門構柱と各ケーブルの解体撤去を行った。当社契約範囲の工事は、宮崎県担当課の検査を受けて十月一日に完了した。

本工事に関しては、当初から森安君が補助役に付き、途中、九州工大の渡辺教授と出光助手も、架設の最終段階の確認に来現された。
十月二日に現場を離れた私は、例によって真っ直ぐ帰れず、鹿児島県や大分県の橋の現場調査を行った後、十月五日に帰社した。

5

この現場でも、親に言えない危ないことがあった。橋体の架設・組み立てがほぼ終わった段階で、私はトラスの下流側上弦材（トラスを構成している上側の、断面が箱型の部材で、幅が約二五センチ）の上に這い登って、組み立て具合を検査していた。すなわち、次頁に示す写真—3で、橋の中央の上に白い人影が見えるが、この位置で私は立ち上がっていた。ふと前を見ると、前方から一人の鳶職が同じ上弦材の上を歩きながらこちらにやって来ていた。PCT工法は、橋体を安全確実に組み立てる工法であるが、組み立てる人の安全のため足場を掛けることは、当時、義務付けられていなかった。また、ヘルメットも安全帯もしていなかった。当然、ボルト締めやリベット打ちのため、部分的に移動式の簡易足場を組むことは必要であったが、その時には上弦材の両側には何もない。目を下に向けると二〇メートルほど下に白い泡を湧かせている急流と岩場が見えた。さて、どうしようかと私は考えたが、彼がどうしたいのかを聞いてから対応することにして、彼が近づいて来るのを待った。彼は私の後方に行きたいと言った。場所柄、その場に私がしゃがんでも、彼は私の背中を跨いで通れない。彼は言った。お互い抱き合って、先ず足を入れ替えた後、身体を回転させて前後に入れ替わろうと。私は一瞬迷ったが、それしかないと心を決めた。同じような背格好の二人は向き合って、同じように両足を前後に構え、両手で抱き合った。次に同時に、お互いの後ろ足を相手の前足の後ろに伸ばす。一瞬であるが、お互いの体はそれぞれの一本の足で支えていることになる。足は交錯したまま、

写真－3　城橋のPCT工法現場にて（後方の橋の上に見えるのは作業員）

引続いて抱き合った体を回転して前後に入れ替えながら足も回転させる。最後に残った前足を手前に引いて、抱き合った両手を離す。お互い体の向きは最初から見て逆になっているが、見事に体は入れ替わった。高所での鳶職は、当時、常日頃現場でそのように対応していたのであろう。現在では、足場なし、ヘルメットなし、安全帯なしの現場は到底考えられない。この様子を他の鳶職も見ていたのであろう。また、近在の住民も見ていたようで、下に降りると、その内の一人が「岩成さんは大学であのような高所を歩いたり、抱き合って体を入れ替えることを勉強したのか？」と聞き、目を丸くして驚いていた。また、他の鳶職も、以後、私を見る目が変わったように感じた。

私自身も、後になって、あの時あんな行動をよくやれたものと思う。一つ間違えば、お互い大惨事になっていたことであろう。決して皆に見せるために敢えて行ったパフォーマンスではなかった。やはり、まだまだ、若かったからとしか言えない。

三節　西郷村（宮崎県）

1

城橋でPCT工法の実橋実験を行って一年八ヵ月後、二番目の実験を同じ宮崎県で行い、今度も私が現場を担当した。橋名は小原橋《おばる》。所在地は宮崎県東臼杵郡西郷村（現・美郷町西郷）笹陰《ささげ》で富高市（現・日向市）に河口を持つ耳川の上流に位置する。橋の規模は城橋とほぼ同じで、径間長は七五メートルである。ただ、橋はダムに堰き止められたダム湖上に架かるため桁下遊間は小さく、サグは城橋八メートルに対して小原橋は四・五メートルしか取れなかった。そのため、プレストレスは城橋の半分の二トンしかかけなかった。従って逓減率が悪くなると事前に予想された。

下請業者は大神製缶で変わらず、私は昭和四十一年（一九六六）六月二十五日に入現した。遅れること二週間後の七月八日、入社間もない岡山君が補助員として現場に到着した。工事の内容は特に何の問題もなく順調に進捗し、八月初めにはアンカーコンクリート完成し、仮設工事にかかり、九月十八日に橋体の組み立てが終わり、九月末にはリベット締めを完了した。私はリベット締めの完了を待たずに、岡山君に後を任せて一足早く九月二十四日には帰任した。架設手順は城橋で経験しているのと二人体制で管理したためか、小原橋の工事の詳細に関しては、覚えていない。実験結果も事前予想と変わらず、この工法に確信が持てた。

2

宿は、県道に面して現場から直ぐ下流にある甲斐商店を大神社長が見付けて置いてくれた。元々は酒販売店であったが、今は、奥さんとその母親が、母屋の隣でお酒を含めた雑貨一般を販売していた。我々二人は、二階の八帖と六帖の二間を自由に使用させて貰った。全くの民宿であったが、三食作って頂き、電話も家にあり、すべて好都合であった。

岡山君は新入社員に似合わず、何事にも積極的に対応し、私は楽をさせて貰った。人には言えないが、鳶職から教えてもらいケーブルクレーンで部材を運ぶ電動ウインチの操作まで自ら行っていた。また、ある日、予め水際に漬けて養生していたコンクリートの供試体が、朝見てみると、前日の雨でダムの水位が上がり、二メートル程の水底に沈んでいた。当日が試験日で役所に持参する必要があり、急遽彼が水中に潜り、無事に供試体を確保できたこともあった。

作業の当初は、測量などで頻繁に対岸に行く必要があり、艪付きの船を借りていた。その艪の操作にしばらくは戸惑ったが、すぐに慣れ、艪に付いた縄を弛ませずに8の字を描くように漕ぐと、面白いように早く船が湖面を進んだ。

職人達は、その日の仕事を終えた、まだ明るい夏の夕方、河原で車座になりよく酒を飲んでいた。時々、私がビールを差入れて仲間に加わった。彼らは、ビールは酔う尺度で見ると、高くて勿体ないといつもは焼酎を飲んでいた。ビールも、焼酎が入ったコップに注ぎ、今で言うスパークリング状態で、焼酎に味を付けて喜んでいた。私は勧められるまま、生まれて初めて焼酎をコップでがぶ飲みし、宿まで帰る足取りも怪しくなり、翌朝の二日酔いと頭痛に悩まされたこともあった。

これまた苦い経験であるが、或る休日、近在の若者が、バイクで現場近くに来て話をしていた。余りその新車のバイク（一二五cc程度か？）が格好良かったので、私は無免許ながらちょいと拝借して県道を行き帰りして、試乗していた。緩いカーブにさしかかった時、前方から道幅いっぱいになって砂煙を上げながら、大きなトラックが爆走してきた。私は咄嗟《とっさ》に、このまま行くと衝突は避けられない。かと言って急ブレーキを掛けると道が曲がっているので、滑って横転すると判断し、ままよと、ばかり、直進して道路面より二メートル程下にあった田圃に、そのままバイクごと飛び込んだ。我に返ると、私は腰まで泥田に浸《つ》かりもがいていた。バイクはしばらくブスブスと言っていたが直ぐにエンジンは停止した。頭上から、トラックの運転手と思しき人が、私を見下ろして、大丈夫か？　と問い掛けていた。手を振って大丈夫と返事すると居なくなった。何とか一人でバイクを引っ張り上げ、歩いて宿に帰った。その時、初めて膝から出血しているのが判った。着替えて井戸水で泥を洗い流し、宿の奥さんとその母親の二人がかりで傷の手当てをしてくれた。

　バイクは持主に返して検査して貰ったところ、車体に損傷はなかったが、エンジンは泥を吸い込んでいるためオーバーホールしなければならなかった。田植して間のない落ちた田圃は、かなりの面積がダメになり、その部分は田植のし直しとなった。当然、ご両者には陳謝し、相当な賠償金を払い、その年のボーナスから大枚を消費したが、会社や家族に知られることなく処理するのに苦労した。自らが招いたとんだ災難であった。

　傷は、膝頭の一部が抉られただけで済んだ。近くに医者もなく、甲斐さん親子の手当てだけで回復したが、現場は休むわけにも行かず、翌日から痛い脚を引きずって出勤した。これも、衝突しなくて本当に良かった、また、道路脇が泥田であって、まことに幸運だったと思っている。結局、この宿で、三ヵ月間お世話になった。

四節　津川町（新潟県）

1

昭和四十二年（一九六七）五月二十六日、北陸地建・津川出張所に出頭、取上橋《とりあげ》の現場担当として所長に挨拶し、現場の準備作業に入った。所在地は、新潟県東蒲原郡《ひがしかんばら》三川村《みかわ》で、越後山脈の谷間を縫って流れる急流・阿賀野川が、開けた新潟平野に出る直前にあたり、国道四五九号（若松街道）の取上地区、鉄道の磐越西線・東下条《ひがしげじょう》駅の近くに位置する。現場調査を行った最初、東下条駅近くから対岸の取上地区に向けて阿賀野川を渡し船で渡ったが、通常なら船は艪か櫂で漕ぎ渡るが、そこは白波をたててゴウゴウと音のする急流のため、それに依らず、船頭と乗客が張り渡された鉄線に掴まり、手繰り寄せ乍ら船を動かすやり方で、ちょっと怖かった思い出がある。橋長は二三三メートル、幅員八メートルの二車線、両側に歩道の付く橋で、請負金額計一億五一〇〇万円の、会社としても大きな仕事であった。

現場では、大林組が橋を載せる橋台・橋脚を造る工事の真っ最中であった。橋脚は川底深く基礎構造を設置するため、急流の中。潜函《せんかん》（ケーソン）工法と言う特殊工法を採用していた。潜函工と呼ぶ特殊作業員は、圧力を掛けた潜函内部で掘削作業を行う為、割合短い一定時間毎に交代で働いていた。交代する毎に、作業員は地上に設けた円筒形の箱（ホスピタルドック）に入り、気圧を徐々に変化させ身体を慣らしてから潜函に出入りしていた。丁度その時、彼らは潜函下部が大きな岩に当たり、その処置に苦心しているところであった。我々はその段階から現場に入り、上部桁架設の仮設工事として、まずケーブルエレクション及びケーブルクレーンのアンカーを施工する必要があった。大林組から紹介されたアンカー工事業者を指揮して作業を進めた。

2

宿は、現場から約二〇キロ阿賀野川を遡った所にある津川町に決めた。下流側のより近い町にも旅館はあるが、客先の建設省出張所が津川にあり、足繁く通って、報告や協議を行う必要があることから津川にした。津川町は旧会津街道の宿場町であり、その面影が残る静かな町であった。国道に面した古い町並みには雁木《がんぎ》構造があり、冬の雪深さが偲ばれた。宿は一軒家を借りることにした。本現場は私ともう一人安本君の二人体制で監督することになったが、二人とも新婚で、会社の配慮により妻を現場に帯同することが認められた。当時の会社としては珍しい処遇であった。

家内の常子は六月五日に津川駅に着いた。彼女は、何を思ったのか、ギターを抱えて降りて来た。宿で暇な時に演奏を楽しむためとのこと、車中では、さぞ目立ったことであろう。当日と、翌日は街中の旅館に泊まった。一軒家の方にまだ布団類が届いていなかったためである。安本君夫妻は二週間遅れで六月十八日夜到着した。宿にする一軒家は二階建てで、一階に台所・風呂と五帖の板の間の他に、四・五帖と六帖の和室があった。二階にも四・五帖と六帖の和室があり、私達は一階に、安本君達は二階に住むことにした。台所・風呂などは共用である。

その家の所在地は、阿賀野川の支流・常浪川《とこなみ》に架かる城山橋の近くで、その先の短いトンネルを抜けると麒麟《きりん》山温泉であった。橋とは反対側に行くと、直ぐ津川の商店街があり、山中の街にも拘わらず大きな魚屋もあった。夕方にはいつも、魚を焼く香りがしていた。映画館も一軒あり滞在中夫婦で二、三回出掛けた。

家の裏は広い空き地で、その向こうに麒麟山が望めた。夏の夜風は涼しく快適な住まいであった。安本君の奥さんと常子はすぐに仲良くなり、主人達の留守中、結構二人で田舎生活を楽しんでいた。私は毎日、安本君の運転する社用車で現場に通勤していた。当時の若松街道は、阿賀野川の流れに忠実に沿って走っていたが、道幅も狭く未舗装でカーブも多いのに、ガードレールもなく、少々危険を感じながらの通勤であった。アンカー工事などの下請会社は地元であるが、架設工事の準備作業を行う下請会社・西浜組の職人は大阪から来ていた。彼らは、現場に近い下流側の五泉《ごせん》市内に宿をとっていた。

3

それから一ヵ月間、下部業者の大林組の工事完了を見込み、橋桁の工事業者として、径間測量をピアノ線で測定等の作業に追われた。一方、架設準備作業として、鳶工に依るケーブルクレーンの鉄柱建て、ケーブルエレクション用の門型鉄構柱の設置作業を進めた。そして、八月に入り更に三週間、橋桁の部材の一部もキャリヤーで河川敷に仮置きし、いよいよ架設を始めようという段階で、八月二十二日、私は中間報告のため本社に帰った。その留守中、現場では二十六日から雨が降り出し、次第に激しく降ったようだった。八月二十七日現場より本社に新潟豪雨の情報が入り、翌二十八日夜行で常子と共に現場に向かった。翌日は新津までしか行けず、二十九日に現場に近い馬下駅前で本社の山田次長と落合い、一緒に徒歩でようやく現場入りした。

現場へ向かう途中、災害の状況は大変なものだった。阿賀野川本流による被害ではなく、阿賀野川に合流する大小の支流が氾濫し付近の家屋を押し流したようであった。道路の至る所で斜面が崩壊し土砂が堆積していた。何よりも集落の道端に棺桶が積み重ねて置かれ、何人かの遺体を運んでいた。現場では、折角建てた門構柱が、基礎ごと流されて倒れ、ワイヤー類が散乱していた。河川敷に運び込んだ橋の部材は、一部流されて位置が変わり、土砂に埋もれていたが、損傷はほとんどなく無事だった。道路脇の小さな沢に沿って建てていた当方の現場事務所も、その沢から出た鉄砲水で無残に浸水し、図面類や私が持参していた参考書類・カメラも駄目になっていた。建設省新潟工事事務所の一行とは現場で会い、事故の状況を確認した。

結局これは、後に「羽越豪雨」と言われた集中豪雨による災害で、死者は山形県と新潟県合わせて一〇四名を出した激甚災害であった。先ず、自然災害として建設省に報告し、災害事故認定され補償金を貰う手続きが必要で、その後、改めて別の工法で架設工事を再開することになった。

私は山田次長から現場撤収命令を受け、八月三十一日朝、五泉市内の旅館に待機させていた妻と共に、津川の家に帰ることにした。馬下駅前から三川村の入口の川口という所まで、被害を受けた地区内を通り、架設現場を横に見ながら、約一三キロを徒歩で強行突破した。川口で津川から車で迎えに来ていた安本君と落合い、津川の家に午後二時半に到着した。その後、私共二人だけ、急いで宿撤収の荷造りを行い九月二日津川発、会津若松経由の夜行列車で上野駅に翌早朝着、更に乗り継いで京都に帰った。この一軒家の借家には、合計九十数日滞在したことになる。

妻も初めて見る水害に、大きな衝撃を受けた大変な数日であった。もし、この大水害が橋桁を数本ケーブルで吊った状態で発生していたら、門構柱は橋桁部材もろとも流されて、さらに甚大な被害になっていたと想像された。また、当方側に人的な損害もなかったことは、不幸中の幸いであった。

架設のやり直しは、その年の暮れ、ケーブルエレクション工法をやめて、橋脚基部から斜めに張出した支保工による、片持ち工法を採用し、私に代わって板垣課長が現場監督となり、無事完工した。他業務との関係からとは言え、やり直し工事の担当を外されたことは、まことに残念であった。

第三章　大山崎（京都府）の巻

（一階）

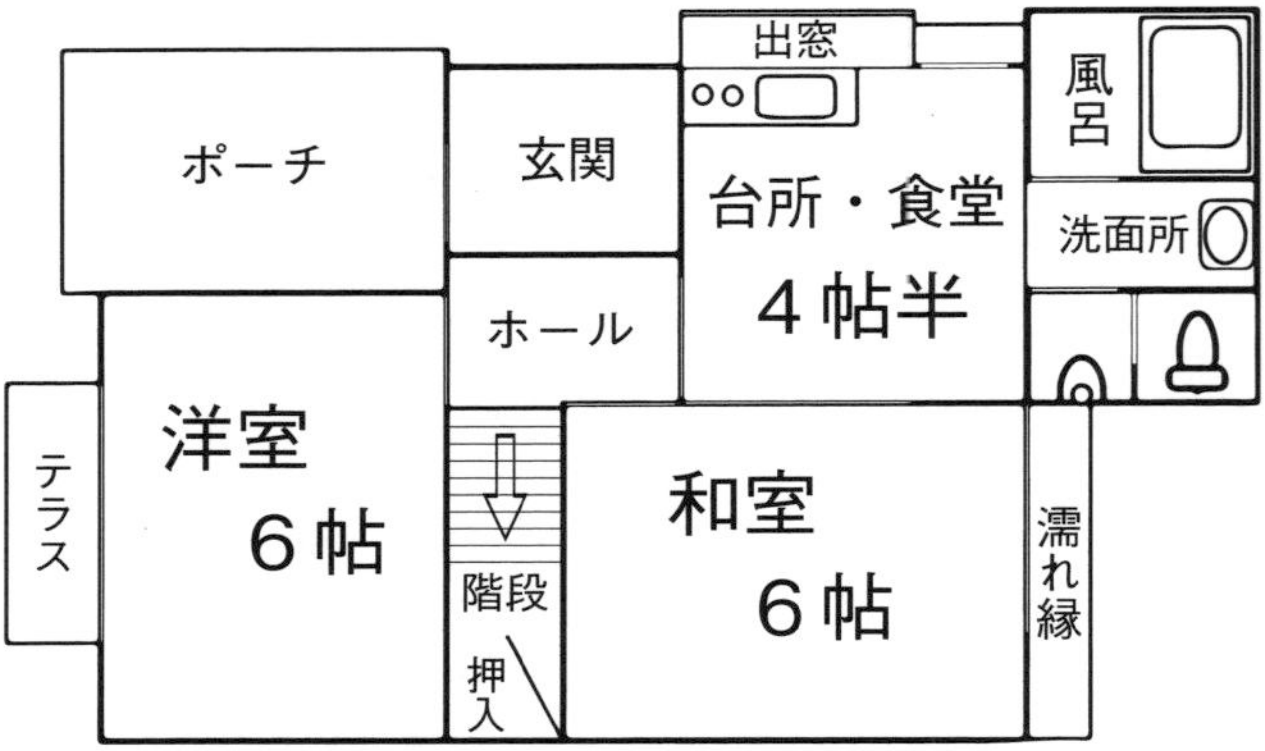

（二階）

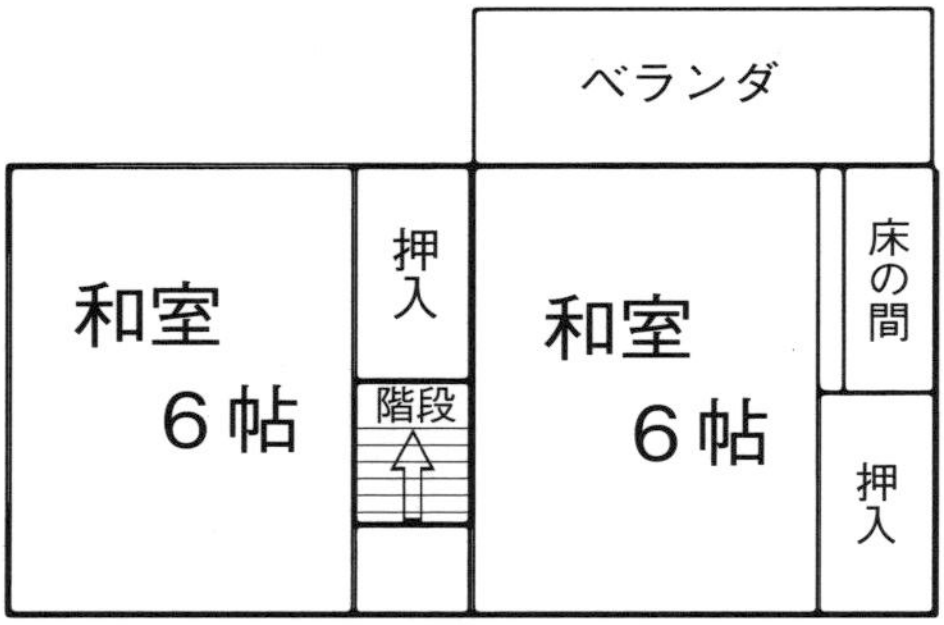

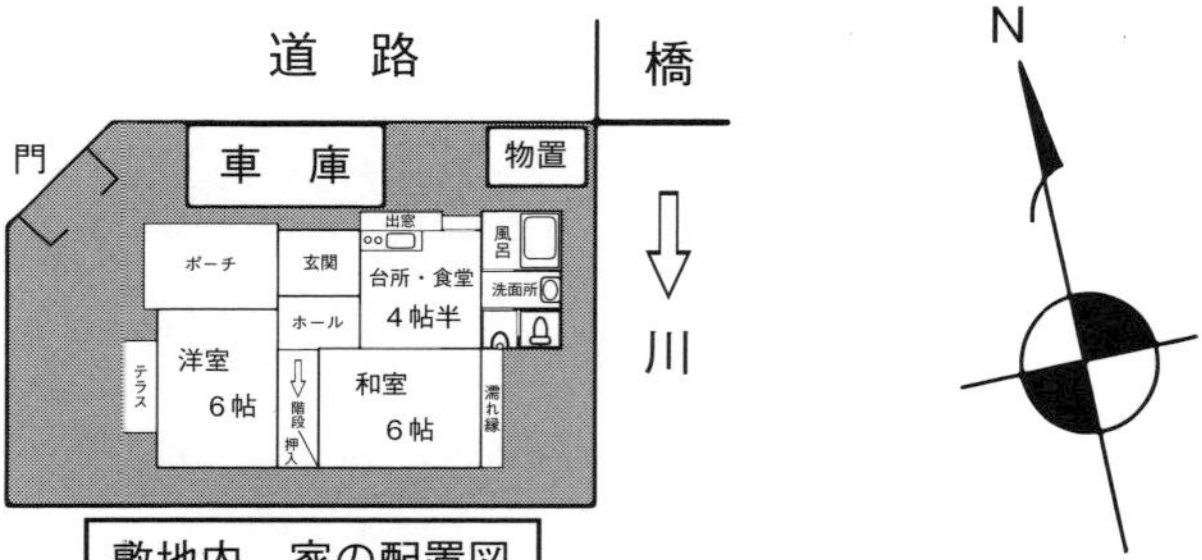

敷地内　家の配置図

図ー3　　京都　大山崎の家

一節　大山崎（京都府）

1

昭和四十三年（一九六八）六月二十三日、京都山科からこの家に引っ越した。（図―3参照）この家に決める前に、京阪電車・樟葉《くずは》駅近くや阪急電車・水無瀬《みなせ》駅近くの中層マンションを母と見に行き、価格も適当だと言って勧めたが、母は頑としてこの新築一戸建てに拘った。私がこの家を避けたかったのは、やはり価格である。当時のわが家にとって手が出しにくかった。

山科の家を買ってからまだ四年半しか経っていない。父の話を聞いてみると、その際借りた金三五万円の返済が毎月七〇〇〇円の五〇回払い故、ようやく終わったばかりである。従って、用意できる資金は山科の家を売却した場合の代金と若干の手元資金のみである。との由であった。私の方は、常子と結婚して僅か一年半余、結納金・式費用・新婚旅行代等の大きな出費を、就職して四年間の間に母が給与から適当額を私の口座に預け入れていた金額で賄ったものの、その後の預金額はほとんどない状態だった。建売業者は、山科の家と同じ近畿土地㈱であった。土地面積一一六平方メートル（約三五坪）床面積六七平方メートル（約二〇坪）、価格は本体四〇五万円だったが、付帯工事（門・門柱・塀・面格子・テラス等）を含めると四二二万円（現在換算・約二四〇〇万円）になった。一方、山科の家の売却額は、手数料などを差引き、手取りで二三二万円（現在換算・一三三〇万円）であった。不足額は一九〇万円になる。この差額については、この家を買おうと決める前から大体予想された。近畿土地㈱が売値の予想を出し、紹介してくれた不動産屋も頷いた額である。

父の手持ち金約六〇万円を充ててもまだ一三〇万円ほど足りない。それを母に伝えると、母は私に「その程度のお金が用意出来ないのか？　情けない。何とか工面せよ」と叱られた。この話を横で聞いていた妻の常子は、実家から借りて来ると提案した。私はいきなり実家のお金を当てにする前に、自分の退職金を会社から前借する案を思いつき、早速会社に相談した。会社の返事は、入社六年経過の社員が会社から借用できる限度額は二三万円（現在換算・一三二万円）だった。結局、その額を借用することにして、常子の実家からは一〇〇万円を借用し、残りを手元資金から支出することにした。予め常子の方から実家に借用を依頼し、後から私が出向き、事情を説明し、借用書を渡した。

手元に、借金を返済して戻って来た借用書がある。その文面は、

〈金壱百万円まさに借用致しました。

尚、本金は本日より四年ないし五年で所定の利息を付け返済致します。

昭和四十三年（一九六八）五月二十九日〉

となっている。一方、会社に出した「借用金証書」では、返済期限は昭和四十八年（一九七三）四月末日で、それまで毎月の給与より三〇〇〇円ずつ天引き、及びボーナス時一萬円程度で返済致します。借用日・昭和四十三年（一九六八）五月十三日と書かれている。妻の実家と勤務先に対して、所帯持の男としてまことに恥ずかしい姿を見せたことになったが、その時は、それしかこの家を手にする方法がなかった。

山科の家の売却契約日は、五月三十一日、引渡日は七月一日、一方の大山崎の家の買取契約日は五月四日、登記日は六月二十日である。これに前記の借用の日付を見ると、まさに綱渡り的な金策で手に入れた家であっ

た。

購入資金の三一％（一三〇万円）を私が負担し、残りの六九％（二九二万円）を父が負担したことになったが、母は一言「初めての一軒家やから、全部お父さんの名義にしておけ」。一瞬「何で！」と言いかかったが、まあ良いか？　と考え承知した。この件、例によって父からは何の挨拶もなかった。おそらく常子の目から見ると、何でそこまで親の言うことを聞かなければならないのか？　と思ったに違いない。序《つい》でに記すと、常子の実家への返済は二年半後の昭和四十五年（一九七〇）十二月、一八万円の利息を付けて、合計、金一一八万円を返した。

2

家の所在地は、京都府乙訓郡大山崎町鏡田で、東海道本線・山崎駅から徒歩二十三分、阪急電車・大山崎駅から徒歩約二十分の所にあった。会社には大分近くなった。家の南側に日本でも有数の交通量の多い国道一七一号が走っている。耳を澄ますと車の音が聞こえるが普段は気にならない。ところがこの一七一号を斜めに跨いで東海道新幹線が走っている。橋は橋脚とも鋼製のため列車走行時の音響はかなり大きい。継続時間は比較的短いが、通過回数が多い。慣れるまで、その音にちょっと悩まされた。図―3、家の配置図にある物置と車庫は後で造ったものである。常子との結婚時の嫁入り家具に布団ダンスを注文したが、山科の家には大き過ぎて入らず実家に預かって貰っていたのを、ようやくこの物置に収納することが出来た。車庫は、この家の立地が少々不便なため、三年後ぐらいに中古車（日産サニー）を買い、収納するために設けた。運転未熟の常子が縦列駐車することになり、何回か鉄柵にぶつけた。前庭は狭いので植木は植えず芝地にした。購入時には何もなかった道路との境と隅角部に門柱と塀を設けた。門柱と塀下部は赤レンガを積み立て、門扉と塀上部は鉄製の柵とした。それを私が自分で図面に描き、その図面通り左官屋と鉄工所に施工して貰った。門扉と塀上部は一式を建売業者が紹介してきた一社に任せるよりも、左官屋と鉄工所の二社に分けて発注するほうが二割程度安くなり、五〇万円（現在換算）程度で完成した。

この外構工事には後日談がある。私が書斎にしている一階の六帖洋間に居た時、外で何か物音がするので見てみると、一人の男が当家の門柱や門扉の寸法を当方に無断で計測していた。しばらくすると隣家（角家ではない）の門柱と門扉、塀が出来たので見てみると当家とデザインが全く同じ、同じ色のレンガであった。その直後、隣家の主人が当家を訪ねて来て言った「真似する心算《つもり》はなかったが、出来上がって見るとそっくりに成りました」外から見てみると所有者が一人の土地に二軒の家が建っているように見える。無断で当家の門扉などを測定するのも失礼な話であるが、愚かなことをする人が居るものだと慨嘆した。

3

ここは大山崎団地と言って同じような一軒家が一五〇棟ばかり道路に沿って並んでいる。入居して丁度一年経った翌年の六月、大雨で当家の前の道路が冠水して駅に行けず会社に遅刻した。家の裏側に堀割があり、その水が溢れたためである。そこに架かっている橋の高さは、当家の敷地より一メートルほど高い。普段の水面は敷地高より一・五メートル程下がった位置で、南方向に僅かに流れている。よく見てみると、家の前の道路が冠水したのは団地全体のほぼ三分の一程度であった。元々この地は、地名の示す通り鏡のように水の豊富な田圃であった。そこを埋め立てて宅地にし、建売業者が家を建てた所である。一七一号の東側には淀川は流れており、高い堤防が連なっている。平時は淀川の水位も低いため、団地内の排水は自然流下であるが、大雨時に淀川の水位が上がり、団地内の水位も上がると、自然流下が出来ないので堤防の脇にあるポンプを動かして強制的に排水することになっている。たまたま、同じように家の前の道路が冠水した自治会長と組長であった私は相談して、ポンプ場（排水機場）と団地内の道路の地盤高を計測することにした。その年の秋、休日に会社から水準測量器一式を借用し、延長約一キロの道路に沿って私が専門の測量を行った。結果、排水ポンプを稼働させる水位の高さが、我々の家のある道路面の高さより高いことが判った。今さら建売業者に文句を言っても埒はあかないと判断し大山崎町の担当部署に測量のデータを持参し何とかしろと陳情した。結果、ポンプ場側でも計測し自動的にポンプが稼働するスイッチの高さ（リミットスイッチ）を調整して貰い、その後は大雨時でも冠水することはなくなった。また、未舗装であった団地内道路は、更に奥（東側）に新しい団地が出来たのを機に、舗装されて環境が良くなった。

4

大山崎の水は良かった。天王山の地下水である。水道水ながら冬は温かく、夏は冷たい、家に来る人が口を揃えて美味しい水だと言った。天王山のハイキングそして山崎聖天《しょうてん》、隣町の長岡天神等訪ねる所も多く、淀川の堤防上の散歩も広い展望が見られるので、よく犬を連れて出かけた。母は玄関前の広いポーチが気に入っていた。父はレンガ積みの門柱と鉄製門扉が特に気に入り、よく外に出て眺めていた。入居して三年後、妹夫婦も同じ団地内へ引越してきた。土地・床面積とも一回り小さい一軒家であるが、物価高の影響でほぼ同じような価格で購入した。彼らはローンを組んで契約した。

父はこの家から定年後も引き続いて京都市内の証券会社に通っていた。常子は栗本鐵工所や清水建設の現場事務所の事務員として、継続して勤務していた。常子は、この家に引越した年の九月からは京都・九条病院で健康保険の点数計算専門の事務を始め、以後三年間勤務した。彼女の勤務に関して私は何も関与せず、自らの判断で決めていた。

その間、私の方はＰＣＴ工法のまとめの段階で、専門誌への投稿や九州工大と協議して計算式の提示などで忙しくなっていた。また、色々な橋梁の現場調査・計画などで忙しくしている頃だった。突然、山田部長から話があり、大和橋梁を退職して新日本製鐵㈱か㈱東亜製鋼所に行かないかとのこと。その時の話では、出て行く理由として、大和橋梁は組合が強くストばかりして落ち着かない。ここでは今後の受注工事の多寡が知れている。新日鐵や東亜製鋼はこれからドンドン橋梁工事に手を出して行くので、先行きが楽しみである。新日鐵・東亜のどちらからも誘いがあり、新しい組織を作る予定があると言っている。一緒に出て行く仲間は、板垣課長、森安君、岡山君、堀江君、中井氏、他課の森脇課長、他二名の予定との由で数回秘密裏に打ち合わせを行った。私はその時深くは考えず、より大きな会社で同じ様な仕事をより多く出来れば良いと単純に考えていた。正直その年の春闘も、より一層激しくてストを決行、私達工事部の人間が対外的に客先と協議・打ち合わせを行うことが多く、ストだからと言って客先対応を疎かには出来ない面があり、身の振り方に困ったことがある。営業部の人間も同様であろう。私は、結局、退職に合意した。後で聞き驚いたが、私が出張などで家を留守にしていた時、この大山崎の家に山田部長が訪ねて来て、私の両親に、是非岩成君を退職させて新日鐵か東亜製鋼に就職することを承諾してくれと頼んだとのことであった。間もなく転進先は東亜製鋼所と決まった。意見を聞かれた時、東京勤務の可能性が少ない東亜の方が良いと思った仲間が多かったからか。その時は、山田部長が大和橋梁を退職する本当の理由は分からないままであったが、今になって考えると、案外単純な人事異動が原因だったかも知れない。山田部長が四月に岡山君と森安君を道連れにして退職した直後、設計部の友永次長が、即工事部の部長として着任した。山田部長が去ってから、私は友永部長と設計の藤永部長に誘われた夕食の席で、山田さんに騙されるな、退職して付いて行っても良いことはないと口を揃えて説得され、引き止められた。しかし、昭和四十四年（一九六九）七月十日付で私は大和橋梁㈱を退職した。退職時の役職は工事部計画第二係・係長だった。長崎県・平戸大橋の架設計画と見積書をまとめたのが、大和の最後の仕事になった。退職予定仲間の内、中井氏だけが退職を取りやめた。

5

大和橋梁㈱の退職金は三四万六〇〇〇円（現在換算・約二〇〇万円）であった、他に月給の受給残、餞別金、組合積立金等があり合計四八万二〇〇〇円であったが、ここから借用金の残額一八万三〇〇〇円を引かれて、手取り額は二九万九〇〇〇円であった。係長という末端ながら役職者のため、長睦会からの餞別金もあった。東亜製鋼での面接の後、七月十四日に電報で採用通知を受けた。七月十六日付で㈱東亜製鋼所の社員（正式には二ヵ月間の試用期間を終えた九月十六日）になった。資格は技手二級、配属先は本社（神戸）の市場開発部、しかし、直後の十月には長大橋工事部技術課になった。給与は、基本給に業務給と若干の時間外手当を含めて計七万円（現在換算・約四〇万円）丁度と大和橋梁時とほぼ同額になった。

東亜に入社してしばらくは、今までが超多忙だっただけに、閑だった。鋼製橋梁に関する受注〜施工体制が全くない段階で、東亜製鋼得意のケーブル関係事業が存在した。そのためPWSの技術資料に目を通したり、吊橋の設計時に使う計算式の電算プログラム化や、英文・吊橋の基本設計法の和訳を行い長崎県・平戸大橋の技術担当者に内容説明に行ったりしていた。その他、東亜が会員になっている吊構造小委員会の会議（東京）に出席し、資料の作成を行った。また、名古屋の滝上工業とタイアップし、天草・竜ヶ岳吊橋の受注に成功し、名古屋に出張して同社と綿密な打ち合わせを行った。

そうこうする内に、北陸地建のOBが入社し、道路公団のOBも加わり、大和橋梁の営業からも藤田氏が入社した。橋梁工事の受注は、まず、建設省の標準設計書がある歩道橋から手を付けて行った。大手や橋梁専業会社は、規模が小さい割に、現場工事として基礎工事・下部工事が含まれ、上部工にはコンクリート工事やタイル工事など手数のかかる採算性の悪い案件として、受注を遠慮する傾向が見られた。東亜のように後発で積極的に受注する姿勢はむしろ業界では歓迎されていたように思う。高知県の今町歩道橋など数多くの歩道橋を継続して施工した。併せて比較的設計が簡単な桁橋も建設省中心に受注できた。他には水管橋も施工した。

この段階では製作工程を担う部門は社内にまだなかった。このため、尼崎に本社工場のある岡本鉄工所や加古川の永田製缶を東亜の協力会社として鋼橋製作を外注していた。どちらも、それまでは一般的な建築の鉄骨加工が主であったので、橋梁の製作経験はなく、最初は相当戸惑った。東亜側として製作管理を担当するのは私しかいなかった。その時に役立ったのは、大和橋梁時代、製造の人間から「いつも工場内をウロウロしている、あの工事部の若造は何だ」と言われながら、暇を見て工場内を巡回し、様々な製作工程を直接見ながら学んだことである。もちろんそれだけではなく、ものの本に目を通して事前に勉強もしたし、外注会社の工場長や社長と一緒に最適な方法を検討したこともある。

注文主の官公庁の立会検査受検の際は、これらの工場に「東亜協力工場」と明記した看板を掲げて検査官に説明した。製作の検査に先立ち行われる材料検査に重点を置き、東亜加古川製鉄所の広大な材料置場で受検を行い、序で工場見学をして貰っていた。また、それまでに東亜独自で開発してきたＩＢグレート床版、すなわち、I形鋼の腹板に孔をあけ、そこに鉄筋を配して、薄い鋼板を底板として、コンクリートを打設していた簡易床版を、もう一歩進める開発にも乗り出した。それは、底板をI形鋼の底に差し込むのではなく下側に溶接で取付け、ＩＢ床版のパネル化・プレハブ化を行い現場作業の効率化を狙った工法である。新床版は、新日鐵とも協調して日本道路公団に働きかけた結果、昭和四十八年（一九七三）には、工期短縮効果が認められ、沖縄縦貫道の橋梁に大量に採用された。

東亜での橋梁部隊の初期段階は、入社前の予想とは大きく外れたが、この様にして始まった。

6

その頃、妻・常子は母の薦めもあり、今のＪＲ山崎駅の近くにあった保育専門学校に、家から徒歩で直接通うことになった。二年間の就学で卒業し、保育士の国家資格を取得した。そして、昭和五十年（一九七五）四月から大阪府高槻市に奉職し、市内の同和保育所専門の保母になった。我々は子供に恵まれなかったこともあり、その後、京都府城陽市、神戸市須磨区の家と転宅したが、高槻駅まではＪＲ、駅から保育所には自転車という遠距離通勤に耐えて、その後、十五年間勤めた。最後には、担任になった保育園児が成人になっても彼女のことを忘れず、年賀状や便りをよこしていた。会社の上司からはＤＩＮＫＳか（共稼ぎで子なし）と揶揄《やゆ》されながらも、お蔭様で、その間、私は家計を気にすることなく、仕事に没頭できた。男女格差のほとんどない公務員給与、十五年間を平均した受給年額は、現在に換算して六五〇万円程度になった。

父は、この家に移った時はまだ満六十二歳、五十六歳で一年延長された定年を終えても、個人営業の外務員として同じ会社に勤めていた。引続きその後も、同じ業務で昭和五十五年（一九八〇）満七十四歳になるまで働いた。その間十九年間、獲得した報酬は現在換算で一億円以上になり、仕事の性質上、年により凸凹はあるものの、平均すれば年額五五〇万円にはなっていた。大酒のみの祖父を見ていたから、酒も飲まずタバコも吸わず、病気になることもなく元気に過ごせた結果だと考えるが、それはそれで凄いことだと思う。

私は、仕事の傍ら、技術の国家資格の取得にも精を出した。いわゆる「士《さむらい》」になる為である。まず、昭和四十三年（一九六八）五月に測量士、そして昭和四十五年（一九七〇）五月に一級土木施工管理技士を取得した。引続いて七月、技術者の最高資格と呼ばれる建設部門の「技術士」筆記試験を受験した。受験資格として、大学卒業後七年以上を経過した者という条件が満たされたためである。結果、九月二十日筆記試験合格の通知を受領した。

口頭試験は十月二十五日東京で行われた。口頭試験まで行けば四人に一名しか落ちないと言われていたので、期待したが、結果は不合格であった。試験官から「ＰＣＴ工法は会社で貴方が一人で開発したのか？」と問われ、大和橋梁では私一人でした。他に九州工大や大神製缶などの名前を挙げて返答したが、首を傾げられたことが気になっていた。

翌年、再度受験し合格を目指したが、今度は筆記試験で不合格となり、以後、挑戦を諦めていた。それから何年か後、仕事上で大和橋梁㈱の工事部の後輩に会った時、彼が言ったのは、私が退社する時、上司であったＩ課長が、ＰＣＴ工法のことを答案に書いて技術士に合格したと言っている、とのことであった。それを聞いて啞然とした。上司のＩ課長は、私が退職する前年の或る時、上司として内容を把握する必要があるから、ＰＣＴ工法に関する一切の資料を見せてくれと言われたので、資料一式をまとめて預けたことがあった。その翌年、当方には何の断りもなく、彼は、さも自分が担当した工法のように繕い、それを武器にして、技術士試験に挑戦し合格したらしい。私の時の試験官は、それを知った上で、当方に質問されたようだ。私が合格出来なかったのは当然であった。Ｉ課長は、大和橋梁を定年退職後も、恬《てん》として恥じず、その資格を利用してのうのうと末永く生活していた。本当に恥知らずな人が居たものだ。

7

昭和四十七年（一九七二）になって汽車製造㈱から楠田君が入社し、社内の新入社員も育ってきて、ようやく設計課的なものが出来始めた。製作についても外注・下請でなく東亜社内の呉工場・船用製缶部門が橋梁の製作に乗り出すことになった。しかし、橋は初めての仕事になる為、まず鋼橋とは何か？の講義から始めなければならなかった。その講師に製作・製造が専門でもない私が指名された。その年の夏から暮れに掛けて何回か広島県・呉市内の工場に出向き、鋼橋の原寸図の描き方、溶接歪みの考え方、キャンバーの取り方、特に工場塗装のいろは等について製造関係者を一堂に集めて話をした。山田部長は何の躊躇もなく私をその担当に指名したが、その段階になっても、まだ製作・製造の専門家が東亜にはいなかった。

その上、橋梁の受注量が絶対的に少なくて組織の維持が困難になりつつあった。そのため、橋梁に限らず、土石流を止める透過式の砂防ダムの開発にも手を付けて行った。これは直径六〇センチから八〇センチの鋼管を児童公園の遊具ジャングルジムのように組み立てて、谷川に設置し土石流を堰き止めるもので、全国各地の砂防工事事務所で採用されて、かなりの好評を得た。そして、ついに、昭和五十年（一九七五）から五十一年（一九七六）にかけて橋梁に全く関係のない一般的な土建工事や鉄骨架台に手を出すことになり、私自身が、思いも掛けずに、これら二件の現場を引続いて担当することになった。

8

一件目は、京都府・久御山《くみやま》町の佐山排水機場建設工事である。本工事は東亜製鋼所・環境技術本部・下水道部が久御山町より受注し、土木建築工事一式を我々の部署が担当した。工事場所は、京都府久世郡久御山町林地区で、契約工期は昭和五十年（一九七五）八月十四日から昭和五十一年（一九七六）三月二十五日であった。

現場のある久御山町は、宇治川・桂川・木津川の大きな三河川の遊水地で沼沢地であった巨椋《おぐら》池を昭和の初期に埋立てて出来た田圃の拡がる町である。明治・大正時代には巨椋池は、蓮の花を愛でる蓮見船が行き交う行楽地でもあった。従って、現場付近は現在でも土地は低く、ある程度以上の滞水がある場合には、ポンプで水を押し上げ、近くの古川に放流する必要があるため、ポンプ場を新設することとなった。

現場へは、淀川の対岸にある大山崎の自宅から路線バスで通った。精々三十分程度の近距離である。工事の施工一式は三井建設㈱に下請させた。その施工管理員として私が現場代理人を務めた。担当を命じられた最初は、大和橋梁を辞めて東亜製鋼所に来たのは、こんな仕事をするためではない筈だ、と文句も言いたかったが、仕事を終えてみて、個人的に非常に得ることが多かったと感じている。総額一億円程度の中くらいの工事であるが、土木と建築工事を合わせて本当に多種多岐の工種が集まり、三井建設の下請会社の層の厚さに感心した。中でも、当時の最新工法として、鋼矢板圧入工法や杭無振動無騒音工法が採用され、つぶさに目にすることが出来た。発注者の久御山町側に毎日設計㈱から設計施工管理者として太田氏が着任された。老練の技術者で、毎日のように施工内容について質問や指示が出たが、当然のことながら全て現場代理人である私を通して三井建設に伝えることになり、全ての問題に私も関与して解決していた。八月末の種々の準備作業の後、九月一日に起工式を挙行し工事が始まった。三井建設は合原所長が建築・土木の部下六名を率いて常駐した。二階建て現場事務所の二階に私の席もある事務室を設けて、その隣に個室の太田監督員室を配置した。太田さんは毎日、図面や現場を見て疑問を感じるとどんな細かいことでも私・現場代理人に質問してきた。即答出来ない問題は合原所長を呼び、その場で回答するようにしていた。

私が工事の成果を示す工事報告書用の資料を事務所で作成していると、現場代理人は現場を見るのが第一の仕事である、事務所に居らず現場を見なさいと口煩く言う人でもあった。着工して間もなくの九月中旬、本件の担当を命じられる前に申込んでいた韓国旅行、払い込んだ旅行費用がキャンセルしても返金されないことが判り、そのまま行くことにした。現場作業休止日の連休を挟んでいる日程のため、私が留守でも何の問題もないと確認して太田氏の了解を得ていた。もちろん会社にも、その旨を通知して旅行に出た。帰国してみると、留守中、元請けの下水道部に、太田監督員から電話が入り、現場代理人の不在は大問題であるとの話があり、下水道部から急遽臨時の代理人を派遣したとのこと。現実に、臨時の代理人が現場に行っても何の問題も起きていなかった。当の太田氏は、帰国し現場に顔を出した私を見ても、ケロッとして何の話もなかった。なかなか食えぬお人だと思い、以後、気持ちを引き締め、現場を管理した。

現場工事は大きな問題もなく、契約工期通り、七ヵ月経った翌年三月三十日に竣工検査を受け、合格し、完工した。十日毎に作成していた工事旬報は一七報になり、それを含んでまとめた工事報告書は二〇〇ページ以上の大部になった。

大きな仕事を終え、ホッとした四月の日曜日、どこからその家を見付けて来たのか、母の強い要望により妻と共に城陽市の物件を見に行った。母は気に入って、是非買いたいと言い張ったが、私は、この一月より大阪支社に転勤になったとはいえ、通うのに遠いことと、青谷梅林の中という市街化調整区域にあるための不便さから、余り良い返事はしていなかった。

その直後、今度は日本鋼管㈱の連続鋳造架台の据付工事の、現場代理人として神奈川県川崎市に行くことになった。

二節　川崎（川崎市）

1

昭和五十一年（一九七六）四月十二日、神奈川県川崎市の日本鋼管・扇島製鉄所内ある現場に行き、今回の下請会社・宮地建設と協議した。そして五月四日現場に赴任した。

本件は東亜の機械事業部が日本鋼管より受注し、機械・連続鋳造設備を支える架台である鉄骨構造物の製作・施工を我々の部署で請け負ったものである。機械事業部から日田課長が所長として派遣され、私は副所長として現場事務所に入った。

現場は、日本鋼管の稼働している工場内に新設する設備工事であるが、安全管理体制が厳しく、東亜も事務所全体の専従安全管理者として兼沢氏がなり、土建工事専門の安全管理者として白坂氏を配置した。毎朝、現場事務所の前で日田所長と副所長である私が交代で朝礼を行い、同時に安全のスローガンを全員で唱和した。工事内容の詳細は、他社の設備であることから省略する。

2

宿は、当初から二十六日間、日田所長と共に川崎駅近くの旅館に泊まっていた。そして六月六日、私は現場により近いアパート「みどり荘」を契約した。所在地は川崎市川崎区旭町で、部屋は四・五帖一間であった。

一見普通の家で、玄関を入ると幅の広い土間があり、土間に向けて各部屋の扉が並んでいる。当方は奥の三号室、扉を開けると半帖の土間、その横に半帖の押入、南側に一間幅の窓、その脇に半帖大の流しとガスコンロが並んでいる、あとは四・五帖の和室であった。早速、近くの商店街で布団と小さな座卓を購入して、その夜から移住した。月額賃料は九〇〇〇円（現在換算・約二万二〇〇〇円）当然、電気・ガス・水道代は別途メーターに依り支払うことであった。他の部屋も同じような造りで、夕方は各部屋から話し声が洩れ聞こえた。朝食は前日に買った握り飯とお茶か、パンとミルク程度で済ませ、昼食は事務所に弁当屋から配達して貰っていた。夜は、その時の気分に任せて近くの商店街にある食堂かレストランで、一人で採っていた。問題は私の通勤である。現場が長い海底トンネルを抜けた人工島・扇島の奥にあるため、一般のバス便はない。結局、宮地建設の下請契約金額に送り迎えの個人タクシーの費用を上乗せさせ、朝夕の時間を決めて、アパートに送り迎えさせることにした。多少の待ち時間を含めて月額、当時で二五万～二六万円であった。結果的には、他の誰の手を煩わせることもなく、私が独自に行動出来たのは良かったと思えた。ただ、帰りの時間がタクシーに拘束されることから、仕事の関係で遅れる時は忘れずに連絡する必要があった。

街から行って、海底トンネルを抜けた所に日本鋼管・扇島製鉄所の正門がある。車窓から見ていると、毎日のように正門脇に数人の人がプラカードを掲げて立っていた。よく見ると、そのプラカードにはその人が昨日犯した不安全行為が書かれていた。例えば「禁煙の所でタバコを吸った」「ヘルメットを被ってなかった」「安全帯を付けて作業しなかった」など些細なことが書かれていた。続々と出勤する不特定多数の人々に対する告白で、見せしめである。ここまでやれば、再犯者は少なくなるであろうと想像された。他所では、ちょっと見掛けない、安全に対する厳しい風景であった。

3

それほど安全に対して厳しい所の、当方の現場で死亡事故が発生した。土建工事ではなく機械の方であった。七月十三日午後、東亜・機械の三次下請の作業員A&Bが、アーク溶接とガス切断作業を同じ位置の上下で行っていた。上の溶接の火花が下のガスホースに飛び、ガス管が破断して火が入り、ガスボンベの先端から炎が吹き出した。直ちに消火器で近くにいた他業者の作業員が消火に当ろうとしたが、危なくて近付けなかった。作業していた上記A&Bが駆け付けた時、酸素ボンベが爆発し、上記A&Bは約一五メートルボンベと共に吹き飛ばされた。十七歳のAは、鋼管病院に救急搬送されたが死亡が確認された。死因は脳挫傷頭蓋内出血であった。二十一歳のBは、鋼管病院から済生会神奈川病院に転送されたが、背打撲と背肋骨骨折の重傷ながら、命は取り留めた。

事故に関して、罹災届を出す消防署、事故の詳細経過を見極める警察署、組織的な労働関係を追及する労働基準監督署、そして、一般に報道する新聞社などとの対応は、全て統括安全管理者である日田所長に集中した。その対応に追われた所長は、数日間で憔悴しきっていた。七月二十日、事故後一週間の工事中止を解除し、安全大会を開催して工事再開を宣言できた。

4

城陽市青谷の家、この現場に来る直前に母と見に行ったが、その後も母から、早く契約・購入したいとの矢の催促があり、結局、大阪支社に中間報告と打ち合わせで帰った時、五月二十九日に、私自身が十分検討する間もなく購入契約を交わした。父は当時、未だ満六十九歳であったが、契約に関わることは一切しなかった。決済の期日は七月二十六日であった。また、大山崎から城陽への引越しは、まだ私が川崎市での赴任期間中で、契約決済前の七月十日と決まった。連鋳架台工事は、九月三十日に竣工検査を受け、工事完了となった。約一ヵ月の旅館生活を除いた、川崎市の四・五帖一間のアパート暮らしは三ヵ月半に及んだ。

第四章　城陽（京都府）の巻

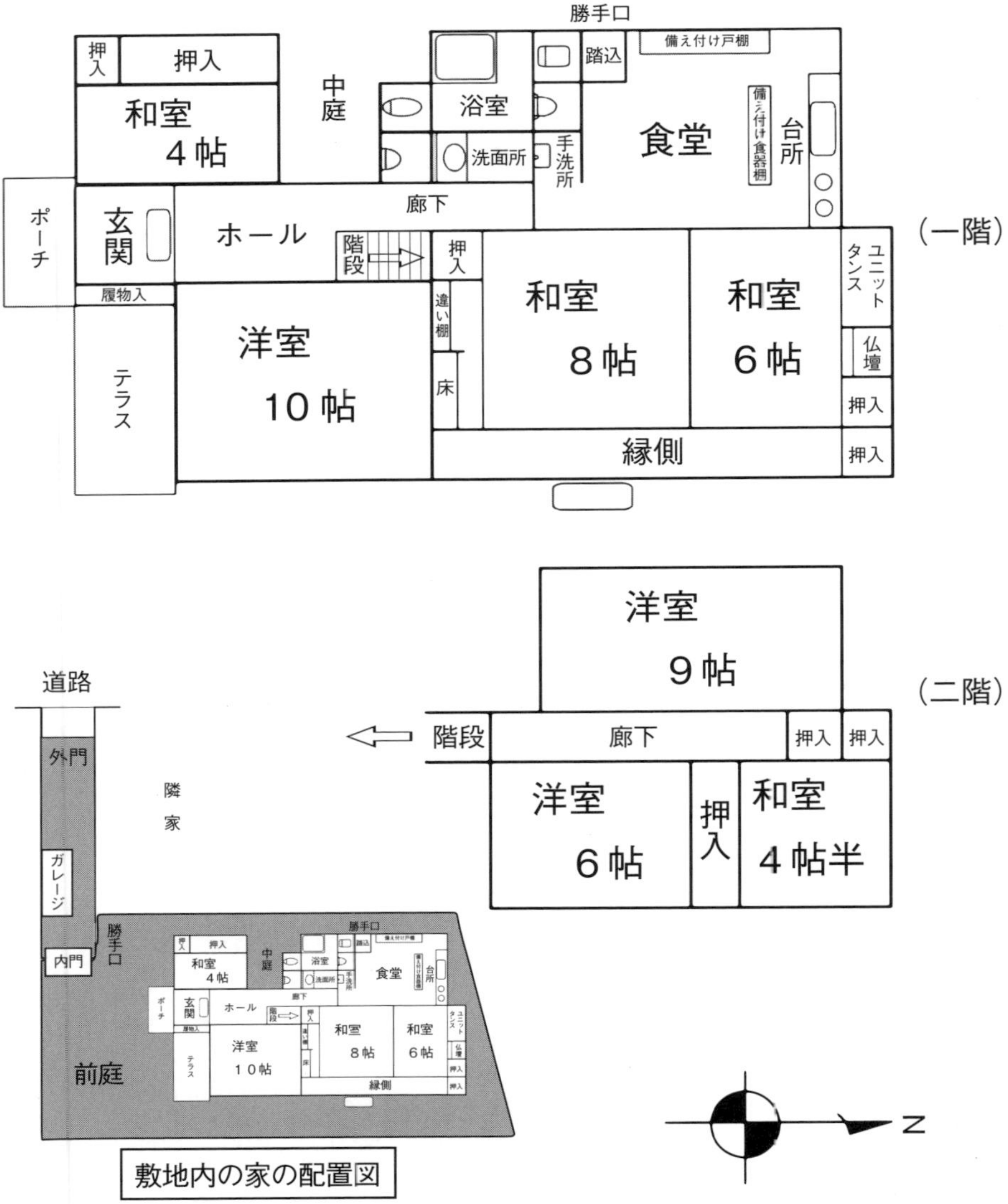
勝手口
押入
押入
和室 4帖
中庭
浴室
洗面所
手洗所
踏込
備え付け戸棚
食堂
備え付け食器棚
台所
ポーチ
玄関
ホール
廊下
階段
押入
履物入
洋室 10帖
テラス
違い棚
床
和室 8帖
和室 6帖
ユニットタンス
仏壇
押入
押入
縁側
（一階）
洋室 9帖
階段
廊下
押入
押入
洋室 6帖
押入
和室 4帖半
（二階）
道路
外門
隣家
ガレージ
内門
勝手口
前庭
N
敷地内の家の配置図

図－4　**城陽（京都府）の家**

一節　城陽（京都府）

1

敷地の広い大きな家である。上下八室、どの部屋もゆったりした広さがある。（図―4参照）土地面積は三八七平方メートル（約一一七坪）床面積は一六五平方メートル（約五〇坪）所在地は京都府久世郡城陽町市辺《いちのべ》（当時）最寄りの鉄道駅は、国鉄奈良線・山城青谷《やましろあおだに》駅で、家まで歩いて十八分かかる。周辺には青谷梅林が拡がり、茶畑にも囲まれた緑の多い所である。私は、赴任先の川崎市から大阪支社での打ち合わせを兼ねて、家に帰り、昭和五十一年（一九七六）七月十日、大山崎からここに転宅した。

この家を買う為には、大山崎の家を売却する必要があったが、この度の家の売り買いにも大げさに言うと劇的なやり取りがあった。不動産売買契約書では、大山崎の家では、契約締結日・昭和五十一年（一九七六）四月三十日、取引期日・五月末日となっており、城陽の家は、契約締結日・昭和五十一年（一九七六）五月二十九日、取引期日・七月二十六日となっている。すなわち、契約書通りであれば大山崎の家を明け渡した時には、まだ、城陽の家は当方の物ではなく、入居できない筈である。実際引越したのは、七月十日であるから、どちらの取引期日にも適合しない異常な取引であった。

大山崎の買い手は、お隣の家で、自分等がこの家に移り、隣には同じ団地内で離れた所に家のある、親御さんが移り住むことになっていた。従って、多少転居日が遅れても何の障害にもならなかった。日頃親しくしているので頼めば快諾してくれた。また、過日、当方のデザインと全く同じ外観に真似て出来た、お隣のレンガ積みの門と塀は、期せずして、繋がった一軒の家の敷地内に親子がそれぞれ別棟の家を建てているという構図になったことも、お隣は喜んでいた。

一方、城陽の家の売り手は、京都の陶器、清水焼の窯元であった。製品を作る時、家族・従業員全員が、窯の火を消すまで、ほとんど休みなく総出で働くので、窯出しが終わると数日間はこの家に来て、骨休めをするのだと言っていた。一種の別荘として建てた家である。そのため、普段は空家になっており、家具もなく、当方の入居日が契約より二週間程度早まっても問題はなかった。当方は、銀行等から借金してローンを組むことを避けて、全て自前で賄うという金策上、契約から約二ヵ月後の取引期日としていたが、さすが商売人、税金対策のため売値から三〇〇万円差し引いた金額表示で売買契約書を作成することを申し出て来て、当方が快く承諾したことも影響していた。さらに、売主側で家の権利書を紛失して見当たらないという珍事があった。登記申請に欠くことの出来ない権利書のため、売主から別途保証書を出して貰い、所有権移転登記を行うことで決着したという、他ではちょっと例のない経緯もあった。

大山崎の売値は、買値の約四倍の一六〇〇万円だった。この八年間の物価の変動率は、ざっと二・五倍ぐらいだと考えると、不動産価格がそれ以上に高騰していることが分かる。諸経費を差引き手取額は、一五六九万円であった。

城陽の家は二五一九万円（現在換算・約六〇〇〇万円）で買った。差額九五〇万円（現在換算・約二二〇〇万円）の金策が必要となった。これに対し、父母が貯金を取り崩して一四〇万円拠出、私が社内預金・東亜製鋼の株式・投資信託・郵便貯金などを解約して七三〇万円、それと常子の預金で八〇万円を用意した。これで父と私のこの家に対する所有権比率は半分ずつとなった。

2

一見、素晴らしい家に見えるが、この家には先に述べたように色々な欠点があり、出来ることから改良・改善を行った。先ず、立地として、勤務先が遠いこと。父はその後も京都の証券会社に勤務を続けてが、徒歩二十分、奈良線京都駅まで二十五分、京都市内バス二十分と一時間二十分程度の通勤時間を要する。常子は高槻市の保育園に通う為、徒歩二十分、奈良線で京都駅まで二十五分、高槻まで二十五分、自転車で十五分と最低一時間半はかかる。私は、勤務先の大阪支社に行く為、バイクで近鉄新田辺駅へ十五分、近鉄で西大寺駅まで二十五分、西大寺乗り換えで難波駅まで三十分、難波から本町まで地下鉄で十分、とやはり一時間四十分はかかる。新田辺駅までのバス便は本数が少なくて、帰宅時には常子を駅まで迎えに寄越すなどしていたが、不便を感じて、一年後にバイクを購入した。日常の買物は、山城青谷駅の駅前に小さなマーケットがあるのみで、近くに商店街はない。駅までの途中、家から坂道を下った所に魚屋が一軒あり、電話で毎日注文を聞きに来ていた。母が注文すると家まで配達してくれたが、当然安くはない。次に、この地は市街化調整区域に入るため、下水道やガスの配管はない。水洗トイレが設置されているが、排水は裏庭の浸透枡（四辺をコンクリートの壁で造り、底は砂地のまま、砂利を入れている枡）に台所・洗濯機や風呂場の排水をまとめて浸透させて処理するようになっている。このやり方は、売主の場合のように、短期間の休養のため臨時に使用する場合は問題ないと思われるが、通常の生活を継続して行う場合は、定期的にゴミ浚《さら》いも必要となり、不適当と思われた。結局入居後、中庭の一部に汲取り式のトイレを新設し、既設の水洗トイレは、そのまま残し、来客時のみに使用するようにした。さらに、浸透枡の大きさを約二倍に造り替えた。また折角、二間続きの座敷と廊下があるが、東側の庭は狭くて通路としてしか使用できない。仕方がないのでテラスとしてコンクリートを打った。大きくて立派な中門は二本の柱で支えられているが、強風に耐えられないと判断し、私が計算して斜め補強支材を追加し、門の下は赤御影石張りで固めて、安心できる構造に改良した。売主は、前庭には何もない状態で、車は直接門を潜り中庭を駐車場としていた。この部分には石灯籠を配し、北山杉や槇《まき》の植木を植えた和式の庭園にした。中門から表門の間はカイズカイブキを植えただけの無舗装の長いアプローチがあったが、二間幅の真ん中をコンクリート舗装し、一部に屋根付きのカーポートを設けた。隣家の勝手な希望で表門の前に南に面して隣家の門があるが、本来は道路まで当家の敷地である。これについては、車が出入りし易いのでこのままとすることにした。風呂場は二面に大きな自然石を天井まで張った岩風呂であるが、追い炊きは出来ず給湯栓から湯を入れるのみである。真冬の浴室は、厳しく冷えて、決死の覚悟で入浴するしかなかった。また、家全体が安普請で、廊下には上下の歪みが見られ、材料の接合部に隙間も見受けられた。

しかし、これら数々の不良を補って余るほど、住んでみると、大きな広い家は良いものだ、と家族は実感した。入居後、しばらくは親戚の人々や私の友人が代わる代わる訪ねて来た。「さすが兄貴、大したもんだ！」と褒められて父は満足していたし、母は誇らしげであった。家族一同、慣れるまで家の中の移動で、夕方には歩き疲れるというおかしな実感があり、顔を見合わせて笑ったこともある。二階の北側の窓からは一面の茶畑と梅林が望まれ、南の窓からは、木津川が緩やかに曲がって流れている南山城の平野が、目の下に一望できる。西側は、平屋建ての隣家の屋根越しに、梅林や畑が連なり、その向こうの小高い所に一軒家がある。昔の郷士の城跡に建っているとのこと。大阪から帰って来ると空気の味がコロッと変わる自然豊かな環境である。

この間、怖い目にも遭った。或る冬の寒い朝、いつもの様に、七時過ぎにバイクで近鉄新田辺駅に向かう途中、木津川に架かる山城大橋の手前で、路面凍結のため後輪が横滑りし、二車線道路のセンターライン上で横転した。対向車は、危うく避けてくれたが、後続の乗用車は急ブレーキを掛け、すぐ後ろで停まった。

速度を落としていたため当方に怪我はなく、無事だった。この道路は、東方の奥に長池の砂・砂利採取場があり、大型ダンプカーが頻繁に通る〝ダンプ街道〟とも言われていた所である。私もバイクに乗っていて、何回かダンプカーに後を追われて、危険を感じ道路脇に停車してやり過ごしたことがある。また、山城大橋の左岸に南北に走る国道二四号は、当時から車の渋滞がひどく悪名高かった。

3

川崎に赴任中、城陽の家に転宅したことを挟んで、九月末に業務を終えて大阪支社に帰任した。

年が明け昭和五十二年（一九七七）になると、道路公団から関越自動車道建設のための、城山工事用道路に架ける鏑川橋という工事用応急橋の受注があった。鏑川《かぶらがわ》橋の現場代理人として計画書を作成し、三月二十五日より現場に赴任した。

現場は群馬県高崎市郊外の烏川《からす》と鏑川が合流する地点で、烏川の河川敷に設けられた城山工事用道路が鏑川を渡るために架けられるのが鏑川橋である。ただし、固定される橋ではなく、河川の増水時には、河川敷の高い所に橋体を引っ張り上げて、水害を避ける構想になっている。東亜の新しい構造の橋を、工事用の仮橋として初めて一般車両の通行を考えて設計したものである。工事は無事完了し、六月六日竣工引渡しとなった。

宿は高崎駅の一つ手前、倉賀野《くらがの》駅前の旅館に滞在した。現場までは自転車で通勤した。旅館滞在日数は五十八日間になった。

4

この頃であったと思うが、社内の技術系人間を集めて、業務課の間もなく定年を迎えるというA課長（安全課長を兼任）による安全講習会があった。一にも二にも「安全」という厳しい話であった。最後に私が発言し「今の話通りに実行すると、現場工事は出来ない。工事はやるな、ということになる」と言った。A課長は目をきらりと光らせて、それは考え違いだ、と言って口を閉じた。工事を施工する上での安全であって、安全が目的ではない。私自身、足場のない現場、ヘルメットもない、安全帯もない時代から現場工事を行って来た。悲惨な事故も目撃している。日本鋼管の現場では、専任安全管理者・兼沢氏や、土建の安全管理者・白坂氏とは巧くやって来たし、その他の現場でも、定期的な安全会議に出席して、自ら現場作業員を前にして、安全の話も行って来た。決して安全を蔑《ないがし》ろにするものではない。そういう現場工事を何も判らぬ者が何を言うか、というのが正直な私の気持ちであった。

その後しばらくして、A課長から「岩成君、話がある」と言われて別室に入った。彼は、薄ら笑いを浮かべて言った。「忠告するけれど、お前は、もう管理職になれない。別の就職先を見付けて、さっさと退職することを勧める」と。恐らく、先日の安全講習会の時の私の発言が、管理職会議で話題になり、今後の私に対する処遇や評価をそのようにすることになったのかも知れない。私の話がA課長を通じて、どのように伝えられたのか、私が不在の会議のため全く判らない。普通、そういうことを本人に直属の上司でもない者がそのまま直接伝えるか？　と大いに疑問を持った。私はその時、私の居ない席で、先日の私の話したことを、どのようにA課長は幹部に、話されたのか、また、私から直接、私の話の真意を確かめもせず、私に対する処分が、一方的に決まった経緯・理由を問い質すべきであったかも知れない。しかし、私は「そうですか」とだけ、一言返事した。

当時、私の社員段階は八級社員であった。少し前まで技師一級と呼んでいた段階である。管理職直前の階級であった。仕事そのものが面白いので退職するつもりはなく、居続けたが、直属の上司から何の話もないままA課長の話の通り、管理職昇格の話はその後、気配すらも全くなくなった。

振り返ってみると東亜入社以来、数々の提言・意見を書面にして上司に出し続けて来た。現実に課長と変わらぬ仕事、あるいは、課長がやらないので、課長相当の仕事を日々こなしていたので、組織のあり方や運営方法に強烈な不満を持っていた。それを文書で訴えることを繰り返していた。文書だけでなく、直接部長に、管理職会議でどのような話がなされているのか、一般社員には全く判らない。人事上の話は別にして、議事録を作成して、全社員に回覧すべき、と進言した。また、直属上司が適正な働きをしていないと頭越しに部長に手紙を出したこともある。その時の部長の返事は、「お前は、彼をそのように見ているが、俺は彼が好きだ」の一言だけであった。好き嫌いを言っているのではなく、仕事のやり方を言っているのですと言ったが、それっきりである。前記の提言・意見書にも何の具体的な返事はなかった。上司から見れば、私は、余計なことに口出しする生意気な奴ということで、上司が可愛いと思う部下、いや、可愛いと思われるような役を演じられなかった部下だったのかも知れない。安全の話も、はいはい、そうですか、判りました、と軽く受け流していれば何の問題にもならなかった筈である。そう言えば、私の在職中、他の社員が、私と同様に前記のような組織のあり方等の改善策、提言を作成したのを見たことはなかった。

ここで、思い出したことがある。それは、東亜入社直後のこと、管理職の席に座っていた荒木さんとかいう人が、突然、私に言った。君の名前は、「岩成一樹」だったな。俺は姓名判断を趣味でやっている。君の名前は、非常に素晴らしい名前だ。人の上に立つ人だと出ている。うーむ、しかし、残念ながら、組織に入って働く人ではない、と。普段、机上に一片の書類も置かず、何の仕事をしている人なのか判らないし、ただ定年を待っている人かなと思っていた人から、そのように言われて驚いた。まさか、私の生年月日時を知っていて、四柱推命で占ったわけでもないと思いながら、心の片隅で覚えていた。今、振り返ると遠い昔のことながら、大学進学の第一希望は建築科だった。それも、心中、構造ではなく意匠を志していた。志望通りであれば、おそらく組織とは余り関係のない職業につけたかも知れない。やはり、私自身が組織に馴染めない人間なのかと思い始めた時であった。

一方では、本来の性質とは別に、大卒後、七年余り大和橋梁の工事部で、最初の年から現場代理人として、橋梁の架設現場の監督を数々勤めて来た。橋梁の現場は、ゼネコンの現場のように複数の監督が現場に出るのと異なり、原則として一人で管理するものである。現場では、対客先、下請会社、他工事の業者、全て現場監督が一人で考え対応する必要がある。本社や上司の指示を仰ぐのは、非常にまれな特殊な事項についてのみである。私は、そのような職場環境に慣らされてきた。従って、東亜に移っても、上司からの指示待ちではなく、積極的、能動的に行動する癖は治らないため、上司から見れば、生意気で余計なことを考え行動する奴と見られる傾向があったのかも知れないとも考えた。

5

その後も、橋に限らず、種々雑多な工事に関係した。そんな中、思いも掛けず海外出張を命じられた。私自身が作成した稟議書で次のように述べている。

件名……ＩＡＢＳＥ（International Association for Bridge and Structural Engineering）シンポジウム出席と橋梁構造物視察団参加の件
要旨……今秋モスクワで国際構造工学協会（ＩＡＢＳＥ）主催の「鋼構造に関する国際シンポジウム」が

開かれる。テーマは橋梁等の構造形発達の動向と鋼構造の近代的製作方法である。このシンポジウムに出席すると共にソ連、ハンガリー、西独各地の構造物を視察する技術調査団が、大阪大学の前田幸雄教授が中心になって立案された。なお、前田教授には当社は日頃、格別の技術指導を仰いでいるが、同教授より、この視察団へ東亜からの参加を強く要請されている。また、ハンガリーでは、同教授の下で学んだ Dr. G. Medved 氏（国立道路開発公社理事）の世話で、現地技術者との会合も予定されている。よって、標記視察団への当社からの参加を稟議致します。

として、参加者……岩成一樹、参加費用……一式七六万五〇〇〇円とした。参加者は、他に東京大学・平井敦教授、大阪工業大学・赤尾親助教授、栗本鉄工所・村田応治課長、酒井鉄工所・竹内修二主査、新日本技研・高橋真太郎氏で、一行は計七名であった。平たく言えば三人の教授に企業人四名がカバン持ちでお伴する視察旅行であった。早速、出発に先立ち、東亜の西独・デュッセルドルフ事務所の所長宛に、当方の部長からＦＡＸを打ち、旅程を知らせ、デュッセルドルフとイギリス・ロンドン滞在中の食事などの饗応を予めお願いした。

旅程は昭和五十三年（一九七八）九月三日出発、十八日帰国の十六日間で、コースは、Osaka ➡ Tokyo ➡ Moscow ➡ Leningrad ➡ Moscow ➡ Budapest ➡ Düsseldorf ➡ London ➡ Tokyo ➡ Osaka のソ連・ハンガリー・西独・イギリスの四ヵ国を巡る旅だった。ＩＡＢＳＥ国際会議はモスクワ大学で行われた。我々は傍聴すると共に、会議の副議長であった前田先生を残して、残りはレニングラード（現・サンクトペテルブルク）に観光に行った。また、ハンガリーでは前田先生の教え子が同国の道路公団的な会社の副社長クラスになっておられて、同社の講堂で二〇〇人ほどの社員が聴く中、同行した四名はそれぞれの議題で講演した。私は、ＩＢグレードについて製作･施工状況をスライドで説明した。西独ではボッフム大学に行き Roik 教授に会い、種々の実験状況の説明を受けた。帰国後「ソ連・ハンガリー・西ドイツの橋梁事情」と言う題名で七名共著の記事を専門雑誌『サスペンション・エージ』に載せた。また、Poik 教授から頂いた独文の資料を翻訳して、「ドイツの新しい鋼板の座屈安全率の計算指針」という題で、専門雑誌『橋梁と基礎』の記事にした。前田先生と企業の四名の参加者は、その後も同窓会的に会合を持ち、関係は長く続いた。ハンガリーや西独の先生も、その後、日本で再会することもあり、しばらくは交信し合った。今も、貴重な経験であったと、会社及び人選時に推してくれた上司に感謝している。

6

海外出張から帰ってしばらくは、長期の出張はなく大阪支社を起点にして、各種案件の客先協議、現場調査、現場視察、近くの現場の現場監督応援業務などをこなしていた。

昭和五十五年（一九八〇）四月一日、社員段階・主幹を拝命した。これは管理職ではなく八級社員の呼称を言い換えただけである。そして、所属部署は神戸本社に移転することになった。大阪支社勤務は四年四ヵ月で終わった。しかもこの内二年程が北浜の松岡ビルと東亜大阪ビルであったが、残りの二年余は御堂筋本町の横浜銀行のビルであった。組織の名前と所在地は目まぐるしく変わるが、私の場合、業務の内容はほとんど変わらなかった。今回も、神戸本社から大阪支社に変わった時は、鉄構エンジニアリング本部工事部が、同本部工事部（大阪駐在）になり、同本部建設部（大阪駐在）になり、エンジニアリング事業部長大橋梁部（大阪駐在）から同事業部長大橋梁部技術グループになって神戸本社に帰ることになった。そして、その後、僅か七ヵ月経った十二月一日付で、とうとう、長大橋梁部名がなくなり、第四エンジニアリング部になった。「橋」との縁はこれで終わったのか？　と思った。

二節　六甲（兵庫県）

1

大阪から神戸に転勤になる件、十日ほど前に予告を受け、京都府城陽市青谷の家からの通勤は困難と判断されたので、六甲台東亜寮に入居する手続きをし、五月一日に入寮した。所在地は神戸市灘区篠原伯母野山町で最寄りの阪急電鉄六甲駅から急な坂道を十数分登った所にあった古い寮である。収容人数は三〇〇名程であるが、当時、入寮者は既に三分の一の一〇〇名程になっていた。部屋は一号棟の一階奥の六帖間であった。最盛期には二名で使用していたとのこと。風呂は大きな浴室であったが、浴槽にコンクリートブロックで間仕切りがしてあり、半分しか湯が入らないようになっていた。

食事は食堂で朝夕二食、定食が用意されていた。夕食は定時に帰寮して食べることが少なく、遅く帰ると、そこだけ点灯した薄暗い食堂で、テーブルに私の分が蚊帳を被せて置いてあり、近くの電子レンジで温めて食事することもあった。月額の寮費が幾らであったか定かではないが、単身赴任手当として一万七〇〇〇円受給していた。ただし、それまであった勤務者手当（大阪支社への勤務地手当）六〇〇〇円がなくなった。

通勤は、阪急六甲駅まで歩き、一駅乗って王子公園駅で降り、あと徒歩で行ったように記憶している。寮からは、だらだら坂を下るコース故、天気が良い時は、寮から会社まで直接徒歩で、約二五分で通ったこともあるが、逆に寮に帰る場合は、坂がきつくて大変であった。

この年の蒸し暑い夏の夜、エアコンがないので窓を少し開けて寝ていた。突然、肌蹴た腹の上に何かがバサッと落ちて来た。大慌てで電灯を点けて見ると、大きな百足が布団の端から素早く逃げる所だった。枕元の本で叩き退治したが、天井から落ちて来たようであった。腹の上には百足の足跡が、点々と赤くなり残っていた。

2

昭和五十五年（一九八〇）十二月の中頃、リビアの製鉄プロジェクトの担当に選ばれたと上司から伝えられた。最初は「何につ、リビア？」と驚いたが、一通り話を聞き、これは面白いのではないかという予感を感じ、家内にも相談して、即異動を受け入れた。リビアに行くのは同じ部署からは私一人だけであった。部を挙げて、三宮の中華料理店「海皇」で送別会を開いてくれた。主賓の席は部屋の隅に設けた大きな特別席であった。部員一同、遥かな遠い国に赴任する私に、好奇心を露わにしながらも、やはり、左遷の匂いを嗅いでいた。

翌年一月一日付で、同じ神戸本社内のリビア建設部技術課に異動となった。

リビア・ミスラタ・プロジェクトは、リビア政府より発注され、日・欧の六ヵ国、八業者が分割受注した一貫製鉄所建設工事であった。総工事費は約一兆一五〇〇億円（現在換算・約一兆八〇〇〇億円）、工事最盛期の建設要員は一万二五〇〇名に達し、あたかも建設工事のオリンピックの感があった。この内、東亜が受注したのは、建設用造水設備、棒鋼線材圧延設備、等の九つのプラントであった。工事範囲は、設計・製作・材料・輸送・施工・据付・コミッショニング、工事の保証をフルターンキー・ベースで成し遂げることである。契約金額は、プラント全体で、一四四三億円（現在換算・約二二三〇億円）で、この内土建工事は三五八億円（現在換算・約五五三億円）の巨大プロジェクトであった。契約工期は約七年間であった。建設場所は、リビアの首都・トリポリの東方約二一〇キロの地中海沿岸にあるミスラタ市の郊外、地中海に面していた。

3

土建工事の担当として、最初にやることは、サイト内の九ヵ所のプラント位置を現地でマークする測量及び土質調査の管理であった。それと、ミスラタ市内に仮の事務所・宿舎を先遣隊と一緒になって設定することであった。

昭和五十六年（一九八一）一月二十七日、伊丹空港から成田経由で、翌早朝ロンドンに着いた。午後、ヒースロー空港からリビア・トリポリに飛び、夜到着した。初めてのリビアであった。契約のパートナーである三井物産の人に出迎えられ、連れて行かれたのが、何と船のホテル、トリポリはホテル不足のため、港にスペインの船 GARNATA 号を係留し、ホテルとして利用していた。船員は全てスペイン人であるが、受付にはリビアの役人が居て、自動的に部屋割りをしていた。私の部屋は船の内側、窓のない一人部屋、部屋の隅にシャワースペースがあり、あとはベッドだけの殺風景な部屋だった。船内はどこもかも、非常灯のような照明のみで暗かった。時間はもう夜の十一時過ぎ、荷物を置いて、やはり薄暗いラウンジに出て見ると、先に来ていた東亜の仲間が五〜六人居て、初めて会う挨拶をし、協議した。これからの長い付き合いになる人達だった。ここは、リビア。余りの環境の変化に、何だかボーっとしていたように思う。

トリポリの事務所は、三井物産の事務所の一隅を借りていた。宿は、しばらくするとトリポリで民家を借り上げ、トリポリハウスと呼んで皆で雑居していたが、それまでは、船のホテルか街中の空いているホテルを転々として宿泊していた。ミスラタでも、町外れの一軒家を借り上げる前は、街中の古いミスラタホテルに何日か滞在した。このホテルは第二次大戦の折には、「砂漠の狐」と呼ばれて有名な、ナチス・ドイツのロンメル将軍も滞在したことのある古いホテルで、ミスラタの中心の広場に面してモスクの反対側に建っていた。しかし、ベッドは人型に窪み、シャワーは水しか出なかった。昼間、一階の調理室を覗くと、大きな石のテーブルの上に、牛の半身と思われる巨大な肉塊が載っており、真っ黒に見える程、蠅がたかっていてぞっとした。毎朝、向かいのモスクの尖塔から、お祈りを始める時間には、人々を呼び込みアッラーを称えるアザーンの声が高らかに響き合った。

ミスラタハウスと呼んでいた借り上げの一軒家は、部屋が五～六室ある大きな平屋建てであるが、当初はその一室を事務所にして、残りを食堂や二段ベッドを並べた寝室として、現地調達の家具や寝具を入れて利用していた。土質調査の下請は、梶谷調査測量会社であったが、リビア国内の他の場所から、当方の測量・調査のために移動して、この一軒家に同居した。食事の調理は、彼らが主になって、手慣れた様子で担当してくれていた。しかし、食事時には蠅の大群に悩まされた。隣家で羊やロバを飼っている関係か、食事中、蠅が開けた口に直接飛び込んでくることが度々あった。我々が採った防衛手段は、日本製の蠅取り紙であった。天井から無数にぶら下げて置くと、一～二日で表面にびっしりと蠅が付着した。床下からぞろぞろとサソリが出てきたこともある。或る時、風呂場の浴槽に、恐らく排水管を伝って入って来たと思われる大きな黒サソリがいて驚いた。

その間、トリポリと現場のあるミスラタを何回も往復した。この間の交通手段は、車付きで雇い入れていた現地人に送って貰っていたが、都合が付かない場合は、一人でトリポリの中心にある緑の広場から、乗り合いタクシーに乗ってミスラタまで移動していた。乗り合いタクシーは一〇名程の座席があるが、普通、満員にならないと発車しなかった。二一〇キロほど離れたミスラタまで二時間強で到着する程早かった。夜の国道を前の車と車間距離僅か三～四メートルで疾走する。アラブ独特の音楽を大音響で鳴らし、同乗者は足を踏み鳴らして調子をとり、歌いながら走るので、騒がしいことこの上なしであった。それぞれが希望する場所で下ろしてくれるが、その地点を運転手に片言のアラビア語で伝えるのが大変で、夜は路面の照明が暗く、国道からミスラタハウスに入る場所を間違えたら、あとは歩いて帰らねばならない。何とかその地点を運転手に伝えると、親切にハウスの門前まで送ってくれた。ようやくハウスに着いた時は、本当にほっとした。リビアでは何故か獰猛《どうもう》な野犬が多く、匂いが違うのか我々には牙を剥いて飛びかかって来る。車に乗っていても、窓ガラスに何回も飛びかかって来たことがある。徒歩で街中を歩く時でも、安全のため、必ず棒切れ等を手にして振り回しながら歩く必要があった。

東西四キロ余り、南北二キロ余りの広い建設現場の中で、東亜の工区九地点での土質試験の結果をまとめた。私はボーリング作業が終わった二月二十五日、ミスラタを離れて、トリポリの船の宿で一泊、フランス・マルセイユを経由してパリで一泊、二十八日に帰国した。

ただ、この最初のリビア出張の帰途、ある問題が発生した。この時の出張、行きの成田空港からロンドン間及び帰りのパリから成田空港間はビジネスクラス（当時はエグゼクティブクラスと言っていた）の利用であった。行きは日本航空のアンカレッジ経由ロンドン行きの便で快適な旅であったが、帰途のパリ・シャルル・ド・ゴール空港発、アンカレッジ経由成田空港行きはエールフランス便を利用した。パリの空港のカウンターで、航空券を提示して搭乗券を受け取った。機内に入って見ると様子が変であった。席はエコノミー席であった。離陸して直ぐ、責任者らしいスチュワードを呼び止めて、搭乗券と航空券の控えを見せて誤りを訴えたが、彼は搭乗券に示されたエコノミー席のマークを指さして、お前の席はエコノミーで間違いないと繰り返し、当方が、そんなマークは客の知ったことではないとして、運賃の金額の高さを主張したが、全く相手にしない無礼な男であった。

憤懣やるかたなくその席に居ると、話を聞いたのか日本人のスチュワーデスがやって来て、搭乗券と航空券の控えを見せてくれと言うので見せると、お客様の主張が正しいようです。給油で立寄るアラスカ・アンカレッジ空港で、会社側にこれらを見せて善処すると言った。アンカレッジ空港で乗客全員が機外に出て、空港ビル内で過ごし、改めて機内に移動する時、例の日本人スチュワーデスが私に、ビジネスクラスの席を用意したので、ここから成田まで、その席に搭乗して下さい、と告げて来た。

帰国後、本社の人事課担当から、エールフランスより、パリ・アンカレッジ間の運賃の差額が会社に返金されたと伝えられた。当時、リビア・トリポリからパリ・成田を経由して大阪・伊丹空港までの運賃は、片道、約一九万円（現在換算で約三〇万円か）であった。決して少なくない差額があった筈である。一方、私には、エールフランス日本支社より、詫び状と共に同社のロゴが付いたA４版の入るクラッチバッグが送られてきた。

三月七日、外注の東京本社で土質資料の試験に立会い、結果を協議した。同月十七～十八日には韓国・蔚山《ウルサン》に行き、現場用の仮設ハウスメーカーを訪ねて調査検討した。また同月二十日には現場の杭として大同コンクリートの杭を使用することに内定した。

昭和五十六年（一九八一）三月三十日、再びリビアに出張、ロンドン・ヒースロー空港着、ヘリコプターに乗り換えてガトウィック空港まで飛び、トリポリへ、船ホテルのTRETERA号泊り。その後、ミスラタ・トリポリ間を行き来しながら、国土総合建設と海上工事の打ち合わせや、土質調査会社との現地試験の協議と精算業務を行い、五月六日ロンドン経由で帰国した。

因みに、トリポリの船ホテルの室料は、一泊約一万一三〇〇円（一四リビアンディナール）であった。当時のUSドルのレートは、一ドル＝二三九円（一USドル＝〇・三リビアンディナール）であったから、現在に換算すると六〇〇〇円程度となり、それほど高くないとも言える。

この後、インド・カルカッタでのコンサルタント・エンジニアとの設計協議を終えて、事前の準備が完了し、いよいよ、リビアへの赴任が始まった。

写真－４　リビアの子供達と私、ミスラタハウスの庭で

七月二十七日、リビアへの赴任出発まで、一年三ヵ月間、六甲台東亜寮で単身赴任したことになる。

余談になるが、この頃、現・内閣総理大臣の安本信三氏は東亜製鋼所に在籍していた。

彼は周知のように、元外務大臣の父・安本信太郎氏と元内閣総理大臣の大友竜介氏の娘・花子さんを母として、昭和二十九年（一九五四）に生まれた。東亜製鋼所が、安本信太郎氏の地元である山口県下関市長府に長府工場を持っていたことから、息子の信三氏に社会勉強をさせてくれと言って、昭和五十四年（一九七九）四月に東亜製鋼所に入社させた。それから一年間、ニューヨーク事務所駐在としてアメリカに赴任させた後、昭和五十五年（一九八〇）五月から東亜製鋼所の加古川製鉄所勤務となり、工程課厚板係に配属された。翌年二月に東京本社に転勤し、昭和五十七年（一九八二）十二月に父・安本信太郎外務大臣の秘書官となる為退職している。加古川製鉄所の工程課厚板係と言えば、かつて、私が橋梁の製作まで担当していた時、客先の検査官を連れて加古川工場に行き、橋梁用鋼板の製品検査を受けた部署であった。逆に、彼がその部署に配属された時には、私はリビアに赴任しようとしていた時であった。

三節　カルカッタ（インド）

1

このプロジェクトの客先・ＥＢＩＳＣＯ（The Executive Board of Iron and Steel Complex）と我々請負業者の間に、客側としてコンサルタント・ダスツール（Dastur Engineering International Gmbh）が介在した。この本社がインドのカルカッタ（当時）にあり、ここで当初（昭和五十六年〔一九八一〕六月～昭和五十七年〔一九八二〕三月）設計図面・設計図書の客先承認の取得作業が行われた。いくら設計図を作っても「Approved（承認済）」という赤いハンコが付かれた図面でなくては、現場で施工にかかれない。設備担当部署での機器の配置図の作成が遅れる中、それを荷重図に置き直して、先ず決めなければならないのは杭の配置図であった。全ての工事に先んじて施工されるのは杭工事である。そのため、当初段階の冒頭の一ヵ月間、現場工事の担当として私はカルカッタに出向いた。

土建設計は四社に見積り引合を出し、その中から大建設計を選んだ。当然、大建設計からもカルカッタへ人員を派遣し承認作業を急いだ。客先との契約は、英国規格（ＢＳ・ＣＰ British Standard Code of Practice）に則っているため、日本規格（ＪＩＳ）にしかない仕様については、コンサルタントは頑としてその規格や仕様を受け付けなかった。結果として、見積り時に考えていたような経済設計は出来ずに、過大な設計になった場所もあった。これは、当然、杭の必要本数にも影響した。

後の現場工事中にも、ＢＳ・ＣＰの問題は常に生じていた。逆にＢＳ通りを守っていれば、検査・承認はあっけない程簡単に済ませることも出来た。これらのことは、対コンサルタントだけでなく、下請業者・三星建設との間でも生じた。時には規格ＣＰの文章の文言にまで遡り、その解釈の仕方まで論争の種になることもあった。

私は、杭打ち工事の最初の段階の承認図面を持って、現場入りを急ぐことにした。

2

その期間、滞在した宿は、カルカッタの中心街、ヴィクトリア公園に面したHOTEL OBEROI GRANDであった。所在地は15 Jawaharlal Nehru Road Calcutta Indiaである。全員一人一室で泊まっていたが、室料は、一泊五八二ルピーであった。これは当時の対ドルレートで換算すると約一万六〇〇〇円となり、現地の新聞求人欄で見たインド人の平均的な給与所得者の一ヵ月分に相当した高級ホテルであることが判った。

このホテルは、欧米の航空会社の乗務員も利用しているようで、二〜三日滞在して次の乗務に就いているようであった。建物の周囲に庭はないが、四角い建物の真ん中には広い中庭があって、スイミングプールも常時使用できた。私の部屋の窓からは、通りを隔てて巨大な市場があり、入口には、大きな買物籠をぶら下げて、買物に同伴を希望する客を待つ男達が大勢たむろしていた。

我々は、毎朝、タクシーでコンサルタントの本社に行き、昼食に二時間程度の休憩を挟むほか、一日中設計協議に明け暮れ、夕方ホテルに戻った。しかし、夕食後も会議室として借りている別室に集まり、その日のまとめと翌日の協議の作戦や、日本との資料のやりとりに追われて、ゆっくりした時間はほとんどなかった。ダスツールと協議した結果は、その場で文章にして確認し、直ちに同社の門前に何人もいる露店のタイプ屋（小さな机と椅子を路端に置き、自分の手動タイプライターで原稿を文書に仕上げる職人）に原稿を渡して、正式の議事録にし、サインをし合って成果とした。行き帰りの路上は、いつも、夥しい人と車で溢れて、僅かの距離に時間を掛けて通った。蒸し暑いので窓を開けていると、物売りがその隙間から品物を投げ込んで代金を要求してくるので、油断できない。頼んでも居ないのに、窓を拭き（拭く真似をして）代金を求める輩も居る。もちろん、何もしないでお金を要求する物乞いもわんさといた。狙いを付けられると纏わり付いて「ギブミーワンルピー」を連呼して離れない。堪らず二ルピー札を与えた小さな女の子は、お札を手に茫然と佇んでいた。当方にすれば五〇円程の価値の二ルピーがあれば、一家が二日間は食べていける価値があったようで、茫然も頷ける。両脚が悪いイザリも居て、小さな車の付いた板の上に座り、両手で路面を漕ぎながら、蜘蛛のように素早く追いかけて来る。汚い手で脚に抱き付き、金を要求する。甘い顔や困ったような顔はダメで、きつく怒らない限り、何回も襲われると地元通は言う。そんな中で感心したのは、毎朝、ホテルの出口で私を待っている男の子である。十歳ぐらいの彼は、お金を要求するのではなく、私が使用している使い捨てのガスライターを見せろと言う。ガスの残量を見たいのだ。空になったら捨てると言ったので、空になったらくれと言い、やると約束していた。空になったガスライターに、新たにガスを詰めて売るのだと言っていた。それから直ぐ、まだ空になっていないライターを彼にやったのは言うまでもない。

　ホテルの前のネール大通りは、地下鉄工事の真最中であった。路面に開いた穴から、まるで蟻の行列の如く、大勢の作業員が、頭に載せた竹製の皿のような器に掘削土を盛って、せっせと運び出しているのである。この大通りの夜、街灯が少なく暗いので、目を凝らして歩かないと危ない。歩道上の至る所で牛が寝そべっている。またそれに寄りかかって路上生活者が寝ているからだ。

　この大通りの向こう側はヴィクトリア公園、昼間、寸暇を見て散策した。中にヴィクトリア英女王の記念館もあり、その前庭ではコブラの笛踊りもやっていた。また、カルカッタ動物園には珍獣・ホワイトタイガーが居ると聞いて出かけて見もした。

東亜のパートナーである三井物産のカルカッタ支店長宅に、皆が招かれて食事を共にしたこともある。そのお宅の大きさと男女の給仕ら使用人の多さに驚いた。所長に連れられて、ロイヤル・カルカッタ・ゴルフ・クラブでゴルフもした。道具一式を借りて、半ズボン姿で回ったが、蒸し暑さは想像以上で、閉口した。日本と違う所は、砂の入ったバンカーがなく、ポンドという文字通りの池がコースに点在していることであった。どの池にもポンドボーイが水中で待機していて、ボールが池に入ると泥水の中に潜って、ボールを拾い上げて待っている。プレイヤーがくれと言うとボールを投げて寄越し、チップを投げて与える。プレイヤーが要らないと合図すると、ボーイはそのボールを自分の物として売るらしい。

Howrah Bridge（ハウラー橋）も見に行った。市内を流れる、ガンジス川の分流であるフーグリー川に架かる鋼トラス橋で、中央径間長・四五七メートル、一九四三年に完成した。この形式では世界有数の長大橋である。タクシーで行き、東側橋台近くで見上げた主構は、高さが八五メートル、巨大な鉄の塊に圧倒された。幅員も、歩車道合わせて三〇メートル以上あり、橋の上は、行き交う夥《おびただ》しい人と車で埋まっていた。対岸の街は、フーグリーであるが両方合わせて、大カルカッタと言われている。橋梁を仕事としてきた人間にとって、この名橋を、ただ、ぼーとして眺めただけで満足したが、思わぬ収穫であった。帰りは、ホテルまで案外近いと判ったので、ぶらぶらと街中を見ながら歩いて帰った。

今回の出張は。六月十九日に出発し、七月十六日に帰国した。行き帰りの経由地タイ・バンコクで一泊したため、カルカッタ滞在は、正味二十五日間の短い期間であったが、私にとって初めてのインド、カルチャーショックも受けて、なかなか中身の濃い海外出張であった。コンサルタントのダスツールとの協議で、独特のアクセントのインド人英語にも馴染むことが出来、リビア現地での折衝の前哨戦として、役に立ったように思う。そして、七月二十七日、改めてリビア赴任に出発した。

四節　ミスラタ①（リビア）

1

ロンドン経由でリビアに赴任して一ヵ月半経過した九月十二日、妻・常子に宛てて出した手紙の文中、日常の細かい話を省いて転記する。

〈……当方の様子、お知らせします。

【衣】　上は半袖シャツにネクタイなし、下は半ズボンにもなる例のズボンか、空色のデニム（綿）という軽装の毎日です。洗濯は週に一度まとめてやりますが、乾季のため二時間ぐらいでカラカラに乾きます。

【食】　朝は、このミスラタ東亜ハウスで、ゆで卵、パン、ミルク、ジャムまたはバターという軽食を、自炊で済ませています。昼と夜は、約二〇キロ離れた所にある現場・キャンプの食堂に行き、二人の日本人コックと一人のガーナ人（黒人）のお手伝いが作る日本食（必ずご飯と味噌汁があります）を食べます。量も多く、メニューも多彩で飽きることはありません。西瓜《すいか》、瓜《うり》、葡萄、バナナ、りんご等の果物も豊富です。

【住】　ミスラタ東亜製鋼ハウスに居ます。二月と四月の出張時に来ていた所で、現在、東亜社員を中心に八〜九人が三部屋に分かれて住んでいます。テレビもあり、シャワーもいつでも入れるようになっており、掃除人（パキスタン人）が毎日来て綺麗にしています。他、庭にある使用人小屋には二人のスーダン人が住み込んでいます。彼等は昼間、事務所で働いています。

【仕事】仕事は、このミスラタハウスの一室にある事務所で約一日の半分を過ごし、あとは、ここから約二〇キロ離れた所にある現場の見回りと下請業者（韓国・三星建設）と客先との打ち合わせの毎日です。現在、日本人は下請を含めて六〇人ほど居ります。他に運転手等で一〇人ほどのリビア、スーダン、ユーゴ、チェコ、パキスタンの各国人を雇っています。

私は土建グループとしてタクシーを一台雇っており、これであちこち移動します。久保山課長も一週間ほど前、インド・カルカッタから直接リビアに来られ、土建グループ長として仕事をされています。

事務所は、今月末か来月初めには現場の中に仮事務所が出来るので、そこに移りますが、宿舎は十一月初めまでここになるでしょう。十一月初めには、キャンプ地に本宿舎が出来て全てが楽になります。

【その他】新聞は、日経・朝日・産経・スポーツニッポンが約十日遅れで届きます。雑誌は週刊誌が届きます。先日、地中海でリビア機が米軍に撃墜されたこと、大きな記事になっていたのには驚きました。もちろん、当方には何の影響もありません。ご休心下さい。

公式な席は全て英語ですが、大分慣れてきました。英会話だけでなく、英文手紙のやりとりが多く、タイプ打ちも仕事の内になって来ました。ただ、韓国の担当者は、片言の日本語を話すので気が楽です。時々こちらの意味と違う解釈をするのには困りますが……。

こちらの給料はまだ手にしていません。金を使うのはタバコを買うことと散髪に行ったときぐらいで、全くなしでも不都合はありません。

来年三月か四月には休暇で帰ります。香港にでも一緒に行きましょう。パスポートを用意しておいて下さい。（昭和五十六年九月）〉

と、書いている。住環境は前回の出張時と余り変化はなさそうである。

土建グループとして借り上げていたタクシーは、ほとんど私の専用であった。リビア人の六〇歳ぐらいの運転手・アリさんは元中学の教員だったとか、私のことを「ミスターイワナリ」と呼びかけ乍ら、拙い英語で話しかけてくる。当方が、明日は休みで来なくて良いという日以外は、毎朝、ミスラタハウスに来て、用命を待っていた。たまたま用事のなかったある日の半日、私が「サハラ砂漠が見たい」と言い、連れて行ってくれた。ミスラタ市の南郊外はもう砂漠である。砂で道路の半分が埋まっている所を何ヵ所も通り砂漠に出た。前後に誰一人見えない砂漠の中で、道路脇に座っていた人が、我々を呼び止め、お茶を御馳走してくれた。高い所から小さな器に泡を立てながら注ぐ「チャイ」と呼ぶ甘ったるいお茶である。どんな水で淹れたのか判らぬまま頂戴した。そこに行く途中、道路の中央分離帯にウサギ程の動物が立ち上がって前脚を挙げて手を振っているような仕草をしていた。あれは何だ。と問い掛けるとアリさんは「砂漠ネズミだよ」と答えた。全く初めて見る不思議な動物であった。また、ミスラタ市東方郊外にある「カダフィの泉」にも連れて行ってくれた。砂漠の中のオアシスである。周辺はナツメヤシの林が茂り、肌の色が漆黒に近いベルベル人の集落があった。泉は円形で直径五〇メートル程の大きさである。泉の中央部は、僅かに波立っていて水が噴き出しているようだ。アリさんによるとキリマンジャロ山の雪融け水が地下を通って噴き出しているとのこと。まさかとは思ったが、地中海の海岸近くで透き通った真水が噴き出しているのは不思議な光景であった。目の覚めるような鮮やかな色彩の衣装を纏った女達が行き過ぎたが、当方にアリさんが居たので特に警戒するでもなく平静な様子であった。アリさんは常時、護身用に猟銃（？）を携帯していて、人のいない所で空き缶を的にして試射させてくれた。発射時の強い反動は経験したことのない感覚だった。

ある日、牛肉を買う為肉屋に行った。肉屋は店頭の軒先に、只今牛肉を売っていますと言う表示のため、牛の頭をぶら下げているので判る。中に入ると、大きな調理台に牛の半身と思われる肉の塊が載っている。希望する部位と量を告げると切り取ってくれる。値段は、部位に関係なく一キロが一ＬＤ(リビアンディナール・八〇〇円程度）であった。受け取った肉は湯気が出る程温かくて驚いた。聞いてみると、たった今、家の裏で肉にしたばかりであると言った。ふとカウンター越しに床面を見ると、大きなラクダの頭部が無造作に置いてあった。ラクダの肉は売り切れたとのことで、値段は牛肉と同じだった。

車から見てみるとよく分かるが、リビア人は自分の家の外は、ごみや石ころは勿論、何があっても知らぬふりをするようである。前の道路上で犬や羊が車に轢かれて、その死骸があっても、何日経とうがそのまま放置されている。日が経つに連れて、車に繰り返し轢かれて乾燥し板切れのようになっても放置されたままである。道外れの空き地では、ロバや牛の死骸も、そこが捨て場なのか、そのまま放置されていた。日が経てば腐敗して体内にガスが溜り、風船のように膨れているがそのままであった。異様な光景である。

リビアの人口は当時、約二九〇万人と言われていた。その内外国人が三五万人、それ以外に、正確な人数は不明ながら、プラント建設や石油掘削などの操業に外国人労働者（我々も含めて）が働いていると言われていた。リビア人の嫌がる肉体労働は全て外国人の役目である。

余談ながら、品質が良くて高く売れるリビアの石油、その石油のお陰で、人口の少ない砂漠の国が比較的豊かになり、製鉄所も自国内に作れるようになっている。その産油設備の労働者は何と、敵対しているアメリカからやって来ているようだ。首都トリポリから、ロンドンやパリに向かう飛行機の中で、何回か一緒になったアメリカの産油技能者と思しき集団が居た。彼らは、トリポリを離陸すると一斉に拍手して、機体がまだ上昇中で、前後に大きく傾いている状態にも拘らず、足を踏み鳴らして乗務員にビールを要求していた。乗務員も心得たもので、ワゴン車の車止めを効かしながら、ビールを配っていた。禁酒の国・リビアで働いて、休暇で出国でき、自由を謳歌したい気分なのであろう。

運転手のアリさんは、その後、現場事務所が完全に機能する時まで土建のお抱え運転手であったが、時々、酩酊して赤い顔のまま出勤することがあり困った。彼によると、リビアが禁酒国であるのは公の場所のみであり、各家庭で個人的に飲む分には何の問題もないとのこと。酒はそれぞれの家庭で自由に造っており、昨夜飲んだ量が、多少多かっただけと言い訳していた。

2

さて、土建の現場工事の方は、八月四日に客先から着工許可を得て始まり出した。リビアに工事用の船を所有していた国土総合建設に海水の取水設備工事を外注し、私が入現する前から準備作業を行っていたが、八月十日より所定位置で海底の掘削工事を開始した。総数一万五五〇〇本以上のPC杭を打設する杭打ち工事は、まず三星建設に杭打機を貸与して載荷テスト用の杭打ちを八月から準備させ九月三日に開始した。その後、杭メーカーの大同コンクリートに施工の一部を任せて、三星との競合を目論んだ。

着工して三ヵ月が過ぎ、施工工程に設計図が間に合わない工事が各設備で出て来た。三星建設からも矢の催促が来て、カルカッタで行われている設計図書の承認作業を急ぐように本社に督促していた。結局、承認済の図書を航空便や次の赴任者に託していては間に合わないと判断し、カルカッタで設計協議をしている土建グループの鳥飼君に、承認済の図書を直接ロンドンに持参させ、私がリビアからロンドンに出向いて、それらを引き取って来ることになった。

十一月六日ロンドンに出張した。翌日は土曜日で東亜のロンドン支店は休業、三星建設のロンドン支店に出向き工事の協議・打ち合わせを行い、ピカデリーサーカスに近いロイヤル・アカデミー・オブ・アーツで大江戸美術展が開催されていたので覗いてみると、江戸時代の日本の美術品が盛り沢山に展示されていて驚いた。狩野探幽・元信、丸山応挙、歌麿、北斎、あるいは宮本武蔵、尾形光琳、俵屋宗達などなど日本でも同時には見られない内容だった。

翌日は日曜日、一人でロンドン市内観光と郊外のカンタベリー大教会まで脚を伸ばし、有名な大ステンドグラスを見て来た。

十一月九日の月曜日ようやくカルカッタから来た鳥飼君と東亜ロンドン支店で落合い、承認済の図面と図書一式を受領し、設計上の打ち合わせを行った。

その夜、ホテルに帰ると、急に大臼歯が痛み出し、その夜はほとんど眠れなかった。翌朝、ロンドン支店で、近くの歯医者を紹介して貰い、予約なしで直ぐに診てくれ、抜歯した。驚くほど歯根が長い歯であったが、全く何の痛みも感じることなく、見事に、先ほどまでの強烈な痛みが嘘のように抜歯できた。医者の名前はDr. Mendelssohn（メンデルスゾーン）と言うドイツ人の医者で、使った麻酔薬の名前まで聞いたら教えてくれた。また、抜いた歯は無造作にゴミ箱に捨てたので、私を苦しめた歯だから、記念に持って帰ると言って、拾い出して貰って帰った。その歯は、今でも私の机の引き出しにあり、医者への感謝も忘れていない。保険がなく、現金で支払った治療費は一五ポンド（日本円で約七〇〇〇円）であった。その晩、鳥飼君との打ち合わせも終わって、ロンドン支店の大山所長の誘いで、市内の日本料理店で、鳥飼君と共に夕食を御馳走になったが、私が全く抜歯の後遺症もなく料理を平らげ、酒を飲む有様に、所長は驚嘆していた。

この時、泊まったホテルは、前回も泊まったPARK LANE HOTELであるが、チェックインの際、名前を告げただけで、前回の宿泊を覚えていて、宿帳に何も書かずに鍵を渡してくれた。ハイドパークとグリーンパークに挟まれた位置にあり、バッキンガム宮殿も直ぐ傍にある。大きくはないが、女性の作業員が階段を、手に持った雑巾で一段ずつ丁寧に拭いているような小綺麗なホテルである。しかし、場所柄が良いためか宿泊費は、一泊朝食付きで、当時約二万四〇〇〇円であった。

3

総合管理の東亜の陣容は、一人で先行赴任した私に次いで、九月五日には久保山課長がカルカッタから直接リビア入りして着任、翌年一月十七日には高杉君が同じくカルカッタから直接着任、四月二十日には鳥飼君が着任して四名の土建技術者が揃った。現場での施工管理を大成建設に外注したが、先ず七月十三日に志岐係長着任、八月十三日保手浜君、十月十五日に水上課長と小川君が着任、翌年一月十一日には渡辺君と吉原君が着任し、当面の要員六名が揃った。また、現地で設計を担当する大建設計の要員は、十月六日入現の高橋君を先発に四月三十日までに松本君、鈴木君、谷沢君の四名が勢ぞろいした。杭工事の外注業者・大同コンクリートからは、八月十八日着任の山口氏、池田氏を先頭に舟木氏、松岡氏も加わり本格的な杭工事に備えた。更に、翌年二月九日にはイギリスの人材派遣会社から、英国の規格に詳しい Mr. Roy Page（ミスターペイジ）を技術的な助言者として雇い入れ、事務所に定席を設けた。

その上、日常的に行われる客先の検査や品質管理の補助員として十月十八日付でバングラデシュ人のカリム君を雇い入れた。彼はダッカ大学で土木を専攻した優秀な人材で、以後、重宝されて土建工事が終わるまでの五十四ヵ月、更に設備工事の要員として十ヵ月、計六十四ヵ月間（五年四ヵ月間）もの長期間この現場に常駐した。これら一九名が昭和五十七年（一九八二）半ば頃までの土建グループの陣容である。

一方、土建工事を下請させた韓国の三星建設は、所長・副所長以下スタッフ一〇名程と労務者がぞくぞくと増えて、昭和五十七年（一九八二）半ばには六〇〇名に達した。これでも、全体工程の遅れから、契約の要員数より少なく、我々は増員を要求し続けた。

客先のコンサルタント・ダスツールとは、図面・図書の承認取得作業を昭和五十七年（一九八二）三月まで、カルカッタ（インド）で行っていたが、以後はリビア・ミスラタの現場事務所が折衝の舞台になった。設計と施工の担当者を各設備毎に貼付け、我々の協議相手になった。その上にいるリビア政府の担当者に対しては、専門の技術者ではなかったが、ダスツールとの折衝の根回しや確認などで、出来るだけ顔を合わせてご機嫌を取っていた。

昭和五十六年（一九八一）八月には、ミスラタハウスに私を含めて六～七名を残し、あとは指定されたキャンプ地にコンテナ・ハウスを数棟設置して移って行った。その後、同年十二月には、待望のキャンプハウスが完成し、全員キャンプ住まいに替わった。年末には、現場サイトに現場事務所も完成した。

4

私の赴任当初から問題になっていたのは、私の肩書である。会社で作成した名刺では、表の日本語では主幹と書かず何もなしで、裏の英語表示ではSENIOR CIVIL ENGINEERとしていた。

しかし、前記したように、現実は土建グループで久保山課長を支えるナンバー2で、日本人の陣容を束ねる必要があり、対客先・コンサルタント、および対下請・三星建設との技術的な折衝窓口者（LIAISON）としてだけでなく、契約金額に関わる交渉でも働く必要があり、単なるSENIOR CIVIL ENGINEERでは相手にして貰えず不足である。と現場の曾我所長が判断した。先ず、客先に提出する東亜製鋼の現場組織表では、肩書をCIVIL MANAGERとした。同時に、現場で被るヘルメット、作業服の腕に巻く腕章は管理職用にし、現場事務所での机と、その配置も管理職用に窓際に並べた。これは、現場の施工管理員を統率する大成建設の水上課長に合わせる意味もあった。

私としては、本社で位置づけられた肩書に関係なく、従来通り積極的に業務に関与し、正面から相手に立ち向かう心算でいた。もし非管理職者として行き過ぎがあれば、後ろで手綱を引いてくれれば良いと考えていた。こういうことに敏感な、東亜の各工場から派遣されている設備工事の社員数人が、現場事務所を覗いて、管理職でない者が、あんな席に座っていると聞こえよがしに言う者も居たが、私は気にしなかった。しかし、本社の人事は、翌年の一月一日、そして四月一日でも、私の管理職への昇格を認めなかった。

現場の対外的な活動では、読み・聞き・話す・書くの四拍子すべてが英語である。赴任当初、私が慣れなくて、少し引いていたのが英語で話すことだった。一方、相手の話の内容が聞き取りにくかったのが久保山課長であった。重要な話を客先と行う時は、二人揃って出かけ、相手の話の内容を私が課長に通訳して、課長が英語で答えるようにしていた時期もあった。

相手と協議し話し合っても、それきりではなく、必ず文書（手紙）にして確認する必要があった。あるいは、手紙を持参して、その内容を双方で確認することもあった。手紙を作成するのは私の仕事である。毎日、最低一～二通の手紙は作成していた。手書きで手紙が出来たら、事務所に居るバングラデシュ人のタイピストに渡して、印字した物に私なり、課長なり、内容によっては所長のサインを入れて客先に提出していた。バングラデシュ人のタイピストと言っても英文タイピストのプロである、時には私の文章に朱を入れて、この様な表現にしてはどうかと訂正されることもあった。翌年の二月に英国人のアドバイザー Mr. Page が着任しても、原文の作成は自分で行い、誤文の訂正や格調付けは彼に依頼した。相手から届く手紙を含めて、全ての手紙の控えは、相手先別、内容別にキングファイルに綴じていたが、直ぐに満杯になるほどのレター合戦であった。

　文書のやりとりは、対外的なものだけではない。本社とのやり取りもある。電話は雑音が多くて話づらいし、書類で残らず、また非常に高価である。日常のやりとりは、全てをローマ字で表すテレックスであった。八時間の時差の関係で、当日打ったテレックスの返事は、翌日、自動的に機械が動き受信していた。毎朝出勤すると、必ず数通のテレックスが私の机上にあった。ワープロは、まだ一般的ではなく、現場には一台だけあり、業務課が、ほこり除けのためビニールで包んで、その上からキーボードを打って大事に使っていた。

　ビニールで包む、で思い出したが、現場事務所内はいつも砂埃が溜ってる。年中、風の強い日は、微粉末の砂が吹き、窓を閉め切っていても僅かの隙間から砂が吹き込み、机の上はいつもザラザラである。冬の晴れた日、突然荒れる砂嵐（ギブリ）の時は、サハラ砂漠の方面から砂の吹き荒れる大きなカーテンのような壁が押し寄せる。生暖かい風で、大きな砂粒を含んでいるので目は開けられず、我々はスキー用のゴーグルを付けてバイクに乗っていた。その最中は視界が一メートル程なので運転も出来ない。一〜二時間でギブリが去ると、部屋中、大掃除であった。

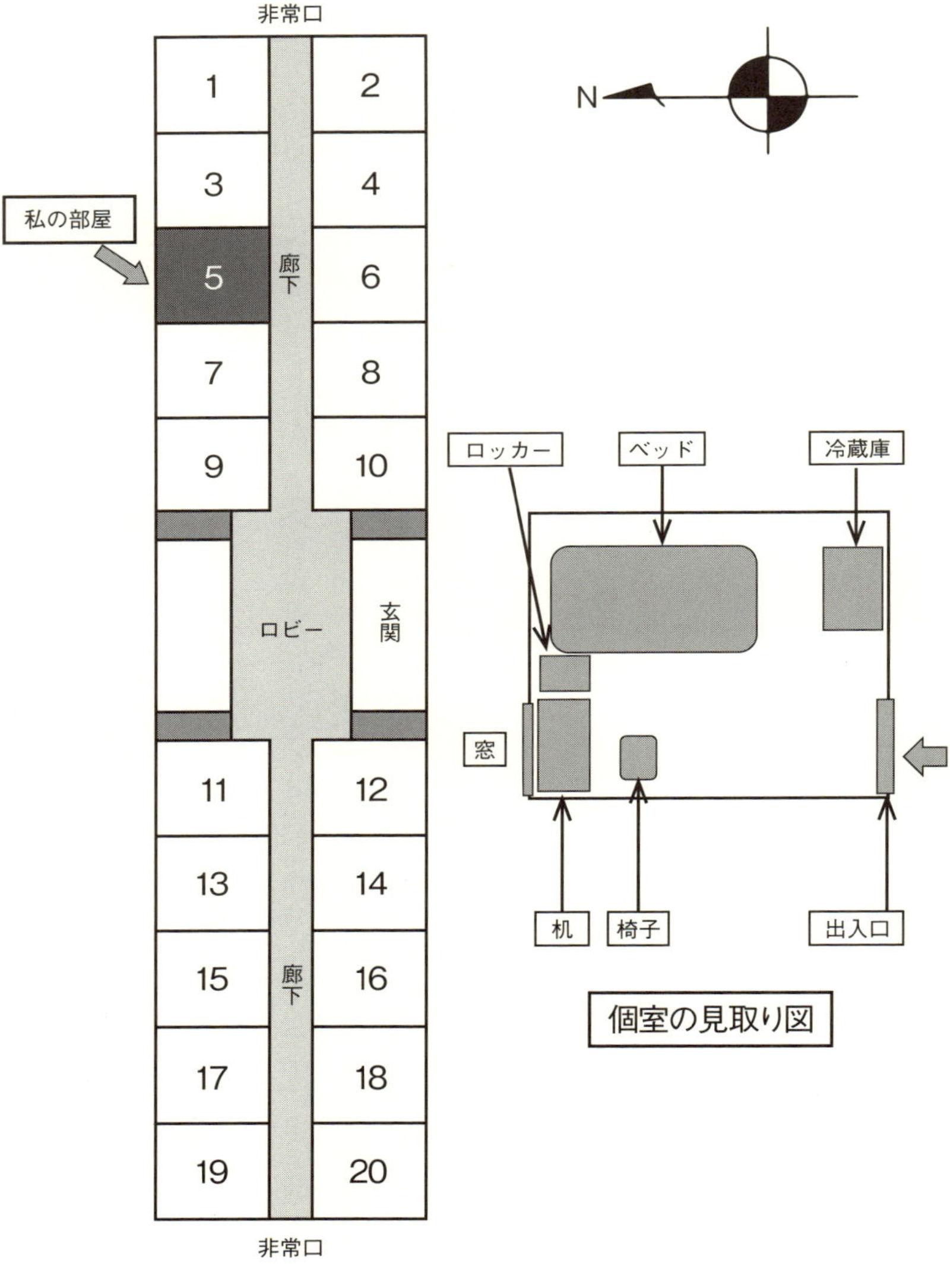

図－5　**リビア・ミスラタの家**

5

図―5に示したのが、昭和五十六年十二月四日に完成し、東亜の関係者全員が入居したミスラタキャンプの個室・平面図である。ダイワハウス製のプレハブであるが、全部で一〇棟（二〇〇人収容）造り、二棟毎に向かい合わせに建設し、間にトイレ・洗面所・洗濯場と風呂場のある別棟を設置した。キャンプ内には他に、調理室付きの食堂棟、娯楽室棟、家族棟九棟、ゲストハウス棟を設けた。九棟の家族棟の内一棟は、所長用、一棟は診察室を兼ねて日本人の医師用、一棟はMr. Page用、他の二棟は、家族を連れて赴任した者が使用していた。その他の一軒家は、本社から視察に訪れる重役さん用に使用した。ゲストハウスは、客先や下請の所長などを招いて食事会を催す時などに利用していた。時には日本人グループも座談会や宴会に使用していた。

個室の広さは、横二・六メートル、縦三・一メートル程の約五帖で、ベッド・寝具・冷蔵庫・エアコンなどの備品付きである。水は、東亜が受注した建設用造水設備で海水から造られた真水に、味付用のミネラルを配合した美味しい水であった。

食堂の調理人は、㈱日本食堂から派遣された三人の日本人調理士に、バングラデシュ人の補助員が付いていた。食材は、調味料を除いて、原則現地調達で、米もカリフォルニア米が手に入り、野菜は近くで農業をしている朝鮮人より仕入れていた。蛸《たこ》も時々お目に掛かった。ある時は、荷台から尾鰭がはみ出す大きなマグロ一本を、小型トラックで運び込み、数日間、刺身や照焼などで堪能したこともある。金曜日はカレーライスと決まっていた。それでも、帰国者が土産にイカの塩辛や海苔の佃煮の瓶詰めを持って帰り、食堂で披露すると、皆がワッと集まり、アッと言う間になくなった。

Mr. Page は、調理士から適当な食材を手に入れ、器用に自分で自分用の料理をしていた。

割り当てられた東亜のキャンプ用地はざっと二万坪以上の広さがあり、それを東亜等日本人用、設備の下請バングラデシュ人用、土建の下請の三星建設等韓国人用の三つに分けて使用した。日本人用のキャンプ地内には他に三星建設が造成してくれたテニスコート三面、グリーンを砂で固めたゴルフのショートコース9ホールなどがあったが、緑の樹は少なく、日影はなかった。その少ない樹に、カメレオンが住み着いていたのは、ご愛敬である。

休日は、毎週金曜日とリビアの休祭日で、よほど特別な理由がないと、休日の作業は客先から許可が出なかった。その休日には午後二時頃から風呂に入れた。時には広い湯船に一人の時もあり、のんびりできた。

6

キャンプの所在地は、現場サイトの西方、約四キロの地点で、東亜以外の各国の元請業者のキャンプも広い道路を隔てて向かい合って設置されていた。

現場の朝は早い。朝食は六時から七時半、七時四十五分にキャンプからサイト行きのバス発車、七時五十五分、サイト着、七時五十五分~八時、ラジオ体操とミーティング、昼食は現場よりのバス十二時出発、食事・休憩後、キャンプ発十三時四十五分、サイト着十三時五十五分、定時の終業は十八時となっていた。サマータイム時はこれより一時間程度早めていた。日の出直後の朝日を浴びて、長い影の下で体操をした思い出がある。序でに記すと、このラジオ体操、朝礼台の上で模範体操を行うのは、いつの頃からか私の役目になっていた。キャンプとサイト間の道路の昼時の混雑は凄いもので、四キロの間に車やバスが数珠繋ぎ状態になり、なかなか十分程度で走れない。少し後のことになるが、工事の最盛期には三星建設の労務者数は一八〇〇人以上になり、バス二〇台を朝・昼・夕に二回ずつ運行していた。

昼休みは二時間、この内往復の通勤時間と食事時間を除くと自分の部屋で過ごすのは一時間足らず、特に暑い日、エアコンをかけて横になると、引込まれるように眠ってしまう。

三十～四十分間の昼寝、目覚まし時計を掛けてないと絶対に起きられない。誰もが言っていたが、身体が痺れるようになる。体力回復のための貴重な休憩時間であった。

この通勤途上に、思いも掛けぬカージャックに遭遇した。この頃、Mr. Page には、彼が運転する大型の乗用車（セドリック）を一台使用させていた。もちろん通勤時に久保山課長や私が同乗する為でもあった。昭和五十八年（一九八三）一月二十九日の昼休み、いつものように課長と私、それにもう一人の四名で、前述の混雑を避けて時間をずらして、サイトからキャンプへの道を走行していた。

突然、一台の車が、我々の車を追い越し、前に回り込んで停車した。こちらは驚いてブレーキを掛け停車した。前の車から長い銃を持った若い男が降りて来て、銃口をこちらに向け、車から下りるように無言で合図した。最初は警察官の検問かと思ったが、様子が違う。その時の道路は、通る車も少なく誰も気にしていない様子であった。全員車から下りると、銃口を振って手を挙げろと合図。次に車の鍵をよこせとの仕草、Mr. Page が鍵を渡すと、自分が乗って来た車の鍵を投げてよこし、車を交換するというジェスチャーをすると、素早く当方の車に乗って、砂煙を上げて走り去った。この間、僅か一～二分であったように思う。銃口を向けられては、なす術もなく、四人は無言のまま、両手を挙げて立っていたようだ。犯人の乗っていたオンボロ車でキャンプに帰り、直ちに警察に通報した。それから二～三週間経って、当方の車は、ミスラタから一四〇〇キロも東方に離れたベンガジ市の郊外で乗り捨てられているのが発見された。走行距離は、その間にリビア中を走ったと思われる距離で、嬉しくて乗り回していたらしい。犯人については、何も判らず仕舞いであった。外国人を自分達リビア人の僕《しもべ》とでも思っている者が多いような感じで、下手をすると撃たれていたかも知れず、全員の無事を喜び合った。

7

車の話をすると、リビアでは車の運転は非常に危険である。先に乗り合いタクシーの話を記したが、一般の車も速度は速い。トリポリとミスラタ間には、上り下り二車線ずつ、間に広い分離帯を持つ国道が走っている。高速道路ではないが、イタリアが建設した本格的なハイウェイである。工事の初期段階では、トリポリ、ミスラタ間はよく車で往復した。現地の各種の規定（レギュレーション）に詳しい人間を、クラークとして雇い入れたモハメッドは、ベンツの高級車を乗り回していた。ある日ミスラタからトリポリまで私一人が助手席に乗せて貰ったことがある。スピード狂とは聞いていたが、凄まじい速度でこの道をすっ飛ばした。私がアラビア語でシュワイヤー、シュワイヤー（ゆっくり、ゆっくり）と言って、速度を落とせと言うのも聞かず、却って面白がっていた。恐らく時速二〇〇キロ近くには成ったと思う。同方向車線の他の車を、まるで反対車線に居るような感じで、次々と追い抜いて行った。また、或る時、他の運転手の車でトリポリからミスラタに向かっていた。相当な速度で走っていると、当方の車を猛スピードで追い抜いた車がいた。その直後、その車はバランスを崩して分離帯に乗り上げ、照明柱に激突した。照明柱は根元で折れて当方の走行車線上にゆっくりと倒れて来た。当方の車も速度が出ていたので、倒れて来た照明柱の下をギリギリ潜り抜けて、無事だった。後ろを振り返ると次の車が倒れた照明柱の直前で急ブレーキが間に合って停まっていた。しかし、当方の運転手は振り返ることもなく、何事もなかったようにそのまま走っていた。まさに冷汗がどっと噴き出した。

我々の現場事務所では、サイトとキャンプの間の四キロ区間は別にして、一般道路を日本人の運転で走行することは厳禁にしていた。万一事故でリビア人に障害を与えると「目には目を」の精神で、その家族や親類縁者一同から「かたき」として付け狙われ、仕返しに会うという話があり、運転は雇い入れた現地人か、第三国の人間に限って許していた。東亜の日本人では事故を起こした者はいなかったが、他のコントラクターで事故があり、事故を起こした人間を、早急に国外に退去させたという話も聞いた。東亜では、ユーゴスラヴィア人の運転手が事故で亡くなった。彼は乗用車でトリポリまで東亜の人間を迎えに行く途中、ホムスの峠道で大型トラックと衝突し、即死状態であった。彼の奥さんは、リビアに多い東欧諸国からの出稼ぎの看護婦で、リビアに来ていたが、それを後追いして彼は東亜の運転手になっていた。人懐っこく優しい人柄の人であったが、彼のクシャクシャになった車がトレーラーに乗せられサイトに帰って来た時は、皆の涙を誘った。

序でに白状すると、私は土質調査や杭打ち工事の初期段階では、無免許で、いすゞのベレットやウィリスのジープを運転していた。何しろ東西四・五キロ。南北二・五キロのただの平坦な土地がサイトであったから、何の問題もなった。その内、道路が出来、区割りして各国の工事が始まり出し、私の愛車は五〇ccのバイクになった。ひと通り現場を回るだけでも相当な距離になった。バイクの場合、砂地が多いため転倒の危険はあった。現に転倒して骨折事故になり、日本に強制帰国させられた人も居た。

バイクと言うと、話が次々と連想されるが、月日は覚えていないが、杭の載荷テストをやっていた時のある日、リビアの元首・カダフィ大佐がこの現場にやって来た。客先から公式の訪問ではないので、業者は何の応接も要らないと、事前に聞いていたので、我々の事務所は、その時間、臨時に管理職会議を行って行動を控え目にしていた。その時、オートバイの走行音がして、一台の装甲車を中心に一〇台程のオートバイに護衛されながら、サイト内を走ってきたのが見えた。カダフィ大佐に違いなかった。後で聞いてみると、大きなテントの中で杭の載荷テストを見守っていた大同コンクリートの舟木君の所にカダフィ大佐は姿を見せ、直接、彼に何をしているのか？　と尋ねたようだ。さすが砂漠の国リビアの元首、大きなテントは、見逃すわけには行かなかったようだった。彼の車を護衛していたのは、噂で聞いた通り、銃を肩に掛けた女兵士達であった。

8

昭和五十七（一九八二）年二月十六日、赴任して初めての帰国休暇のためロンドンに飛び立った。翌日、アンカレッジ経由で成田・伊丹と乗り継ぎ、十八日の午後八時頃、久し振りに城陽・青谷の自宅に帰った。休暇は三月二十一日にミスラタ帰着まで一ヵ月強であった。休暇中は会社に二〜三日顔を出して報告する他は、全く自由で、家内と国内旅行に出たり、家内の親元に挨拶したり、一人で国内旅行をしたり、友人と歓談したりして過ごした。手紙で妻にパスポートを取って置けと指示し、海外に行こうとしたが、彼女の仕事の都合もあり簡単には休みが取れなかった。

長期の赴任の場合、二年程度の期間が通常であるが、この間二回、つまり八ヵ月程度毎に、休暇が与えられる。期間は、それぞれ一ヵ月程度と内規で決まっていた。この規定は、八ヵ月が長いとの話が出て、三年後には六ヵ月毎に三週間の休暇と改められた。今回私は、ロンドン経由で真っ直ぐ帰国したが、本人の都合で、帰途あるいは戻って来る時、どこか他の国に立ち寄って旅行しても良いが、大抵、行き帰りには業務上の託送品を携帯することが多く、余り自由に出来なかった。リビアの郵便事情は、航空便を含めて決して信用できないので、たとえ超過料金を払っても本人に託送させるのが確実だった。当時、トリポリからロンドン、あるいはパリの便を除いて、ロンドン、あるいはパリから成田間は、ビジネスクラスが利用できた。今と違ってビジネスクラスと言っても座席がちょっと広く、食事内容が異なるぐらいで、余りエコノミー席と差異がなかったが、寛げたことは確かである。しかし、これも、三年ほど後からは、エコノミークラスに変更された。しかも、一旦韓国のソウルに行き、そこから大韓航空の南回りで、中東のドバイとかアブダビ経由で行くのが標準コースとなった。ソウルからは韓国人の出稼ぎ労務者集団と一緒になることが多く、その匂いと喧騒にうんざりした気分の旅になってしまった。

この年（昭和五十七年（一九八二））の私の年間給与は、一二二六万円（現在換算・約一八二〇万円）となり、その後、今日までの給与実績の中で最高額となった。給与の内訳は、まず大きく三本に分けられる。日本で支払われる通常の給与（基本給・業務給・超勤手当・賞与等）と現地で支払われる出向手当（USドル払い）と現地給与（リビアンディナール払い）である。出向手当と現地給与額はリビア政府に届出され、所得税などをそこから支払うことになる。また、現場事務所に預託し集計された現地給与のUSドルとリビアンディナールは、休暇で帰国する時に、まとめて日本円に換算し、日本国内で会社から支払われるようになっていた。ざっと見て、海外赴任の場合は、国内給与の約一・八倍と言われていたが、私の場合丁度それぐらいになった。韓国の場合は、聞いてみると、労務者は二倍以上、二・二倍ぐらいか？　との由。韓国人が中東やアフリカへ大挙して出稼ぎに出るはずだと感じた。

確かに収入は多くなるが、良い面ばかりではない。私のように三年以上も海外に赴任した場合、その期間、国内で支払われる給与の額から計算される標準報酬月額は当然低くなる。その低い値で厚生年金の額が算出・決定される。具体的な数値は判らないが、国内勤務だけを続けた人に比べて、年金の支給額が、無視できない程少なくなることは自明の理である。

9

私がリビアに再赴任した翌々日、久保山課長が休暇に入った。四月二十八日までリビアにはいないため、留守中の土建工事関連事項で久保山課長の処理事項は私が代行することになる。四月二十日から、カルカッタの業務を終えて鳥飼君がリビアに赴任し、大いに助かった。

現場の方は、杭のテストが終わった所から杭打ち工事が本格的になり、併行して、地下の基礎工事も始まった。TS15と呼んでいた中央水処理設備では、直径五〇メートル、地下一四メートルの巨大な冷却水（七五〇〇立方メートル）用のタンクをコンクリートで造ることになっているが、その掘削、基礎コンクリート打ち等大規模工事も最盛期に入った。

忙中閑ありで、五月十四日には、トリポリへの途中にある古代ローマの遺跡「レプティスマグナ」へ日本人一同バスで日帰り旅行をした。また、現場がラマダンで休業になる七月二十日〜二十四日、希望する社員を募ってイタリア旅行（ローマとナポリ四日間）を催行した。

私は丁度この時、急な用事でロンドンとイタリア・ミラノに出張することになり、ローマの宿でイタリア旅行の人々と合流することになった。急な用事とは、三星建設がイギリスで調達している各設備内の木製扉の製作工程の確認と督促、検査、および、イタリア・ミラノのメーカーで調達する各種タイルの見本を入手し、打ち合わせを行うことであった。イギリスとイタリアには三星建設の金氏が同行してくれ、三星・ロンドン支店での打ち合わせにも参加した。タイルの見本は、実物を持ち帰り、客先とコンサルに提示して、採用品を選んで貰う為であった。

七月十八日には、ミラノから金氏と共に列車でヴェニス観光に行った。列車はパリ発のヴェニス行き国際特急列車であった。途中駅のホームで買った駅弁、ワインの小瓶が付いていた。さすがお国柄と感心した。その後、一人でローマに行き、所定のホテルで、リビアからの社員旅行の一行と落合い、ローマ市内、ナポリ市内、ポンペイの遺跡などの観光をすることが出来た。リビアの現場では、その頃、最高気温四五℃を記録した。

昭和五十七年（一九八二）後半、現場では杭打ち工事が最盛期に入り、基礎工事も本格的になっていった。九月二十日、TS-4と呼んでいた棒鋼線材圧延設備の工場建屋の鉄骨建方工事が始まった。TS-4の工場建屋は幅九〇メートル、長さ六三〇メートルのも及ぶ大きな建物である。鉄骨の構造について、同じ現場内の他のコントラクターと異なることが、東亜内部でも問題になり、詳しく観察して、帰国後「鉄骨構造比較検討書」を作成し、社内に供覧した。

10

昭和五十七年（一九八二）十一月十四日、二回目の帰国休暇を取り、トリポリを一人で出発した。ギリシャのアテネ空港に到着、国際線のターミナルなのに、何だか様子がおかしい。アテネからオランダ航空に乗り換え、ドバイ・バンコク経由でシンガポールに行こうとしていた。誰も居ない薄暗い小さな待合室にしばらくいると、照明も一部消えた。驚いて職員に聞いてみると、ここはアフリカ便に限ったターミナルで他の国際線ターミナルには直接行けない。一旦ここからギリシャに入国して、タクシーで空港の周囲を回って反対側に行き、そこのターミナルから改めて出国手続きを行いオランダ航空に乗れば良い、とのこと。大慌てでギリシャに入国し、タクシーでアテネ市内を走って反対側に行き、無事、アムステルダムから来たKLMオランダ航空に搭乗できた。

アテネからシンガポールまではビジネスクラスを利用でき、快適な旅だった。ドバイ経由でバンコクに着き、一旦、機外に出て、改めて同じ機に乗りシンガポールに着いた。シンガポールは初めての個人旅行、二泊して観光、十七日シンガポール航空に乗り、台北経由で大阪伊丹に帰着した。

休暇中はほとんど自宅に居ることなく外出し、一ヵ月があっという間に過ぎた。暮れも迫った十二月十四日大阪を発ち、ドイツフランクフルト経由でトリポリに、そしてミスラタに十六日再赴任した。

現場では早速色々な問題が発生した。リビア国内のセメントの生産量が少なく、工事業者間で取り合いになっていた。鉄筋は発錆しているのもが多く、コンクリート打設の際には必ずさび落としを確実に行うことなどである。

その年の末、三星建設の作業員数は、一〇〇〇名を超えた。

11

昭和五十八年（一九八三）一月一日付で「参事補　岩成一樹」として「エンジニアリング事業部第一建設本部リビア建設部ミスラタ建設事務所土建課参事補を命ずる」という辞令を受け取った。管理職に昇格したのである。ただし「昇格」とは書かれていない。もう、遥か以前、A課長が私に向かって直接「お前は、もう管理職には成れない」と断定したのにどうなったのであろう。少なくともこの二年間、以前の部署からリビアの部署に替わって、ガラリと変わった仕事に従事してきた。その職務での成果や態度が、管理職昇格に値すると認められたのか？　明確に告げられたわけではないが、仄聞《そくぶん》するところでは、三山副本部長や曽我所長が私のリビアでの働きぶりを見て、年齢から見ても、社員段階や資格がそぐわないと感じて、前の部署の人事的なことを調べたらしい。結果、何らかの差別的な扱いの対象になっているのが判り、変な差別はするな、と言う意見を述べていたようだ。その意見が効いたのか参事補に昇格である。

参事補とは何か？　よく判らない。この年ぐらいから全社的に参事補になる者が増えた。年功序列的にある年齢に達した者を、誰でも課長職に付ける時代は過ぎたので、課長代理的な管理職、部下の居ない専門職の管理職、課長の補助的な役目を行う管理職として生まれた新しい職階のように思えた。一年後の自己申告書（課長用）の自由意見欄で私は以下のように述べている。

〈昨年一月一日〝参事補〟を拝命したが、海外の現場に赴任中のため新任管理職研修を受けていない。また、今年の研修にも参加するよう指示はなかった。従って、役職名のない資格名だけの〝参事補〟とは、組織上どのように位置付けされ、管理職としてどのような職務遂行を期待されているのか具体的にはよく判らない。〝担当課長〟は専門職で、スタッフ的な立場で〝課長〟の補佐をすることもあると聞く。〝参事補〟とは何なのか？　ある時は〝一般職〟ある時は〝課長〟というのが実体のようにも見受けられる。ベースを明確にして任務を果したい〉

しかし、面接時に、上司から何も反応はなかった。

このことに関して、その後、先輩から見せて貰った（新任管理者教育用）「人事管理の概要と今後の問題について」という人事部作成の資料を見てもよく理解できない。その資料で近い将来、参事の等級をなくす予定と書かれているのに、七年後、平成二年四月一日付で、私が受け取った「昇格通知書」で「参事二級とする」。とあったが、これは一体どのように解釈すれば良いのか、この七年間、その内三年三ヵ月は担当課長を拝命し、その後は新会社に出向して取締役・工事部長を務めてきたが、その間はずっと〝参事二級〟ではなく〝参事補〟のままだったのか？　全く判らなくなった。

その上、この参事補制度には問題があった。参事補は、管理職であるから超過勤務手当は出ない。その結果、その下の主幹クラスの人と収入が逆転する傾向が顕著になって来たため、参事補救済策が必要になった。私の場合、細かい比較は避けて、ざっと見てみると、前年度の収入より、参事補になった翌年の収入の方が、三ヵ月海外赴任期間が少なくなった分を考慮しても、明らかに減少している。この不合理が是正されたのは、いつからか？　昭和六十年（一九八五）四月以降は、それまでの業務給・基本給・職務付加給の三本立てが、基本給一本に変更されたこともあり、不明である。

私の場合、先に記したが、参事補という肩書が取れ、担当課長になったのは、リビアプロジェクトの任務を終えて、元の土建技術部に復帰した昭和六十年（一九八五）一月一日であった。

12

三星建設に対して、建設用造水設備、建設用酸素設備、ＬＰガス設備については、昭和五十七年（一九八二）十一月末に一応の工事完了を認めていたが、それ以外の主要六設備は昭和五十八年（一九八三）初頭から、あらゆる工種が並行して施工され、工事が本格化した。この時、東亜土建グループの組織表を改めて客先に提出した。その陣容は、グループトップに久保山課長を置き、その下にEngineering Group とConstruction Groupを置き、それぞれにManager岩成及びManager水上を配した東亜社員名と外注の施工管理員二九名からなる、合計三五名の大部隊になった。三星建設の作業員数も年末には、一七〇〇名を超え、翌年五月のピーク時の一八〇〇名に迫った。

七月十一日、今年もラマダン休暇が始まり、希望者を募って、十四日までスイス旅行に出かけた。コースはMisurata ➡ Tripori ➡ Zurich ➡ Lucerne ➡ Interlaken ➡ Jungfraujoch ➡ Grindelwald ➡ Kleine Scheidegg ➡ Zurich ➡ Tripori ➡ Misurataで、天候に恵まれ、アイガー北壁を真正面に見るホテルに宿泊するなどした、快適な旅だった。

八月六日、久保山課長や私の赴任期間満了が迫る中、本社土建グループから松山課長が赴任してきた。

その頃、ミスラタに近い内陸の地点・セダダに石灰石プラントを造る話が出て、チェコのSTROJEXPORT

社と打ち合わせ協議する必要が出てきた。協議打ち合わせを行う本部隊は本社から出て来るが、リビアの事情を知る者として、私がチェコスロバキアに出張することになった。

八月二十二日、スイスのチューリッヒで一泊し、チェコのプラハに行き、日本からの部隊と落合った。プラハでは、半年前に完成した二五階建てのホテルPANORAMAに二連泊したが、二百年振りの暑さにも拘らず冷房設備がなく、窓を開けて寝る始末であった。

STROJEXPORT社は、チェコの公団とも言うべき建設会社で、プラハの目抜き通りに面して本社があり、そこで打ち合わせた。毎日、市内観光、観劇、食事などで歓迎してくれたが、何故か私服の警察官と思しき男性が三人ほど、絶えず周辺に居て、監視されている感があった。当時は、まだまだ社会主義国のチェコスロバキアであった。

その後、ロンドンで別の用件があり、二十五日、オランダ・アムステルダム経由でロンドンに向かった。ロンドンではハイドパークの北側に位置し、窓から公園が見えるホテルRoyal Lancaster Hotelに三泊した。このホテルは初めて泊まったが、アラブ系の客が多く、ロビーは特有の香りがした。プラハと同じくロンドンも異常に暑く、また、冷房設備がないのも同じであり、窓は開けて寝た。日本料理を久し振りにたっぷり味わい、中華料理も賞味できた。二十八日、トリポリからミスラタキャンプに帰った。

九月一日付でリビア赴任が終わり、本社のリビア建設部に異動になった。予定通り、九月八日、現場を離れ、帰国の途についたが、今回は、帰国途上の休暇旅行をすることにした。そのため、八月末に、予め曾我所長宛に、ルート、時間、航空会社、フライト番号、クラス、宿泊地を明記した、帰国ルート申請書を提出した。トリポリからオランダ・アムステルダムはオランダ航空の直行便でYクラスであったが、そこからバンコク・香港経由大阪・伊丹まではビジネスクラスが利用できた。アムステルダムで二泊、機中泊を挟んでタイ・バンコクで一泊、香港で二泊して日本に帰る計画であった。日本帰着は、一週間後の九月十四日になった。

五節　甲南（神戸市）

1

昭和五十八年（一九八三）九月一日付で本社勤務を命じられたが、従来通り京都府城陽市の青谷の家からの通勤には無理があるので、前もって会社の宿泊設備の利用を申請していた。

入居の許可が出たのは、東亜の単身寮・甲南寮であった。所在地は神戸市東灘区甲南町で国鉄・摂津本山駅の南西に位置する。入居しているのは、神戸本社及びその周辺の部署に勤務する管理職者が単身赴任している場合に入居する寮である。まだ、帰国休暇中であった十六日の金曜日、京都の自宅から荷物を運び、入寮した。

部屋は七帖程度の広さの洋間で、ベッドと机・椅子が備えられていた。風呂は四～五人が入れる大浴場で、食堂で食事も用意されていたので、日常は、何の不自由もなかった。

当時、東京に自宅のあった安本重役も神戸本社に来られる時は、入居されており、風呂で一緒になり、背中を流したこともある。南側にある庭も広く、或る夜、入寮者が車座になって、バーベキューの夕食をしたこともある。

2

帰国後、本社に居てやる仕事は、ひと言で言えば、リビア・ミスラタの現場工事の後方支援である。毎日のようにテレックスで現場状況報告や必要な情報・資料の要求が通知される。これに出来るだけ迅速に対応することが求められる。また、記憶の新しい内に工事記録をどのようにまとめるかを検討する時期に来ていた。記録をまとめる責任者は私が勤めることになった。

その年は、気が付いたら、もはや年末になっていた感がある。この年の忘年会は、私から見ると三年振りのため、連日連夜であったように思う。

3

一方、神戸での転居先探しは、甲南寮に入る時から考えていた。いつまでも単身寮暮らしは続けられないので、京都・城陽の家から神戸市内の適当な所へ転居する必要があった。

両親と我々夫婦の四人暮らし、城陽の家の広さから考えて、余り狭い家には移れないと思い、高倉台に家を見付けて、両親にも見せて相談した。その時はまだ、両親は城陽の家に未練があり、二人はそのまま残るので、我々夫婦のみ神戸に移れとのことであった。我々二人だけでは、見付けた高倉台の家は広すぎると考え、結局、垂水区内にミサワホームが売り出していた五〇坪程度の住宅地にミサワの家を建てることにして、手付金一〇万円を支払った。そして、希望する間取図をミサワに描かせて、十月下旬、具体的に土地・家の契約の話を始めていた。

その段階になって、両親が心変わりし、やはり、一緒に神戸に行くと言い出した。大慌てで高倉台の家に話を戻し、売買契約を十一月七日に締結した。売値は当初五二〇〇万円であったが、何とか五〇〇〇万円にして貰った。手付金は五〇〇万円、中間金二〇〇〇万円を翌年一月十七日、残金二五〇〇万円の支払い期限は一月三十一日と決めた。ミサワの担当者は当方の事情を理解してくれ、話はなかったことになり、手付金はそのまま戻って来た。

他方、京都・城陽の家は、急遽、三五〇〇万円で売りに出したが、風呂場付近の白蟻発生を自ら白状して一〇〇万円値引きで、売値三四〇〇万円の売買契約が出来たのが、翌年の一月二十九日であった。手付金は当日三五〇万円受け取ったものの、残代金三〇五〇万円の受け取りは三月二十六日になった。

このままでは、入金が出金に間に合わない。今回の家は一〇〇%私の名義にすることを考えていたので、私の預金等の解約分に、城陽の家の売却代金の私の名義割合分一三〇五万円を、入金の一ヵ月前に父の口座から、立て替えて出金して貰うことで加えて、残りの足らない分を会社からの借用で間に合わせることにした。会社からの借用とは、東亜財形融資一四五〇万円の二十年ローンであった。この時の家の売買も、正に、綱渡りで成り立った。この様な経緯で、一月三十日に売買でき、二月十日に、神戸・高倉台に引越した。そして、東亜・甲南寮は二月十二日に退寮した。寮に滞在したのは五ヵ月間程であった。

六節　ミスラタ②（リビア）

1

高倉台の家に転居して二週間経った、昭和五十九年（一九八四）二月二十四日、再びリビアにロンドン経由で出張した。目的は、先に記した二件の引合案件について、リビアの客先と仕様の打ち合わせ確認と、土建工事の外注を予定しているSTROJEXPORT社や中野組との打ち合わせ協議であった。もちろん、その合間にはリビア・ミスラタ製鉄所の現場で、その時も継続している土建工事を手助けすることも含まれていた。

昨年の九月、赴任を終えて現場を離れてから、僅か五ヵ月余でまた、ミスラタに戻った。その際、セダダの現場にも行った。ミスラタキャンプから車で約二時間走り、その途中で二回、辺りに全く人家のない所で、数十頭の駱駝の群れが道路を横断するのに遭遇した。車を止めて駱駝が横断し終わるのを待ったが、誰も人はいない。野生でもないと思うが、飼い主はいないで駱駝だけが自由に歩いていた。石灰石プラントの現場は、二車線のアスファルト舗装道路がハサミで断ち切ったようにプツンと切られて、その先は何もない全くの砂漠であった。道路の左右が若干盛り上がり、岩山らしい感じがしただけであった。三月とは言え、眩しいばかりの空と溢れる陽の光の中で、途中で買った大きな西瓜を割り、飲み水代わり口にしながら、しばらく現場を眺めて佇んでいた。

2

一ヵ月余の任務を終え、四月七日ミスラタの現場を離れてトリポリに向かった。トリポリにて一泊して翌日、西ドイツ・フランクフルトまでリビア航空で飛び、そこからルフトハンザ便でデュッセルドルフに行き、東亜デュッセルドルフ支店で、ハウスメーカーIMACS社の担当者と会い、打ち合わせを済ませて、大阪に帰る予定であった。

四月八日のデュッセルドルフの夜は、「日本館」に付属しているHotel Nikko Dusseldorfに泊まった。その深夜、電話のベルで叩き起こされた。本社・リビア建設部の高井君からだった。時差の関係で真夜中の電話になったことを詫びながらの用件は、そこから真っ直ぐ日本に帰る予定を変更して、西ドイツとイタリアのハウスメーカーに行き、調査して欲しいことがある。とのこと。例のニューキャンプの案件に絡んだ話であった。翌朝、東亜の支店に行き、現在、デュッセルドルフから大阪間の日本航空便でオープンになっている航空券を、Dusseldorf ➡ Frankfurt ➡ Milano ➡ London ➡ Osakaに変更する必要があった。変更は近くの旅行代理店を教えてもらい、自分で行った。次に宿の手配であった。支店の女子社員がてきぱきと四月十日の西ドイツ・フランクフルトと十一日・十二日のイタリア・ミラノの宿を手配してくれた。

その晩、誘われて行った夕食のことは覚えていないが、前の夜、リビアから到着して一人で行ったのは、日本館内にある日本料理の「弁慶」であった。六年前の昭和五十三年（一九七八）阪大の前田先生の一行と共にデュッセルドルフに来た時、夕食を取ったのが、この「弁慶」であった。日本瓦を載せた棟門を潜ると、打ち水をした御影石の石畳、左右には狭いながら日本庭園、大きな石灯籠もあり、通路には地灯籠に灯が入っている。白足袋に桐下駄の和服姿の女性の案内で、沓脱ぎ石で履物を揃えて座敷に入ると、そこはもう紛れもない日本、どこにも西ドイツの風情はない。その日注文したのは、日本酒二本、揚げ出し豆腐、冷やっこ、刺身、御飯と香の物というごく普通の日本料理であった。勘定は合計約六四〇〇〇円になった。

翌四月十日、フランクフルトに飛び、ハウスメーカーのZenker Hauser社の人と会い、話を聞き資料を貰った。その夜はHotel Hessischer Hofに、宿泊、宿代は一万五九〇〇円だった。翌十一日、イタリア・ミラノに飛びPlaza Grand Hotel Milanoに宿泊、トリノのハウスメーカーNova社に電話すると、車で迎えに来ると言う。翌朝、ホテルから迎えの車でミラノの西方約二〇〇キロのトリノを目指して太陽道路を走行、周辺はソフィア・ローレン主演の映画『にがい米』の舞台だった水田地帯である。彼の工場は、トリノから北に見えるその名の通り白い峰のモンブランの懐に位置していた。その工場では、プレハブのハウスに用いる断熱壁材に挟む、発泡断熱材の成分と特長、発泡率等の資料を入手し、実際の注入作業を見学できた。その後、ミラノに戻り、同じ宿に泊まった。食事は、またも日本料理店「燦鳥《サントリー》」で、値段は、ビールを含んで一式六〇〇〇～八〇〇〇円であった。因みに宿代は、朝食込みで一泊二万二〇〇〇円である。この宿はミラノで有名なドゥオモの隣に位置し、部屋からドゥオモの屋根に載っている金色の聖者の像が間近に見えた。

ヤレヤレ仕事を終えた翌朝の十三日、タクシーでミラノ空港へと言うと、どこの空港かと運転手が訊き返した。私は知らなかったが、ミラノには三ヵ所に空港があるとの由、ロンドン行きのアリタリア航空に乗ると告げると、ようやく車は走り出した。空港は、それで間違いなかったが、ロンドン行きは、アリタリア社のストライキでキャンセルと表示が出ていて、また、慌てなければならなかった。まず、航空券を裏書き(Endorsement)して貰って他社の航空機に振り替える必要があった。色々な資料が詰まって、異常なほど重いスーツケースを引きずりながら、ストの影響でごった返している空港内、航空会社の事務所をウロウロしてようやく、英国航空の振替便の予約が取れたが、何と、その日の便はもうなくなり、翌日の便であった。仕方なく、今朝チェックアウトしたホテルに戻って、もう一泊することにした。

翌日十四日ロンドンに到着したが、ロンドン市内にまで脚を伸ばす気持ちの余裕がなく、空港近くのホテル Heathrow Penta Hotel に投宿した。室料は約一万円だった。そして翌日、ようやく日本航空・ロンドン発一二二便のエグゼクティブクラスで大阪に向かうことが出来た。

リビア・ミスラタを出たのが四月七日、大阪に着いたのが四月十六日、途中で予定変更になった十日間の一人旅だった。

今回の出張期間は、五十二日間であった。

第五章　須磨（神戸市）の巻

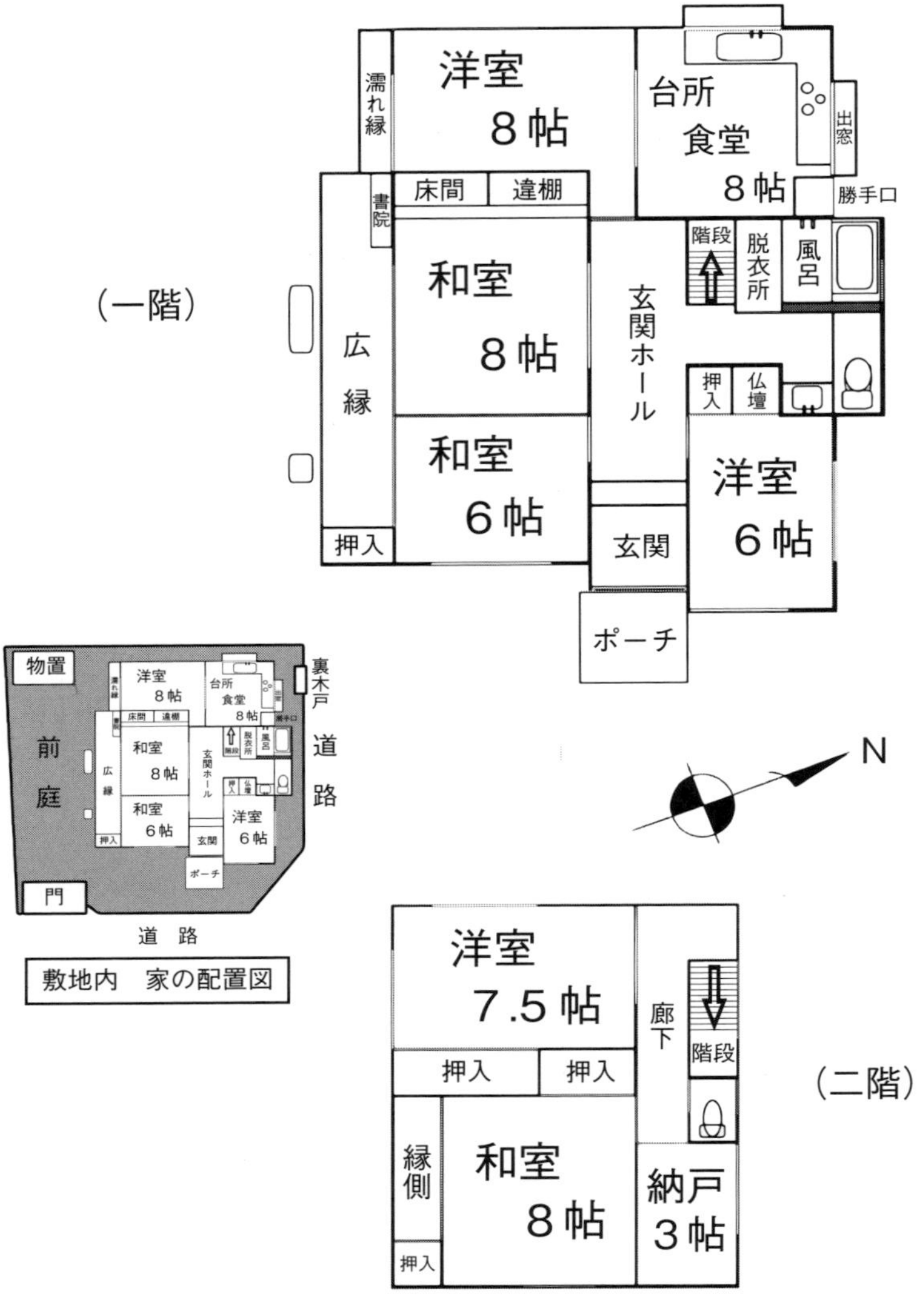

（一階）
洋室
8帖
濡れ縁
台所
食堂
8帖
出窓
勝手口
床間
違棚
書院
和室
8帖
広縁
玄関ホール
階段
脱衣所
風呂
押入
仏壇
和室
6帖
洋室
6帖
押入
玄関
ポーチ
物置
裏木戸
前庭
道路
門
道路
敷地内　家の配置図
N
洋室
7.5帖
廊下
階段
押入
押入
（二階）
縁側
和室
8帖
納戸
3帖
押入

図−6　　**高倉台の家①**

一節　須磨・高倉台①（神戸市）

1

高倉台の家①を図―6に示す。土地面積二四八平方メートル（約七五坪）床面積一四五平方メートル（約四四坪）である。購入時には棟門はあったが、塀はなく、槇の植木で囲まれていた。前庭は畑のように何もなく、物置もなかった。購入後すぐ、私が設計して塀を造った。コンクリートブロック積みで控え壁を設け、頭に瓦を載せた。ブロックの厚みは通常一〇センチのところ、一五センチにして鉄筋を入れた。勝手口側は、潜り戸を付けた裏木戸を設けた。前庭は、枯山水とし、塀際に植木を配した。石張りの犬走に沓脱ぎ石を配し、濡れ縁も付けた。門扉は普通の格子扉を、大き目の正方形の透かし扉にした。この家には、昭和五十九年（一九八四）二月十日に転宅し、その後三十一年余住むことになるが、その間、種々の補修・改修工事に現在換算で、結果的に約四〇〇〇万円を注ぎ込むことになった。

所在地は、神戸市須磨区高倉台八丁目である。市バス高倉台八丁目から徒歩五分、最寄りの鉄道駅は、地下鉄西神《せいしん》線妙法寺駅で、そこから市バスで約八分である。

この団地は、神戸市によって昭和三十年（一九五五）代末より開発された新しい団地で、山を削って平地にした跡地に住宅群を造った。昭和四十八年（一九七三）に入居を開始し、平成二十五年（二〇一三）に、入居四〇周年になった。山の土は、地中のトンネルをベルトコンベアで運ばれ、須磨の海岸にある積出基地より土運搬船に積み込み、神戸港沖の人工島・ポートアイランドの埋め立てに使われた。戸建用地は、広く市民に高倍率の抽選で販売され、人気を博した。我々が入居した頃は高倉台の最盛期で人口は一万一〇〇〇人に達していた。その後は、高齢化も進んで減少傾向にあり、現在は七〇〇〇人ほどになっている。

この家は、高倉台団地八丁目の外郭道路の外側にあり、内側の神戸市が分譲した住宅用地は六〇坪前後の広さであるが、外側の民間の分譲地はそれ以上の広さを確保していたので、団地内標準の住宅に比べてやや広い敷地になっている。

家の建築は、近くにある建売建設会社が、自社の住宅を販売する際、建築の質を客に見せるためのモデルハウスとして建築したもので、注文建築並みの高品質の建物になっている。売主は新築で購入したが、二人住まいの奥さんは身体が弱く、広い家を掃除する苦労に耐えられずに、僅か三年弱住んだ後、手放したとのことで、我々が入手した時は、新築と変わらない状態であった。

入居して、母が一番喜んだのは、純和風の建築や間取りは言うまでもないが、洋式便座で、水洗式であったことである。それと、汚水と雨水の排水システムが分離設計されているため、家の周囲の排水溝が、雨天時以外はいつも乾燥状態にあることだった。住宅として質の高さが感じられた。

2

仕事の方、帰国時より所属が変わり、技術本部・土建技術部とプロジェクト本部・リビア建設部・土建課の兼務になったので、会議も両部署の管理職会議に出席することになり、社内をウロウロと動き回り、それだけでも大忙しであった。

この頃、先に示したリビア・セダダの石灰石プラントと客先のニューキャンプ・プロジェクトの引合があり、プロポーザルの検討に私も参画していた。

セダダの件は、リビアで建設工事を行っているチェコのSTROJEXPORT社や中野組に土建工事を下請させる見積書を入手して内容の検討・協議を行っていた。

一方のニューキャンプは、先ず第一年目で独身寮の部屋三〇〇室、家族棟を二〇〇軒というような大規模プロジェクトで、仕様も高級仕様になっている。

3

前記した二案件の東亜のプロポーザルは、セダダの石灰石プラント・プロジェクトで三四三億円、ニューキャンプ・プロジェクトで五一〇億円と、一応のまとめが出来た。まだ高いとのことで、昭和五十九年(一九八四)十一月十四日から十九日まで、高井君と共に急遽シンガポールに飛び、現地のプレハブハウスメーカーと打ち合わせたが、効果のある話にはならなかった。間もなく、残念ながら東亜はこの二件のプロジェクトの受注に失敗した。

この年、リビアの土建工事が山を越えて、帰国者が相次いだ。そして、技術アドバイザーの英国人Mr. Pageも十月末で延べ三三ヵ月間の契約期限を満了し、英国に帰国する途上、日本に招待した。私と鳥飼君が案内役で京都市内の御所等の観光にアテンドした。

また、比較検討を指示されていた懸案事項の欧州の鉄骨構造と当社の鉄骨構造の比較検討は、私が主となって作業を進めていた。報告書・第一報・定性比較は、本年五月、そして報告書・第二報・経済比較は、本年七月にまとめて関連部署に配布した。要は、先にも述べたが、双方に一長一短があるが、遠距離の輸送を考慮すると、鋼重増を憚らず、フレート重量を少なくする欧州方式の方が良かったのではないかと結論付けている。

4

昭和六十年（一九八五）一月一日付で、私は㈱東亜製鋼所・エンジニアリング事業部・技術本部・土建技術部・製鉄非鉄プラント担当課長と言う長い職名の課長職を拝命した。それまでのプロジェクト本部・リビア建設部・土建課が廃止となり、兼任が外された。また、リビア建設事務所・土建課は同年九月一日に設備課に統合され、なくなった。これは、リビア・プロジェクトの土建工事費用の人件費をこれ以上増やさないための方策であり、実態はその後も人件費が嵩むことになった。

現に私の業務は、それ以前と変わらず、会議は、リビア建設部と土建技術部の両方に出席しており、主たる業務は、リビア現地業務の後方支援であった。

巻末の付表「経歴中の外泊日数（業務＋私用）で見ても判るが、昭和六十年・六十一年の二年間は、私の経歴中非常に特異な年であったことが判る。すなわち、自宅外で宿泊した日数が、年間を通じてそれぞれ、僅か六日間と二日間で、前後年の集計日数と極端に異なっている。詳しく見てみると、両年とも業務上の外泊日数は一日のみで、しかも、その宿泊は会社の研修所での泊りであった。

研修所での泊りとは、この二年間、私は社内土建技術者の研修会の講師を務め、それぞれ一泊二日で研修の受講者と研修所に泊まり込んで集中教育を実施したのである。私が担当した内容は「建設工事における鉄骨構造の実際」Ⅲ施工編で、全体約二五〇頁の内、二〇〇頁分に当たる、私の手書き原稿を教科書にして講義した。昭和六十年（一九八五）は十二月に、そして翌年は九月に実施した。また、土建工事の建設記録は、昭和六十一年（一九八六）五月に出来上がり、社内に報告した。記録は、約二五〇頁の本文と添付のキングファイル六冊の大部な物になった。

言い換えると、この二年間、業務出張は一切なかったということである。この二年間、淡々と仕事をこなし、全く月日の経つのがあっという間だった覚えがある。しかし、何のどのような仕事に没頭していたか、前記した研修講師と建設記録以外は記憶に全くない。何かと忙しい状態であったことは、私用での外泊・旅行が、これまた非常に少なかったことからも想像できる。私にとって特異な経験をした二年間であった。

5

昭和六十年（一九八五）十一月末でリビアでの土建工事は終わった。以後は maintenance 作業の開始となっていた。その年の十二月には藤永君が帰国、翌年年頭に松山課長と吉田君が帰国し、昭和六十一年（一九八六）の初めに、まだ、現地に残っていた土建グループの要員は、池永君と中地君の二名のみとなっていた。

その頃から、施工済みの土建施設で、色々なクレームが発生して、その都度、人見君や久保山次長、鳥飼君、中地君がリビアに短期出張を重ねて対処してきた。しかし、このままでは根本的に解決出来ない、と考え始めていた。

二節　ミスラタ③（リビア）

1

昭和六十二年（一九八七）三月四日出発で、再び私がリビアに赴任して、数々のクレームに対処すると共に、メンテナンス作業を、下請の三星建設の部隊を使って、本腰を入れて行うことになった。今回の行程は伊丹空港から韓国・ソウルに行き、そこから座席はエコノミー級で南回りにてトリポリに直行することになった。前年十一月、東亜の経営状態が悪いと社内通告され、十二月分の給与は、社員段階・参事の私で、一〇％カットとなっていた。その関係からも海外赴任時の座席等級もエコノミーに格下げするようになった。

三年振りのミスラタの現場、何もかもが新しく見えたが、キャンプは変わらなかった。部屋の位置は以前とは別になったが、中は同様である。食堂のスタッフも以前と同じ顔ぶれで、長い休暇から帰って来たように、笑顔で私を迎えてくれた。金曜日のカレーライスも、そのまま同じ味で、懐かしかった。

稟議書に記載した渡航目的は「関連する土建の直営残工事および一部の外注工事に施工管理を行うと共に、既に完了した土建本工事については、下請・三星建設に指示した手直し工事の検査・検収を行うことを主業務とする。併せて予想される客先よりの種々の指摘事項に対して必要な技術的処理を現地所長の指示により遂行することを目的とする」となっている。予想赴任期間は十二ヵ月以上となっていた。赴任して間もなく、プロジェクト開始の昭和五十六年（一九八一）十月から我々の手足となって、土建工事の品質管理を担当してきたバングラデシュ人のMr. Calimが、延べ七十ヵ月（五年十ヵ月）という長期間の任務を終えて現場を離れた。彼は自国に帰っても仕事はないので、アメリカに行き、永住権を取って働くつもりだと言っていた。そのため、東亜のこの現場で、長期間善良に働いた、という証明書にサインしてくれと私に頼んで来た。もちろん快くサインしてやった。

私の補助員として三山君が六月に着任した。

土建工事のメンテナンス体制は、東亜製鋼社員が二人にマレーシア人の補助技術員 Mr. Ong とワーカー一一名の計一四名で行うことになった。

2

本社には、ほぼ二ヵ月毎に詳しい「全般報告」を送っていたが、その第一報の最後に記載したものを転記する。

〈百聞は一見にしかず、という言葉がありますが、三年間この現場を離れ、国内で各種情報を基に、頭で描いていた状況は、当地に来て現実に見てみると、半分の認識度もなかったのではないかと思います。遅くとも昨年七、八月頃に、現在の諸問題の主なものに、もう一歩突っ込んだ対応が採られていたら、現状は随分変わったものになっていたことでしょう。小職も責任を感じている次第です。

海外プラントの土建工事として、数々の教訓を見せ付けているのがこの現場だと思います。既にまとめた『建設記録』にも縷々述べていますが、所詮、書いたものです。是非一度、土建技術部として冨高部長に来現願い、つぶさに現状視察をして戴ければ幸甚です。大谷元部長が着工時に来現されてからもう六年になります。エジプト等他のプロジェクト視察の序でに、出来るだけ早く当地に来られるよう切望致します〉

しかし、冨高部長から何のコメントもなく、来現もなかった。

着任早々の時、直接冷却水槽の水張りテストでの水漏れには驚いた。直径五〇メートルの巨大な地下コンクリート水槽の真ん中に、厚み八〇センチ程度・高さ八・五メートルの隔壁がある。この水槽の片側に水をいっぱい張り、片方に水漏れしないかどうかを検査したものである。水を張ると壁面の五〇ヵ所ぐらいから、場所により噴水のように水漏れが発生した。壁面には防水モルタルは施工していない。これを見て客先のある担当者は、水槽を壊して、もう一度造り直せと極端な意見をぶっつけて来た。これに対して、この水槽は、製鉄所の操業時に清水を張るためではなく、冷却水を溜めるものであるから、防水する必要はない。水漏れはコンクリート中の毛細管から発生しているものであり、時間が経過すれば、コンクリート中の石灰分が化合してできる石華で、毛細管は塞がり、水漏れは止まると話をして、しばらく放置していた。すると言った通り、漏水は止まった。客先もこれを見て了解し、検査は合格で、壁面の防水処置は不用となった。

その他、手直しや不具合は枚挙に暇ないほどで、細かく書くことは避ける。

3

ラマダン明けの休日、社員旅行で八月三日から六日まで、マルタ島に行った。地中海、シチリア島の沖に浮かぶ小さな島国である。トリポリからロンドンに行く際、イギリスのブリティッシュ・カレドニアン航空を利用すると、島に立寄ることもあり、何回か降機して泊まったこともある。今回は海水浴を行った。首都バレッタから島を一周する遊覧船が出ている。島の西側にゴゾ島と言う小さな島があり、その島と本島との間に更に小さな無人島がある。その島に船を泊め、綺麗な砂浜の海で水浴を楽しんだ。ヨーロッパからの観光客が多く居たが、女性客はほとんどがトップレス姿で砂浜に寝そべり日光浴をしていた。昼食は船員が焼いてくれる大きなビフテキだった。また、同僚と共にタクシーで夕日が素晴らしい岬のレストランに案内して貰い、地中海に沈む夕日を愛でながらワインで乾杯もした。

赴任中の帰国休暇も一回取った。九月二十二日から十月十五日までの三週間であった。日本への帰途、一人旅行でスイスのチューリッヒ経由スペインのバルセロナに行った。言うまでもなく目的は、建設中のアントニ・ガウディのサグラダファミリア聖家族教会であった。また、闘牛も観戦したし、レストランシアターではフラメンコも鑑賞した。バルセロナの港ではコロンブスの像と船サンタマリア号に感心し、無敵艦隊時代の船を並べた、元王立造船所で、現在の船の博物館も訪れた。スイスのチューリッヒでは、湖で水浴も出来た。

4

本社への最後の報告書・昭和六十三年（一九八八）一月の第五報に記した「あとがき」を転記する。

〈愈々昭和六十三年（一九八八）に入り、当プロジェクト契約後、満七年を経過した。小職が初めてこの現場に土質調査と現場調査のため入現したのが昭和五十六年（一九八一）一月末、それから丁度七年になりました。この時点で、尚前記した如く、承認取得業務が数多く残っていること改めて遺憾に思っています。三月十五日の小職離現予定日まで一ヵ月半残しておりますが、エンジニアリング業務も先が見えてきましたし、残工事の消化も進み、更に残る工事の計画、段取りも一応落着いたものと考えます。残る在任期間中に出来るだけこの進捗度を進め、あと、三山君に引継ぎたいと思います。

昭和六十二年（一九八七）十二月末までの実績をまとめ、今後の予想をたて土建工事の予算見直しを行いました。この内容は手紙にて本社に送り、本社のデータを入れて最終案にするようお願いしておりますが、この中で小職帰国後もスーパーバイザーのMr. Ongを三山君の補助として従事させるべく雇用期間を六ヵ月延長し、昭和六十三年（一九八八）十一月末頃までとしています。

これで、引渡し時期が延びたことによる現地見直し体制は整ったと考えますが、一方、国内の方もこれに即した支援体制が望まれます〉

5

ここに、私の離現日を三月十五日としているが、本当は、仕事の進み具合から、あと二ヵ月、五月末までリビアに居たかった。ところが、前年の十二月下旬、本社の板垣部長から、新座所長宛に連絡があり、翌年四月に橋梁の工事を主にした子会社が出来るので、その会社に岩成を入れたいから、間に合うように帰国させて欲しいとのことだった。

私は、三月帰国に消極的で、新しい会社にも余り興味がなかった。新座所長も現場の事情を考えない勝手な要求との感触も示していたので、しばらく返事を保留していた。翌年頭、土建技術部の斎木部長からも連絡があり、協議の結果、三月帰国で、まずは、新しい会社に出向して見ることにした。

昭和六十三年（一九八八）三月十四日、ミスラタを離れる前日の朝礼時に私は、以下の挨拶をした。

〈皆さん！　お早うございます。

私、昨年三月初めにこの現場に参りまして、丁度一年になります。この間、土建に関する色々の仕事をしてきました。ここに居られる皆さんの協力を得まして、一応所期の目的を終えて明日帰国することになりました。本当にお世話になり、有難うございました。

もちろん、この一年の出張を終えて帰国するといっても、決して土建の残工事・残業務が終わったわけではありません。まだまだ沢山の仕事が残っております。中にはようやく仕事の段取りが付いて、これから工事を行うもの、さらには段取りの方向付けが出来て、これから段取りするものもあります。また、客先の検査で、現在、予想もしていない工事が出てくる可能性もあります。

明日以降、私の仕事は中島課長に引継ぎをお願いすることになりました。実質的には三山君が、今後、まだ一年余り担当することになると思います。

三山君の下には、土建グループとして、二〇名程の直接工が付いていますし、三星建設もスタッフ一名の下に、一〇名ほどの作業員がこれからも常駐します。外注工事として外国企業に発注したロードマーク工事も、各現場で継続して施工されますので、ここ当分はまだまだ忙しい状況が続くでしょう。

これらを一括して管理・監督するためには、今後とも土建グループに対して皆さんの一層のご協力をお願いすることになると思いますが、何分宜しくお願い致します。

さて、私がこの現場に初めて来たのは、昭和五十六年（一九八一）一月末の風の非常に強い日だったと思います。当時は杭一本なく、平坦なサイトがあっただけでしたが、以来七年、全くの様変わりで巨大な製鉄所が、ほぼ完工状態になりました。

過去の七年の内、今日まで、私は通算して丁度半分の三年六ヵ月この現場に滞在したことになります。リビアの国情はさておき、予算・採算を別に話をさせて貰えば、一技術屋として、この世界的に見ても大きなプロジェクトに七年間参画し、しかも、三年半、及ばずながら現地で直接その一端を担って仕事が出来たことは、まことに幸せ者と思います。

明日、「赤通し」（初めて圧延した鋼材を通すこと）を直前にして帰国することは残念ですが、一方、土建屋が「赤通し」の時までウロウロしているものではないという考えもありますので、それに従えば、謀らずも僅か一日の差で、現場から消え去ることができます。

この現場事務所発足当初からの合言葉通り、皆さん方、『一日でも早く、それぞれの任務を終え、事故で怪我もせず、また病気にもならず、五体満足のまま、家族の待っている日本或いはそれぞれの国に帰れる』よう祈ります。

一足先に帰国し、日本で赤通しに関する吉報を待っています。お元気で……

有難うございました！〉

6

最後に、この現場のキャンプで、私が不思議な体験をしたことを書き留める。

二月十二日の夜、キャンプ自室のベッドで、いつもはスッと寝られるのに、その夜に限って、何故か寝られない。ほとんど一睡もせず朝になった。何となく不安になり、翌朝一番に三星建設の事務所から、日本の自宅に電話した。妻の常子が出たので、何か変わったことはないかと訊いたが、別に何もないとの返事だった。逆に来月の帰国予定が変更になったのか、と聞き返してきた。

三月二十六日、イギリスでの仕事を済ませて、当初の予定日から遅れて帰国すると、母が、大変なことがあったと、常子の母の交通事故死を真っ先に話した。驚いて、常子に問い質すと、実は、二月十日京都の宇治で義母は事故死した。四十九日の法要が明日二十七日にある。とのことであった。先日の電話の時、丁度葬式が終わって帰宅したところだったが、事故死や葬式の話を私にしても、遠い所にいる者に要らぬ心配をさせるだけで、何にもならないと判断して黙っていたとのこと。改めて、あの夜、寝付かれなかったのは、義母又は常子の時空を超えた心のシグナルであったのかと感じ入った。

帰国した翌日の法事にも、奇しくも間に合ったのは、これまた、亡き義母の取計らいであったのかも知れないと、当日集まった親戚の者一同が、一様に感じ入った。

話が前後するが、リビアからの帰国行程は、まずマルタ島にわたり一泊し、ロンドンに行き、日本から来た上谷課長と落合い、ロンドン北方の街、チェスターに向かい、リビアの現場、工場建屋の屋根に使用している自然換気設備のメーカーに対するクレームの協議を行った。そこから私は一人で、リバプールからヨークに行き、古い町並みや城壁を観光の後、当時世界最大の吊橋・ハンバー橋の見学をしてロンドンに戻り、三月二十六日に日本に帰国した。

これで、リビア・ミスラタプロジェクトとの関わりは完全に終了した。リビア再赴任期間は、帰国時の出張も含めて、一年と二十二日間であった。

三節　須磨・高倉台②（神戸市）

1

昭和六十三年（一九八八）四月一日、新会社・東亜鉄構工事㈱が設立された。同日付で私は同社の工事部長として、㈱東亜製鋼所から出向となった。槌山社長（東亜副社長）、板垣常務、杉坂業務部長という布陣である。他に関連会社の三和運輸工業からも役員と社員が参画した。設立時の資本金は五〇〇〇万円、出資比率は、東亜八〇％、三和二〇％であった。

新会社設立の機運は、東亜が昨年九月に待望の日本橋梁建設協会の加入会員に認められたことから一気に高まった。その直後に、エンジニアリング事業部が起案して「橋梁工事専門会社設立の件」という経営会議資料が上程され、決定された。

私も参画して、橋梁のいろはの〝い〟の字から始めた東亜の橋梁部門、もたもたしながら四年前の七月、呉工場に橋梁専門の製造ラインが出来、披露された。それからまた、三年が経過して橋建協への加入を果たした。ならば、従来通り東亜本体で、この部門を維持し、発展させれば良いのではないかと、思われるが、工事に必要な工事要員のコスト低減なしでは存続できないことが判って来た。そのため、従来外注にして、三和の人間を東亜の現場代理人に仕立てて、一部の工事を施工してきた。これは、一括下請の禁止と共に、建設業法に違反することになるため、他の橋梁ファブリケーターも工事会社の設立を先んじて行っていることから、それに倣って新会社を作り、コスト低減を目論んだものである。

当然のことながら、新会社は工事部が主体である。営業部隊は東亜本体にあり、製造部門（工場）も東亜・機械事業部に所属している。従って、私が主管する工事部員は、東亜本体からの出向者だけでなく、三和運輸の社員及び新規に新会社で雇い入れた人員で構成された。

当初の総勢は一七名であった。

新会社発足時に、早速、私が自己申告で意見を述べた内容は以下の通りであった。

〈経営課題などの問題点と対策について、

①混成部隊である工事部の社員の意識を統一し、均質化するために、現場代理人（所長）の業務遂行マニュアルを作成する必要がある。

②本社との間の業務の流れを標準化し、仕事が自動的に流れ、ムリ・ムダ・ムラをなくすように努めなければならない。

③自主営業による維持・補修工事のめどを付けるために、具体的な市場調査および試受注を行い、市場参入を方向付ける。

④東亜の橋梁部隊全体を見ると、上記の種々の問題を孕んでいる。工事部門を別にしても、営業・設計・工務・製造部門間に一体意識が薄いように見受ける。ようやく業界での本格的な活動を前にしている今、製販一体化を強力にかつ早急に推進して、ハイテク機能を備えた生産能力の高い工場を中心に収益率の良い体制を具現すべきと考える〉

東亜の橋梁、曲がりなりにも今までやって来たというものの、経営会議に諮って工事の新会社の設立に達したのは、山田さんと一緒に大和橋梁を離れて、東亜に入社してから十九年も経過した後になる。橋建協加入の問題はあるにしても、東亜として深く考えた末が、この新会社であるとすると、余りにも時間がかかり過ぎたし、その内容は満足できるものではない。我々、橋梁技術者は、当時、東亜に入社することをお願いしたつもりはなく、東亜側が我々の入社を要請した筈だという、潜在意識は、やはり消えなかった。

2

翌、平成元年（一九八九）の自己申告で、私は以下の意見を具申した。

〈工事部門が工事会社として分離独立した最大の使命は、工事のコストダウンである。そのための内的要因の解決はともかく、当社が準拠すべき東亜本社の諸規定、三和のクレーンリース料、建設業の技術者登録制度、建設労務者の単価の高騰、技術者の新規・途中採用の困難性など、外的要因の解決が大きな問題である。また、来年六月より発効する建設業・技術者登録制度では、東亜の現場代理人は、東亜で登録された者でなくてはならないとするもので、当社のプロパー社員は、単独で東亜の工事を管理できなくなる可能性が大きい。

更に〝人〟の問題について。今後の社の発展のためには、抜本的な対策が必要と思われる。まず、若い技術者をどしどし採用して、活力ある体制を造ることが緊要で、そのためには思い切った労働条件の改善が望まれる。東亜本社の規定とは関係なく、現場勤務者といえども完全週休二日制度とし、止むを得ない残業時間手当は規制しないか、あるいは十分な現場手当でこれに報いる。出来るだけ週休二日を取得するように、各現場に応援者を派遣する体制を整える。これによる出費増は、社員の若齢化でカバーする。現場勤務を魅力あるものにして、求人難を克服する。また職種により、外国人技術者の採用も考える。

次に、架設工事の労務者については、特定架設業者の完全ファミリー化、あるいは準社員として直傭化を行い、労務者の生活を安定させ、帰属意識を持たせることにより、労務単価の高騰に耐える体制を持つこと。この架設業者あるいは準社員には現場の架設工事だけでなく、工場での仮組作業や自社保有機材の維持管理・補修作業などもさせ、継続して仕事があるように考える。今後、建設業従事者の待遇改善は、世の中で急速に進むものと思われる。他社に先駆けて施策することが肝要である〉

3

平成元年（一九八九）六月、株主総会で社長が藤山社長（東亜の副社長）に変わり、私は取締役に就任した。工事部員は計一九名に増員された。

東亜本社で行われる「ポスト'88中・長期経営計画」のアクションプログラムとして新会社分を、前期の意見に沿って、七月に作成した。①全般、②橋梁、③堰堤、④鋼構造物、⑤ケーブル、⑥メンテナンス及びその他の六項目について八八年から九二年までの経営計画をまとめた。

工事は、阪神高速道路の湾岸線のＪＶ工事で施工委員としての業務が増えて来た。また、土石流対策の堰堤工事も、国内各地で受注でき客先協議に忙しかった。

そんな折、大和橋梁時代に板垣常務と昵懇《じっこん》だった日東技術開発の川上専務（彼も元大和橋梁の社員）が来社して、台湾・台北の高架橋の技術指導を依頼された。結局、私が担当することになり、十一月二十九日から十二月四日までの六日間、日東技術開発の名刺を持って、川上専務と共に台湾に出張した。

ものは台北市内に架かる五径間連続の箱桁橋で、製作工場のある高雄市まで行き、工場製作の技術者や工事技術者を前にして、適正な製作方法や架設工法について講義をした。主眼点は製作時の溶接歪み、架設時のキャンバー（撓《たわ》み）の管理そして架設手順だった。英語で喋り、中国語の通訳が横で翻訳していた。日東との契約金額は三五〇〇万円であったが、こんな業務は、日東の社名の下の業務であり、新会社にとって何の役にも立たない。ただ、売上金額を僅かに上げるためだけの無駄な仕事だった。

この年の九月、私が発案し、作成していた『現場代理人のマニュアル』が出来、更に追加分が十二月に完成し、工事部員全員と東亜の関係部署に配布した。B5版のキングファイル一冊分、約二五〇ページになった。自分で言ったことは、自分でやるがモットーだった。

翌年平成二年（一九九〇）の始め頃から、母の要求で、高倉台でマンションを探し、契約し、両親が転居した。

4

平成三年（一九九一）六月、播磨橋梁工場を管轄する東亜本社の機械エンジニアリング事業本部の和泉本部長から私宛に、特別業務の委嘱状が届いた。内容は「都市環境エンジニアリング本部・藤山部長をリーダーとする、橋梁部門建て直しプロジェクトに参画し、播磨橋梁工場の収益改善を軸とする橋梁ビジネスの再構築を行うこと」とあった。私は工事分科会のメンバーとなった。

先ず、工事部門の立場から、自己申告で次のような意見を述べた。

〈過去の自己申告や業務目標シートで縷々記しているものの、現実の小職の主な業務は、当社への出向時とほとんど変わらず、橋梁や堰堤工事の工事打ち合わせ、施工計画、見積り、業者引合、現場施工管理の補助など、各工事案件に密着したルーチンワークと、半強制的に呼び出されるJV工事の施工委員会への出席や、何か問題が発生した場合の現場処理業務である。これは十数年前、橋梁工事グループの担当者時代と似たようなもので、これら日時を争う日常業務に追われて、ほとんどの時間を費やし、本来の工事部長として行うべき管理業務、まして、名目上のみとは言え、常勤の取締役としての立場で行動することは、むしろ、年毎に少なくなって来ている。

現在は、部内の担当部長や次長に直接業務命令をする権限はなく、最近は各業務に対する要員配置の権限もなくなった。従って、他の管理職者及び直接の指揮下になっていない部員の動向も把握できていない。まさに、名目上だけの工事部長である。工事部長たるものは、工事部の業務（橋梁・堰堤に限らず）全般を俯瞰し把握、管理するのが任務であり、具体的には少なくとも、月一回は自ら現場を訪れて、現場状況の視察をし、担当部員に適切な助言・指導を行い、関係官庁に挨拶し、コミュニケーションを良くすると共に、社内では、計画から予算実績まで管理する者と考える。これを小職が行うのに能力がないからだとは全く考えておらず、物理的・強制的に不可能な状態に置かれているからだと思っている。

この原因は、当社発足以来の恒常的な要員不足にある。特に本年度は危機的な状況になっている。これに対して、機会ある毎に注意を促し、本年度初めには警告すら発しているが、改善の兆しはなく、逆に、貴重な数名の中堅工事経験者の無計画な減員が行われている。増えたのは高卒新人の頭数だけである。当社設立の主旨書にも書かれている、計画要員の適切な配置がなされていない当然の結果と考える。

現状では、当社の体質改善は覚つかず、部員の一部には先行きの不安感が、工事会社の存亡の危機感にまで発展している。部員、特に現場員の個人的な犠牲の上に、現在の採算性があることを忘れず、短期的な損益だけで判断せず、抜本的な要員の増強と、組織改正をベースに現場員に時間的余裕を与える待遇改善策を全てに優先させなければ、過去の三年半は、当社及び小職にとって、全く無駄な時間であったと言わざるを得ない〉

六月には『橋梁工事・現場施工体制の現状と将来』という、全三〇頁にもなる提言書を作成し、関係部署に配布したが、反応は鈍かった。七月には、工事部の要員計画を、工事部員個々の業務遂行能力に評価点を付けて、要員不足を可視的に理解できる資料を作成し上申した。同年八月には『東亜鉄構工事㈱の現状と今後』と言う資料を作成した。

部門立て直しの、このプロジェクト、多くの人間が参画して一ヵ月半の時間を掛けて協議したが、目立った成果はあげられなかった。

5

この頃、仕事は、大きな橋の施工が相次いだ。そのため、全国各地の橋などの現場視察、客先協議、予算管理などに従事した。

広島新交通の同業他社（サクラダ）の現場で、平成三年（一九九一）三月、橋桁落下の人身大事故が発生、全工区の現場で工事ストップとなり、安全管理体制の見直しのため、二ヵ月以上工事の再開が出来なかった。東亜の工区は八月に完成し、竣工検査合格となったが、床版業者に足場を残して使用して貰う条件が付いていたため、床版業者の工事が完了した翌年三月に、足場を東亜製鋼責任で解体する工事があった。これに予定していた工事部の要員の奥さんが、現場が始まる直前に産気付き、要員不足で交代要員が居ないため、私自身が急遽出張してその工事を担当した。道路上の足場解体工事のため、全て夜間工事で行われた。その途中、ガードマンの休憩時間中は、私自身がガードマンに代わり、赤色電灯を振り乍ら、交通整理を行ったこともある。客先には㈱東亜製鋼所・課長の名刺を示していたが、同業他社には、東亜鉄構工事㈱・取締役の名刺を提示していたため、重役さんが夜間工事のガードマンをやるのか？　と揶揄されたりした。

鹿児島県・桜島の有村川堰堤工事の際、桜島の小噴火が起こり、急いで避難壕に駆け込むと間もなく、子供の拳ぐらいの火山弾が、煙を吐きながらばらばらと周囲に落ちてきて、桜島の火山活動を目の当たりにしたこともある。栃木県日光の天狗沢堰堤工事では、大雨による沢水の氾濫で、現場設備に事故が発生した。丁度その時、常子と富山県宇奈月の温泉旅館に滞在していたが、電話で事故の急報が入り、その場で旅行を取りやめ、そのまま栃木県の現場に急行したこともある。また、屋久島の堰堤の現場でも、施工中に鉄砲水が出て、河川敷のクレーン車が水流に飲み込まれた事故が発生した。この時も現場に急行し、クレーン車の損害に対する保険の手続を行ったこともある。

平成三年、四年（一九九一、一九九二）の記録を見ると、業務出張による外泊日数が、年間に三十一日間と三十八日間で、その前年や前々年と変わらず、日常的に出張が頻繁になっていた。

6

平成五年（一九九三）六月、本州四国連絡橋公団の外郭団体である、㈶海洋架橋調査会が主催する「長大橋の耐久性に関する調査研究委員会」として、今度は欧州各国の長大橋の管理事務所等を訪ねて、調査を行うことになった。その調査団の一員に、私が東亜から参加することになった。

本四公団・海洋架橋調査会・民間の、計二十名の調査団は、事前の調査打ち合わせを東京で三回行い、九月二十七日に日本を出発した。ドイツ・デンマーク・イギリス・イタリアそしてフランスの五ヵ国を十九日間で巡り、数々の調査を行った。結果の一部は、既に工事の始まっていた明石海峡大橋のケーブル工事にも適用し活かされた。調査団の報告書は翌年の三月、まとめて出版された。その中で、私が担当しまとめたのは、ドイツ・ライン川を川下りしながら調査した、マインツ市からデュッセルドルフ市までの間に架かる計二七橋の現状と歴史であった。

調査結果は『長大橋の耐久性に関する調査研究報告書』として、平成六年（一九九四）三月に発行されたが、その巻末で私は「感想」として、次のような一文を寄せた。

〈たばこ喫みの独り言・私は、一日一箱程度のささやかな愛煙者である。世間に多い二～三箱のヘビースモーカーとは違う。ただ喫みたい時に喫めないと気分が悪い。この調査旅行では、喫煙者の不自由さを十二分に味わわせて貰った。まず、出発当日、大阪空港でチェックインする時、成田～フランクフルト間のあなたの席は禁煙席です、と告げられて出鼻を挫かれた。十二時間の空の旅、禁煙を強いられては堪らない。直ちに、喫煙可能席に変更願いし、幸いＯＫ！　で一安心。事前に「喫煙者」と登録していたのに！

ヨーク（英）、ローマ（伊）のホテル、部屋に灰皿がない。フロントに問い合わせると、その部屋は禁煙室です。部屋を変えるか、灰皿を持って来い、と言って、灰皿で決着した。英国やフランスでの列車の旅、三回、何れも禁煙席、隣の車両は喫煙可能席！　喫煙は隣の車両か、デッキの喫煙コーナーで密やかに済ませた。旅行中多用した専用バス、長距離にも拘らず、ほとんど禁煙車。団員数名の喫煙者が後部座席に蝟集して、特別に喫煙を許されたこともあった。オンフルール（仏）のレストラン、食事の前にまず一服と目の前の灰皿を使っていたら、ウエイターが無言でそれを引き取り、灰皿を持ってきた。これは失礼！

それは、ミネラルウォーター瓶の下敷用、銀の皿であった。帰途の日本航空、待望の喫煙可能席はやっと確保できたが、最後部。楽しみにしていた和食は前席で品切れ、「大吟醸」の日本酒を飲みながら洋食を食べるおまけまで付いた。南イタリアの空港では、喫煙コーナーも吸殻入れもない⁉　辺りを見渡して顔がほころんだ。さすがお国柄、ご自由にどうぞ、周囲の床が全て灰皿であった。以前、ロンドンの地下鉄はエスカレーターも車内の床も木製であった。その簀の子状の隙間に吸殻が一杯で驚いたことが、何故か懐かしい。その後、火災による大事故があり、今では、わが国と同様に、禁煙厳守になっていることは言うまでもない。ともあれ、彼我の状況を見て、喫煙者には肩身の狭い環境になっていること、改めて実感した。わが家の書斎で、オーストリア産原料を使い、ドイツで製造され、パリで購入した日本の煙草「マイルドセブン」を燻らせながら、「そろそろ私も禁煙しようか？……禁煙なんて、簡単にできる。何しろ、今までに何回も禁煙してきたのだから……」なんて、呟いている〉

7

この調査団に参加し、旅行中であった九月三十日、私は、㈱東亜製鋼所を定年（満五十五歳）で、退職した。管理職者は退職式に臨み、亀井社長から直接、銀杯や花瓶の記念品と共にアルバムを手渡されることになっていた。管理職者は、後進に道を譲り、勇退する意味を含めて、満五十五歳で退職するという規定があった。部長職者はこれより三年程度の退職猶予期間があり、一般職は満六十歳が定年だった。

さて、私の停年退職金は、勤続二十四年で、一四九〇万円（現在換算一五六〇万円）だった。社員の就業規定に依れば、主幹クラス以下の一般職について、定年退職と自己都合退職に分けて、勤続年数とその時の基本給に乗ずる支給率（〇〇ヵ月）の規定された表がある。従って、予め自分で計算できる。しかし、管理職者には明示されていないので、実際に人事課長から明細書を受け取るまでは判らない。管理職の給与は基本給一本であり、業務給がないので計算が出来ない。一般職と同様に考えて、基本給の半分が、表示されている支給率に乗ずる基本給と仮定して、事前予想をしていた額（当然、定年退職者として）が、丁度一四九〇万円であった。実際に貰える金額は、この値を最小として、管理職十年間の実績が反映され、それ以上になるものと勝手に予想していたが、見事に外れた。額が低いので首を傾げ乍ら、人事課長に金額算出の根拠、あるいは計算式を明示してくれと言った。課長は首を振り、一切お答えできないと言うばかりであった。人事部は、過去十年間、管理職としての私の働きを全く評価していない（あるいは知らない）のではないかと、憶測したくなるような金額だった。課長が電話で席を立ったすきに、応接室に突然、若い人事課員が駆け込んできて、岩成課長の退職金は、何故こんなに少ないのですか？　と無邪気に聞いてきた。途中入社のため、勤続年数が短いからだろうと返事すると、それにしても……？　と、納得しなかった。やはり、十数年前のA課長の讒言《ざんげん》に依る減点分が、その時まで消えずに残っていた証拠かも知れない。私としては、それ以上話すことはなく、そのまま引き下がらざるを得なかった。

これに先立ち、話のあった期間相当賞与分は、五ヵ月分のため、前期実績一八二万円の六分の五で一五二万円（現在換算一六〇万円）であった。

その時は、もう、㈱東亜製鋼所から、子会社・東亜鉄構工事㈱に転籍したことになっていた。定年前後の私の給与を示すと、月額に直して、定年直前は、賞与分を含めて、八〇万三五〇〇円（現在換算約八四万円）が、定年後の転籍した時は、賞与がなくなるので、そのまま、七〇万八三〇〇円（現在換算約七四万円）と一二％低くなった。そうなる理由や、金額についての話は、会社から一切なかった。

管理職者が定年になると、上司から社内のある課長が指名されて担当者となり、社内に「奉加帖」を回覧して、有志者から奉加金を集める。その金で、定年者の希望する品物を購入し、記念品（会社から頂く記念品とは別物）として贈呈する慣例があった。私の場合、東課長が担当幹事となり、お金を集めて私に希望する品物を訊きに来た。金額は忘れたが相当な金額になった。結局、当時高価なニコンの一眼レフ・カメラを希望した。望遠レンズ付き、フラッシュ付きの一式を有り難く頂いた。お礼状も幹事の課長が作成し、有志者全員に配布してくれた。

8

そして、平成七年（一九九五）一月、東京湾横断道路のＪＶ工事が完成し、解散式が千葉県・木更津であり、施工委員を勤めたメンバーで親睦ゴルフをして、名古屋経由で神戸に帰ったのが十六日だった。その翌未明、阪神大震災が発生した。

その朝、まだ二階の寝床に居た私は、まるでブルドーザーが家に突っ込んで来たような揺れに起こされた。真っ暗な中、何かが倒れて風圧を感じた。何かが壁にぶつかり壊れる音がした。階下では母が、大声で何か叫んでいる。電灯は点かないので、手探りで見付けた懐中電灯で周囲を見渡した。隣に寝ている筈の常子が居ない。その寝床に箪笥が倒れて、枕に角が食い込んでいた。箪笥の上にあった人形ケースが、私の寝床の上を飛び越して、反対側の壁にぶつかり壊れている。廊下に出て階下に声を掛け、大丈夫か？　と問うと、母が大丈夫と答えた。書斎にしている隣の部屋は、全ての本棚が倒れて、中に入れない。階下に降りると、丁度その時、勝手口から常子が帰って来た。公園での早朝ラジオ体操に参加して、木戸を開けようとした時揺れが来たとのこと。台所は揺れの方向の関係で、二本の食器入れは、扉が開かずに横に約四〇センチ滑っていたが、食器はほとんど無事だった。空が白み始めた外に出て見ると、家そのものの外観は損傷なかった。近所の人数人が駆け寄って来て、揺れましたねーと言った。電気は点かなかったが、ガスや水道は使えた。余震が続く中、蠟燭《ろうそく》の灯で何とか朝食を済ませたが、何を食べたか覚えていない。

夜が明け、板宿方面の空を見ると黒煙が上がっている。間もなく空が陰り、ひらひらと灰が降って来た。大地震だ。大火事だ。それでも支度して会社に行こうとした。と、見知らぬ誰かが路上で、さきほど車で見て来たが、下（須磨駅・板宿方面）は地獄だ、もちろん、バスも走っていない、と言うので、また家に戻った。

停電は、地震後二時間ほどで回復した。電話は通じたので、親戚・友人・知人から引っ切りなしに見舞いの電話が入り、無事を伝えて喜び合った。そうしている間に、電話は不通になった。翌日・翌々日はテレビで市内の惨状を見ながら自宅で待機していた。四日目、会社に電話するも不通で、工場に電話すると通じた。話で、本社はビルが倒壊してなくなったが、播磨工場の事務所に、仮に移動して仕事を始めていることが判った。自宅から、地下鉄西神線の名谷駅《みょうだに》まで自転車で行き、西神中央駅から明石にバスで出て、播磨の工場に行こうとしたが、名谷駅での情報で不可能と判断し、断念した。五日目、前日のルートで何とか播磨工場に辿り着き出社した。

二十三日、ＪＲが西から須磨駅まで開通し、播磨工場へ日常的に通えるようになった。二十四日工事会社の全員が、本社のあった神戸の六階建て岩屋ビル前に集まり、余震が続く中、半分倒壊し、腰が折れた状態の本社ビル内に時間を限って決死の覚悟で突入し、重要書類や社印等を運び出した。それから、しばらくは神戸近辺の東亜が施工した橋梁が、地震によりどの程度損傷しているか等の現場点検・調査を手分けして行ったり、また、応急的に壊れた橋の落下防止策を夜間工事で行ったりしていた。

9

そんな中、夜間工事の立会いを終わった二月十一日の夜、私は電話で、島本社長に早期の退職を申し出た。退職理由は、ひと言で言えば、以前から思っていることであるが、工事会社は所詮、日陰の存在だということ。こんな非常事態中でも客先に出る時は、東亜の人間として振舞い、蔭では、工事会社の社員で居らねばならない。まるで鵺《ぬえ》のような存在はもうたくさんであった。播磨の仮事務所でも東亜の社員と工事会社の社員は明確に区別され、関係会社から工事会社に出向している社員や、工事会社のプロパーの社員は片隅で小さくなっていた。それは単に雰囲気だけでなく、東亜から工事会社に出向している役員が、自ら「工事会社の人は遠慮せよ」と公然と口にして憚らない。そのような存在の工事会社に嫌気が差した。と言うのが判りやすい理由になるだろう。

私としては、何も震災に遭遇して、その気になったのではなく、リビアの赴任が終わったら東亜を退職する心算でいた。このことは、リビア滞在中に、既に親しい友人に手紙で真情を吐露しているし、元の土建技術部に戻ってやる仕事に何の魅力も感じなかった。それが、新会社への出向という話になっても、もう、今さら「東亜の橋梁」には何の期待もできない、という予感がしていた。

それから七年弱、乗りかかった船、馬車馬のように走って、新会社で目の前の仕事に没頭してきた。その最初の一～二年目頃から。早くも、この会社は、このままでは駄目になると自己申告書で繰り返し明記したが、何も変わらず、三年目には、ダメ押しで、具体的な改革策を提示し、それが駄目なら、私はこの会社で無駄な時間を過ごしていると言わざるを得ないとまで述べた。さらにその翌年の自己申告書の意見欄は、空白のまま提出し、意見は、昨年と同様であるから、それを見てくれ、とまで記している。

これらの意見を、上司がどのように受け取っていたか、反応がないので、全く判らないが、少なくとも、その頃から、退職のきっかけを探していたことは確かである。そんなことなら、新会社への参画をキッパリ断って、リビア赴任終了を退職の機にすれば良かった。要らぬ火中の栗を拾ってしまった、と後悔するが、今、言っても仕方のないことである。この度の大震災が、退職の決意を強力に後押しをしてくれた、と言える。

社長は、君を路頭に迷わせたくないと退職に反対したが、私は。逆に会社に居る方が、あと二～三年で出向定年になり、その後。路頭に迷う危険性が大きいと判断した。社長から聞いたのか、現れた山田元部長は、何か強引に退職しようとしているな、と言われたが、私は、定年後に、親会社から転籍した子会社勤務は、いつ辞めても良い、むしろ早く辞めた方が、後進に席を空ける善行になる、決して強引ではない、と考えた。更に、急に目の前に現れた板垣元常務は、辞めると言っているようだが、もっと社長と話し合ったらどうか？

と忠告されたが、私は、過去の私の自己申告書をもう一度見て、判断して下さいと言いたかった。人事筋の岡山氏は、会社はこれから大きくなる、その手助けをする心算で退職を思い止まらないか？　ときたが、私は、もう結構です、と言いたかった。杉坂重役は、本当に辞めるの？　と聞いてきた。私は、もちろん。冗談ではなく、本当だよ、と返事した。人事課長は、随分思い切ったことをされますなあ、と言った。私は、衝動的に決めたのではなく、前から考えていました、と返事した。部下の藤永次長と山根課長は一緒に来て、もう一度考え直して下さい。と言ったが、私は、もう、既に決まったことだから、後を宜しく、と返事した。社長とは、その後何回も話し合って、ようやく三月七日に、三月末を事実上の退職日と決定した。

10

私の退職の話は、これだけでは収まらなかった。私は、工事会社の「経営管理者」として官公庁に届出されており、四月一日以降の後継者が見付からなければ辞められないという話が残っていた。結局、退職日の三月三十一日に社長から初めて新会社の話が出た。人事筋の岡山氏が、会社はこれから大きくなると言っていたことと符合する。その会社の発足が七月一日になった。従って六月末までは、これまでと同様に私が経営管理者で居る必要があるので、その間、四、五、六月は名義料として、月額、現給与の半分に相当する三六万円を私に支払う。そのため、現行の給与月額約七一万円は、従来通り六月分まで支払うが、三六万円との差額約三五万円は役員退職慰労金に充てる。と言うややこしい話があり、当方もこれを了承した。また、退職は六月に行われる恒例の株主総会で、任期満了の取締役退任と言う扱いで、経歴には傷が付かないように会社で配慮するとのことであった。

三月末までは、継続して播磨工場に出社した。相変わらずの人手不足で、最後の仕事として、私が担当せざるを得なくなったのは、神戸市・新交通・ポートライナーの引込線の、震災被害の補修工事計画書と予算案の作成であった。予算案は神戸市が補修工事を発注する際、見積もる参考予算案であり、受注業者として東亜が、その予算の範囲内で施工するものである。まさに、東亜で最後の最後まで一担当者として現役で勤めたと言える。しかし、これ以上は、もう、たくさんと思った。

三月末に工事会社の社員に、退職の挨拶をしたいと申し出たが、社長は拒否した。社員に対して、退職の挨拶を行うことを社長が否定することが出来るのか、大いに疑問が残ったが、私は無理強いしなかった。よって、送別会もなく、誰に見送られることもなく、二十五年間勤めた会社を去った。

役員としての退職慰労金は、一八一万円で、六月末には、給与に充当した金額を差し引いて、残金七六万五〇〇〇円が支払われることになった。

工事会社の株主総会は平成七年（一九九五）六月二十日に開催され、同時に新会社発足となった。その夕、新会社の役員一同、計二一名が集う宴会が、市内の料亭であり、私も招かれて出席した。その最中に私が、取締役退任の挨拶を行い、宴会を中座して退出した。

新会社の具体的な内容は、一切聞いていないし、もはや、何の興味もなかった。

この新会社・東亜アイ・イー・テック㈱は、その後十年間何とか事業を続けていたが、橋梁等の公共事業の大幅な削減が影響し、平成十七年（二〇〇五）に関連事業から撤退し、解散となったと、人の噂で聞いた。詳細は知らない。橋梁事業に関わっていた多くの人達は、その後、どこで何をすることになったのであろう。

11

平成七年（一九九五）の十二月、㈱東亜製鋼所・東京本社から「幾星霜」というアルバムが送られてきた。

これは本来、定年退職式の際、社長の手ずから壇上で頂く物であるが、私は、丁度その時、海外調査団で旅行中だったことと、定年後の転籍先が東亜直属の子会社であったことから、その子会社を退職する時まで、東京本社で保管されていたようだ。

内容は、東亜各工場の写真が主であるが、巻末に「職場の仲間より心をこめて……」と銘うって、過去の職場の仲間から、退職者に対する謝意等のコメントが記された紙片が張り付けてある。例えば……

・岩成一樹殿　永年に亘る橋梁事業での誠実な御尽力誠に有難う御座いました。御蔭様で会社への貢献度も日々高まって参りましたが、此の度の御退職、残念でございました。今後の御健勝を祈念致しております。（前・東亜鉄構工事㈱社長・安本照雄）

・いろいろ御苦労様でした。その後も後輩達が頑張っています。新しい道での御活躍を祈念します。（東亜鉄構工事㈱社長・島本勲）

・岩成先輩の誠実な仕事ぶりに、いつも教えられました。今後、一層の御活躍をお祈り致します。（小原壽二）

・岩成さんの長い間の御貢献に対し、心から御慰労申し上げます。岩成さんとの想い出は、やはりリビアですね。今後とも御健康で活躍されんことを祈ります。（筒山洋一）

以下は省略するが、総員八十数名の方々からコメントを頂いた。これらのコメントの謝辞や賛辞を、一〇〇%そのまま受け取るわけには行かないが、半分ぐらいは有り難く頂戴したい。

誰に見送られることもなく、東亜を去った私にとって、それに代わる仲間からの貴重な送辞集として、手元に置いている。

四節　須磨・高倉台・マンション（神戸市）

1

母の強い要望で、高倉台のマンションを購入した、平成二年（一九九〇）三月、常子が高槻市を退職した。保母として勤めて十五年、その頃、腰痛を訴えることが多く、職業柄小さな子供相手に、腰を屈めて行う作業が多いためと思われた。この退職は、母のことも考えて、私が強く勧めた。常子が勤めている間は、母が主婦として家事全般を受け持っていたが、四月から常子が家に居るようになり、母の役目がようやく終わったという思いがあったのかも知れない。この十一月で満七十二歳になる母としても、そろそろ、家事を離れて、ゆっくりしたかったのであろう。マンションを買って、父と二人で過ごしたいと言う訳であった。私は、マンションに両親が移住することには反対した。今の家でゆっくりすれば良いと話した。また、どうしてもマンション暮らしをしてみたいと言うのなら、賃貸で適当な所を借りれば良いとも言ったが、母は聞かなかった。結局、同じ高倉台の団地で一丁目の中古マンションを見付け、五月二日に購入した。その平面図を図―7に示す。ただし、これはリフォーム後のもので、購入時にはＬＤＫ一三帖は二部屋に分かれていた。所在地は神戸市須磨区高倉台一丁目である。鉄筋コンクリート造り五階建ての二階で、築十七年経っている。床面積は六〇平方メートルである。価格は、不動産バブルの最中のため、内部は本当のボロボロ状態にも拘わらず、驚くなかれ、三二〇〇万円であった。当然リフォームしなければ住めないので、浴槽の取替え等を含むリフォーム代・仲介手数料等諸経費を入れると合計三六三三万円となった。これを、京都・城陽の家の売

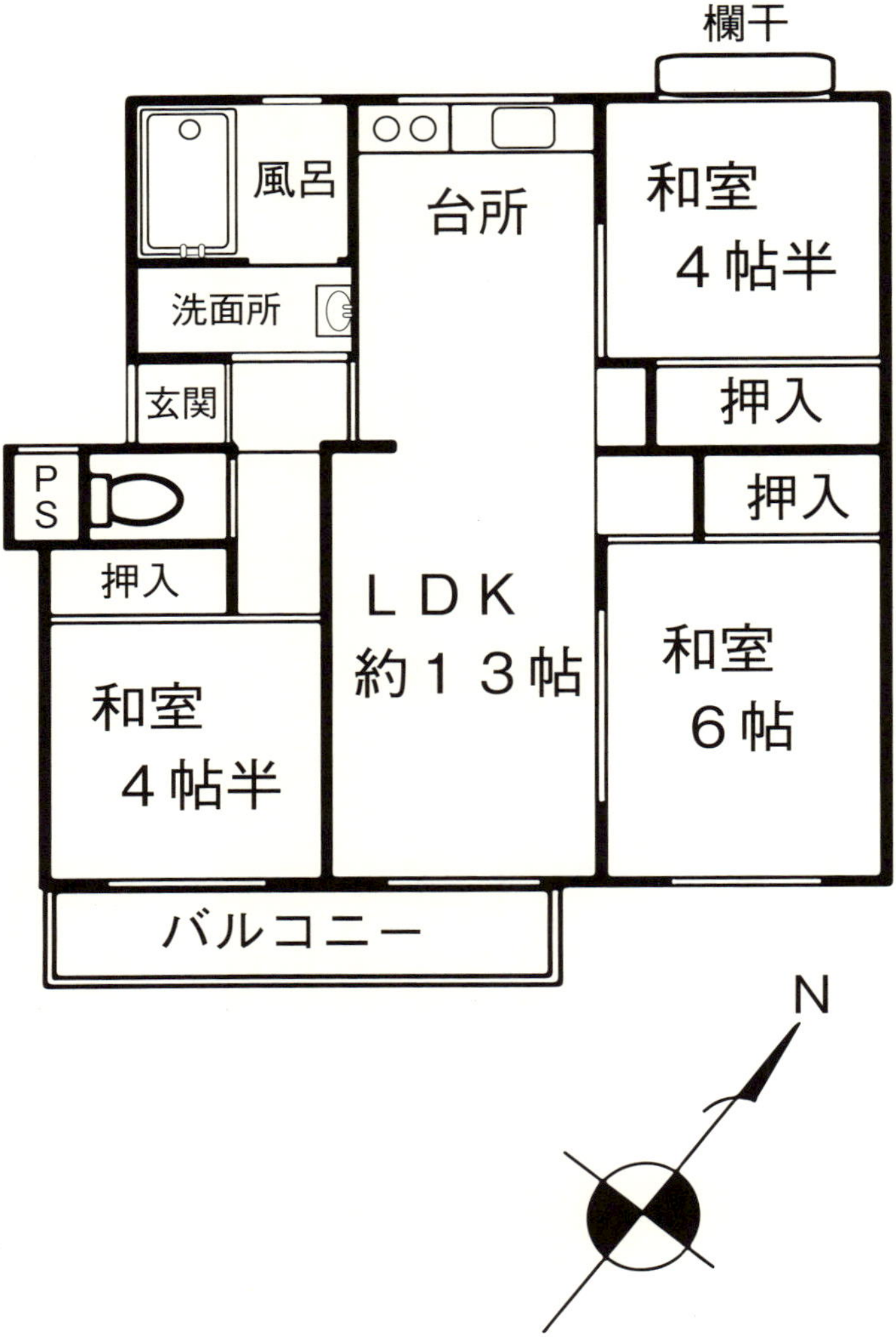

図ー7　**須磨　高倉台②の家**

却代金の父の所有率分を保持していた父が半分を負担し、残りを、協力すると言った常子と私が等分に負担して、五〇、二五、二五％の比率で三人の所有権を登記した。

一ヵ月程でリフォームが終わると、母はせっせと水屋、応接セット、食器、冷蔵庫などの家財道具を購入してはマンションに届けさせていた。そして六月二十九日引越しを行い、父と移り住んで行った。

ところが、僅か三ヵ月程で、何にも言わず戻って来てしまった。やはり、二人だけで暮らすのは、父の年齢（満八十四歳）からも無理があり、向こうでも家事は母が務めることになり、継続して生活できないことを悟ったとしか考えられない。その後は、丁度その頃、松陰女子大の学生で、当家に下宿していた孫娘（妹の長女）華子《はなこ》が、同級生のお金持ちで良家の娘を誘って、泊りがけで遊ぶ場所になってしまった。

華子が大学を卒業し、大阪に就職した後は、勿体ないことながら、単なる空き家として放置されることになった。使用しないのなら売却することも考えたが、母は、もう少しの間、このまま置いておいてくれと言い、何故か承諾しなかった。

2

平成七年（一九九五）一月、あの阪神大震災が発生した。幸い当家は、幸運にも、さしたる被害はなく、そのまま居住できたが、東亜の社員の多くが自宅を失い気の毒な状態になった時、会社は空家を探していて、その被災者に貸し与えようとしたことがあった。会社の担当者から、今空家になっているのであれば、そのマンションを東亜が一五〇〇万円程度で買取りたいが、どうかと。問い合わせがあった。その時も、母は頑として売ることはしないと頑張った。後で判った理由は、母のとんでもない妄想で、孫の華子が結婚して所帯を持つ時、自宅から近いこのマンションに住まわせようと考えていたらしい。そんなことは、誰といつ結婚するか判らない今、また、相手の人がどこに勤めているのか想像も出来ない今、決め付けられる筈はないことであった。父は、もうその頃は、この様な問題に首を突っ込んで意見を述べることはなく完全な傍観者であった。

あの震災で、八丁目の自宅の二階にあった私の書斎の本棚が、全て倒れる被害に遭った。以後、重い本類は二階には置けないと思い、それらを段ボール箱に詰めて、庭の物置に仮置きしていた。また、震災を契機に、先に述べた理由で会社を辞めたが、会社にあった私有の参考書や資料を持ち帰った序で、一丁目のマンションを私の書斎にすることを思いたち、その年の暮れに、書斎機能をこのマンションに移した。以後、自宅に居る時は、出来るだけ、歩いて十五分の、この書斎に通い気ままに過ごすようにした。時には、友人を招き、気軽に一緒に泊まることもできた。

このマンションは、その後、三宮に新しいマンションを購入し、引越した平成十七年四月まで、十年間、町内会の清掃活動にも参加したりして、ずっと私の書斎であり続けた。

しかし、その後のこのマンションの顚末を見る限り、私の住まいの遍歴で、最も金銭的に結果の悪い無駄遣いになってしまった。大失敗だった。母の希望通りにすることを、常子が強く後押ししたこともあったが、やはり、もう少し、気長に、私が母を説得すべきだったと、今でも強く反省している。

五節　仁川（韓国）

1

リビアに居る時から、この仕事が終わったら、東亜を退職し、新たな仕事につきたいと考えていた。それが、思いも掛けずと言うか、自身の優柔不断からと言うか、東亜の新工事会社に移ることになり、七年間の寄り道をしてしまった。もう、満五十六歳になっていたが、まだまだ五十六歳、これからだという感じもしていた。新たな仕事とは、具体的には建設コンサルタントであった。従来の仕事を通じて感じたのは、客先から受注した橋梁工事の設計内容で、現場施工を知らない、不適切な構造や不可能な施工法が採用されているものが多くあり、受注業者として、その見直しや設計変更に、多大な労力を要することを経験してきた。これを糺《ただ》すために、私がコンサルに入り、技術者を実務経験者の立場から、教育・指導できるのではないかと考えた。そのためには、コンサル業界で必須の、技術士の資格ではなく、一級土木施工管理士の資格があれば十分と思っていた。

先ず、自分自身の力で新しい職場を見付けるため、大阪の人材銀行に行き、求職の登録をした。「求職カード」に記載した、職務経歴とセールスポイントは下記の通り。

〈大和橋梁㈱では、鋼橋現場工事の架設計画、積算・見積、施工管理を行うと共に、架設の新工法（ＰＣＴ工法）の開発にも関与した。その後、鋼橋業界への新規参入を目指す㈱東亜製鋼所に入り、上記業務を継続すると共に、設計・製作面でも社内で指導的立場を果たした。また、長大吊橋のケーブル工法（ＰＷＳ）ＩＢグレート床版、新型橋梁等の開発、現場施工管理も担当した。さらに、土木建築一式工事や鋼構造物工事の現場責任者も歴任した。八一年から約七年間は、アフリカ・リビアの製鉄プラント土建工事業務に専念し、その間、三年半は現地にて直接工事管理業務を行った。

新会社（東亜鉄構工事㈱）には発足と同時に出向して、鋼橋の現場工事全般の責任者として、特に工事費の積算・予算管理に注力、九四年六月より同社の経営管理者を務めている。鋼橋を主として土木全般から建築工事まで、工事計画から積算・見積、現場施工管理まで、幅広く豊かな経験を有し、数々の開発業務にも従事して、常に指導的な責任者の立場を真摯に務めてきた。英語力（読み、書き、聞き、話す）もある程度ある。と言うのが私のセールスポイントである。但し書き、九五年六月までは離職できませんので、それ以降の職を求めます〉

希望適職を、最初、コンサルタントに限定せず、土木全般で経営管理とし、希望賃金を、年収六〇〇万円、月収五〇万円としていた。

2

人材銀行に登録した直後から、多くの建設会社から面接希望が相次いで来た。しかし、内容を聞いてみると、現場に出張しての現場施工管理が多く、私の希望に合致せず、面接を辞退した。

事実上、三月末で退職したと言っても、元の会社からは、特に私の後任である藤永工事部長から、電話で問い合わせが頻繁にあった。震災の直前に工事を完了した、東京湾横断道路のＪＶ工事では、ＪＶ各社の精算に関して、電話では話すのは無理と、出社して関係者と協議・打ち合わせしたし、神戸市新交通の引込線の補修工事についても出社し、担当者と打ち合わせたこともある。そんな煩わしさを避ける意味もあり、よく旅行に出かけた。海外には、四月に一人で韓国・ソウル旅行に行き、ホテル新羅に三連泊し、リビアでの工事の下請業者、三星建設の本社に出向いて挨拶したりした。五月には、常子と香港個人旅行をし、HOTEL MARIOTTOに三連泊、市内観光を楽しんだ。国内は、四月に常子と山代温泉に泊まり、丸岡城、那谷寺や大野城等の北陸旅行、五月には一人で宮崎・鹿児島に旅行し、日南海岸、飫肥《おび》城に行き、城山観光ホテルに泊まり知覧・武家屋敷等を観光した。常子は、間もなく私が無職となることを全く気にしていないように見えた。私が暇になって、友人から誘いがかかることも多くなった。

そんな五月中頃、神戸の日本工業技術振興協会から、大阪の会社の引合があり、海外技術指導の予定のあるコンサルを紹介された。その後、何回かのやりとりを行い、六月二十九日、㈱阪神工業試験所で面接が行われ、七月五日採用・入社が決定した。

3

平成七年七月十日に入社した所は、各種の非破壊検査を主とする検査会社である。所在地は大阪市福島区鷺洲《さぎす》であった。三年前に建設コンサルタント部門を立ち上げ、これからコンサル業務も事業の柱としようとしている、従業員約一二〇名の中堅企業であった。岸本事業部長は、橋梁ファブリケーターの春本鉄工所の設計部門から当社に転職してきた経歴の持ち主であった。私は主査として入社し、三ヵ月間の試用期間を経て十月十日から、いきなり事業部長代理としての辞令を受けた。

同社社内誌の社員紹介欄に載った私の挨拶は、下記の通りであった。

〈阪工試の皆様、初めまして！　私はこの度、当社に入社し、コンサルタント事業部に配属されました。今まで大和橋梁㈱、㈱東亜製鋼所、東亜鉄構工事㈱とメーカー及び工事会社で計三十三年余り勤め、主として鋼橋・鋼構造物等の工事に従事して来ました。先頃に阪神大震災で前の会社の本社ビルが全壊となり、それを契機に同社を自ら退職致しました。

希望する再就職先は、今までのような会社でなく、コンサルタント会社でしたが、単にコンサル業務だけでなく、非破壊検査や各種計測業務と言う、会社創立以来培ってきた強い武器を持っている当社のことを知り、惹かれました。今後、益々市場の拡大が予想される橋などの構造物の点検・維持補修工事で、当社の活躍する舞台はより大きくなると思います。発足後間もない当事業部で過去の経験・知識を活かして、その発展に寄与でき、ひいては当社の実績に加担出来るよう頑張りたいと思います。どうか、宜しくお願い申し上げます〉

給与は、交通費補助を除いて、試用期間は月額四〇万円で、十月からは五一万円と、当方の希望値が叶えられた。

神戸市須磨区の自宅から通勤する阪神電車の車中で、偶然、前の会社の杉坂取締役と出会った。通勤途上と言う私に、彼は、（退職の後は）悠々自適とは行きませんか？　と尋ねて来た。私は、まだまだやり残したことがあるので……と返事した。

入社直後から、大阪市港湾局が管轄する市内の橋の震災影響調査を主として、橋梁の案件が多くあった。阿波座から船に乗って、道頓堀川に架かる戎《えびす》橋の現況調査や、堂島大橋の調査も行った。また、㈱近代設計事務所から受注した新御堂筋高架橋の橋脚耐震補強工事に伴う詳細設計業務を担当し、橋脚沓座拡幅に関する資料をまとめたりした。

そうこうしている十月に、韓国現地で営業活動をしている岸本部長から、ソウルで、橋梁製作の現地指導を行ってきたが、前任者の松尾橋梁㈱の人の任期が十一月下旬で切れるので、後任の適材を探せという要求が出てきた。因みにこの橋の設計には岸本部長が関係したとのこと。

橋梁は、ソウル市が施主の西江大橋（Seo-Kang Bridge……橋梁形式・ニールセン・ローゼ桁橋、橋長約一五〇〇メートルの内ニールセン橋は支間一五〇メートル、幅員三四メートル、鋼重約三〇〇〇トン）注文主・現代建設㈱、業務内容・製作、仮組、地組、架設の技術指導、業務場所・仁川の工場及びソウル・漢江の河川敷等と業務内容を明記した「技術員・海外派遣業務・条件書」を作成した。それを私の心当たりの日本鋼管㈱、日本鋼管工事㈱、川重工事㈱等に送り、適当な人材の紹介を求めたが、間もなく各社より協力会社まで範囲を広げて探した結果、見付からないと返事があった。

韓国に技術員を派遣する話は、入社前の打ち合わせ時にあったが、私がその技術員の後方支援と現場打ち合わせ時に同席するという条件で合意していた。現実はこの通りにならず、適当な人が見付かるまでの当面の間、私が代わりを務めることを決心し、私の英文の履歴書（CURRICULUM VITAE）を作成し、現代建設の意向を打診したところ、応諾の返事があった。よって、平成七年（一九九五）十二月十二日韓国・仁川に向け一回目の出張に出た。

5

韓国側は、出来れば連続駐在を希望したが、当方との兼ね合いで、最低一週間おきの滞在となった。私の韓国出張は、翌年二月末までの間に計六回出張し、滞在日数の合計は四十一日間になった。この間に行った技術指導の内容の内、書面で示した物のみを列挙すると、二〇件に上った。

これらの指導の中には、西江大橋だけでなく、韓国南部の離島・巨済島に架ける橋のことや先頃、事故で落橋したソウルの聖水大橋の件でも技術的な見解を求められた。

そして、現場を去る最後に、口頭で、桁端部のソールプレートの孔径が、支承上部の凸部の直径と合わないと指摘した時は、製作現場は大騒ぎになった。それもその筈、もし、このまま現地に運び架設しようとしても、その孔径と凸部直径が合わないと、重さ三〇〇〇トンの橋体を吊上げたまま修正するしかないが、それは不可能に近い。このことだけでも、技術指導員として私に来て貰った価値があったと、製作担当の明《ミョン》課長は大いに喜び、感謝していた。

6

発注者・ソウル特別市と受注業者・現代建設㈱の間に、コンサルタントとして韓国総合技術開発公社が介在していた。そのコンサルの技術担当として、日本から長大橋技術センターの堰本技師が派遣されていた。ソウル市役所での会議時には、私も呼ばれて行き、彼と顔を合わせて議論した。当方には白《ペク》さんと言う女性の通訳が付いていたので、日本語で話が出来た。白さんは工場でもずっと一緒に行動した。将来は、日本語をもっと勉強して、その特技を活かして、日本人旅行者の案内役になりたいと言っていた。夫は、現代自動車に勤めるエリート社員で、ソウルの高級マンションに住んでいた。

現地での労働条件は、就業時間……冬季は朝まだ暗い午前八時～午後五時半。宿は、仁川駅に近い丘の上のOlympos Hotel（所在地・大韓民国・仁川広域市中区港洞街）で、朝夕の食事は、ホテルでお好みの物を無償提供、昼食は工場の社員食堂で無償提供される。ホテルでの食事は、レストランで、韓国風や洋食もあった。または、ホテル構内の中華料理店、日本食料理店でも、私がサインするだけで利用できた。食事時の飲酒も現代建設持ちであった。ホテルと工場間は、朝夕、会社の車で送迎してくれた。工場での指導は、必ず通訳を通して話す必要があった。通訳の白さんはソウル郊外の自宅から二時間半かけて通勤しているので、午前十時出社となっていた。

真冬の仁川は寒い。雪は粉雪で、地上に落ちても融けない。風が吹くと地上からも吹き上がって来る。支給されないので、現地で調達した自前の防寒着で、工場製作中の橋体を見て回っていた。製造部の若い社員は、軍隊経験があるためか、皆さん礼儀正しい。何かしてやると「コマスッムニタ！」（ありがとうございます）と敬礼して挨拶する。昼休みに部の連中と一緒に行く、社員食堂の昼食は、当然のことながら、韓国料理のみで、何でも辛いので閉口したが慣れれば美味しく感じるようになった。また、退社時に、時には明《ミヨン》課長を入れて五～六人が一緒になって、夕食を共にすることがあった。本場のお好み焼きや参鶏湯《サムゲタン》等、眞露を飲みながら、或いは、刺身でビールを飲みながら、楽しく過ごした。勘定は、決して割り勘にせず、だれか一人が手を挙げて、全ての勘定を一人で負担するのが常識になっていた。私に、番が回って来る時もあった。この様に和気藹々《あいあい》で仕事が出来たが、私が、ある時やはり竹島は日本の領土だと、口を滑らすと、白さんを含めて、周りの連中が、さっと私を取り囲み、顔色を変えて口々に「何を言うか！」とばかりに詰め寄って来たこともある。

平成八年（一九九六）三月二日、退職願を出して、㈱阪神工業試験所を退職した。理由は、後任が見付からないので、その後は、架設完了予定の五月末頃まで、現場に常駐してくれと言う、会社の勝手な要求を受け入れなかったためである。明らかに契約時の約束を反故にした不法な要求であった。在籍期間は僅か八ヵ月であった。この巨大な西江大橋の架設を、ソウルの中心、漢江の中州（汝矣島《ヨイド》）の国会議事堂の脇で、直接指導出来なかったことは、まことに残念であった。

六節　須磨・高倉台③（神戸市）

1

㈱阪神工業試験所を退職する前から、コンサルタントで仕事をする以上は、一級土木施工管理技士の資格だけでなく、やはり、技術士の資格を目指すべきと心変わりしていた。そのため、退職と、ほぼ同時期に、大阪科学技術センターで開催される技術士セミナーの申し込みを行った。セミナーは全部で六回、八月初めまで、所定の土曜日に行われた。併行して技術士二次試験の申し込みを行った。部門は、建設部門、専門は、鋼構造及びコンクリートである。

受験勉強中も、就職活動は行っていたが、結局、大阪人材銀行から紹介された、大阪の四和コンサルタント㈱の面接試験を受け、入社を決定した。

この間、四月八日～十一日常子と韓国旅行に行った。ソウル・儒城温泉・釜山をめぐる旅だった。その序で、河川敷で地組立された西江大橋も見て来た。四和コン入社直後も、休暇を取り六月十四日～十六日、自費で韓国・ソウルに行った。四月に常子と韓国に行った時、以前、技術指導で出張した際の、通訳であった白さんに電話して、西江大橋の架設の予定を聞いていた。今回は、橋体がソウル漢江の所定位置に、架けられた状態を見学するために行った。白さんを通じて、ソウル市役所や現代建設の現場事務所にも連絡してくれていたので、現場の橋の上まで、白さんと一緒に立ち入ることが出来た。写真―5は、その時撮影したものである。ソウル市側のコンサルである㈱長大の堰本技師も居て、案内して貰った。

写真－5　韓国・ソウルの西江大橋、架設現場での私

2

　四和コンサルタント㈱は資本金四〇〇〇万円、従業員約一二〇名の中堅コンサルである。私の配属先は大阪支店で所在地は、大阪市北区西天満五丁目であった。役職名は技術部部長である。支店長は安岡常務で、副支店長として私より七～八歳年上の松山氏が居た。職務は、施工管理員の管理と設計業務の補助となっていた。六月には梅田で、それらのお役所に勤める一五名の施工管理員が集まり、顔合わせの親睦会を行った。

　給与は、年収六〇〇万円、月額五〇万円で契約した。各々の派遣先で何か問題が起きない限り、月一回出張して、お役所での会議出席以外は、設計業務も忙しくないので、事務所に居てもする仕事はなく、閑だった。これ幸いと、技術士受験の準備作業として、会社の図書棚から、参考資料を抜き出し、せっせとコピーを取って勉強していた。受験セミナーは、毎土曜日の三～四時間かけて行われた。一人の講師に対して受講生は八名程だった。内容は、本試験と同様な原稿用紙を使って、それぞれの課題項目について論文を作成し、講師の添削を受けるもので、受験時の臨場感を醸していて、自身を受験に向けて追い込むのに役立った。講師も受講生達も、私より相当若かった。最初、遅れて来た受講生の一人は、私をてっきり講師と見間違えて、先生、先生を呼びかけて来て、閉口した。

勉強は、もちろん自宅でも行った。セミナーのない土日や祝日は高倉台のマンションに籠もり、ひたすら試験論文書きに費やした。そして、その論文の内容を暗記し、半分無意識に原稿用紙に書き下ろすことが、最も肝要と考えていた。短時間で、いかに、読みやすい字体にして、指定用紙に、所定字数でまとめるかである。常子は昼食を届けに来たりして協力してくれた。最後には手の指が痺れるぐらいになるまで、書くことに注力した。

3

技術士二次試験の筆記試験は、平成八年（一九九六）八月二十八日、大阪府東大阪市の近畿大学で行われた。私は前日から、ＪＲ天王寺駅近くの都ホテルに宿泊して、万全を図った。

当日、選択した問題と、答案の概略内容は、以下の通りであった。

①　問題Ⅰ【業務経歴三例を挙げ、あなたの立場を明確にし、その概要と問題点を挙げよ】

回答　経歴①【橋梁架設の新工法（ＰＣＴ工法）の開発】

回答　経歴②【欧州と日本の鉄骨構造の比較検討】

回答　経歴③【韓国アーチ橋の製作についての技術指導】

②　専門問題（1）【次の中から二項目を選んで解説せよ】
回答①【耐候性鋼材】
回答②【非破壊検査】

③　専門問題（2）【高張力鋼・極厚板の品質を確保する上での、工場製作上の留意点について述べよ】
回答【高張力鋼の解説と極厚板の定義を述べた上で、製作上の注意点を掲げた（詳細は省略）】

④　一般問題【社会資本整備を進める上で、求められる品質について記し、それを確保する方策に関して意見を述べよ】
回答【公共工事の品質確保として、
①工事品質を取り巻く環境
②工事の品質特性
③品質確保の現状と課題
④品質確保・向上のための方策
について記し、最後にPL法に触れた】

これらの問題及び回答例文は、全て受験勉強中に、予め出題されることを予想して、回答案を用意していた。従って、試験の時は、それを思い出し、あとは、手指に任せて書くだけであった。

筆記試験の合格通知は、十一月六日に届いた。続いて口頭試験は、十二月一日に東京都港区のＮＴＴ麻布セミナーハウスで行われると通知があった。

当日、名前を知らない二人の試験官から出された質問は。以下の通りであった。

①　技術士試験の受験の動機？
②　現在の業務内容と技術士資格の関係？
③　専門は何か？
④　韓国の橋梁業界が、海外から技術援助を望んでいる内容？
⑤　韓国では技術の承継がなされない傾向があると聞くが、実際はどうか？
⑥　コンサル業界で、何をしようとしているのか？
⑦　欧州訪問の海外調査で、イギリスで、斜めハンガー吊橋での問題点につき、何か話が聞けたか？
⑧　技術者として尊敬する人は誰か？
⑨　ＰＬ法と建設工事は無関係ではないと言っているが、どういうことか？
⑩　過去の技術経験で失敗談があれば、述べよ。
⑪　技術士の義務について述べよ。

あとは、雑談になり、次の話があった。

①　多彩な業務経歴に感服している。
②　技術士の後、博士号の取得を目指してはどうか？
③　何か、この際述べることはないか？

以上で口頭試験は終わったが、これも予想された質問であった。

待望の「合格証」は、翌年の二月八日に届いた。

あとで調べたら、筆記試験は、大体六人に一人が合格し、口頭試験は四人に一人が不合格となり、合わせて、八人に一人が合格したようであった。

その時から二十六年前、昭和四十五年（一九七〇）の技術士試験の筆記試験に、満三十二歳で合格しながら、大和橋梁の元上司・I課長が、その前年の試験に於いて、通告なく私の業務経歴を盗用して合格、私は口頭試験で恥をかかされ不合格になった。しかし、これで、ようやくその雪辱が出来た。

4

平成八年（一九九六）九月七日夜、韓国のあの通訳の白《ペク》さんから、思いも掛けず自宅に電話が入った。用件は、この六月に自費でソウルに行った時、彼女から聞いていた、新巨済大橋の製作に関する技術指導の正式な要請であった。出来れば私個人で来てくれないかとの要望であったが、それは無理で、会社間の契約にするのなら検討すると答えた。早速会社から、当時の製造部の明《ミョン》課長と和文や英文の手紙やＦＡＸでやり取りした後、派遣単価を仮定し、実行予算案を作成した。さらに、当方の契約者を安本支店長とする ENGINEERING SERVICE AGREEMENT の DRAFT（素案）を作成して、支店長と協議した結果、十月一日に韓国に出張することになった。

打ち合わせの現場は、韓国・忠清南道・瑞山市の現代建設㈱大山工場であったが、ソウル空港から現場まで約二〇〇キロ、高速道路を経由して、現代の乗用車で約四時間かかった。

新巨済大橋（Shin-Geo-Jai-Bridge）は、韓国南部にある離島に向けて、本土から架ける橋である。橋長は、六径間連続鋼床版箱桁橋だけで七二〇メートル、総幅員二〇メートル、総鋼重七二〇〇トンという長大橋で、製作期間は約一・五年と予定されていた。業務の派遣者は、客先の指名により、私・岩成としていた。派遣は常駐ではなく月に十日〜十二日程度として、現代は宿泊所と食事三食を無償で支給するという条件であった。

打ち合わせの焦点は派遣費用であった。渡航費は、当方の提示額は一回あたり、最低一二万八〇〇〇円、希望は一五万円であった。派遣員の日額単価は、一三万四四〇〇円と見積もっていた。渡航費は実費に近くて問題ないが、派遣員の日額単価は、当方の基準は、建設省・日本道路公団が、主任技師級に採用している標準日額を提示した。これらについては即答なく保留とし、後日返事を貰うことにした。その後、すぐには返事がなく、当方から督促して、ようやく十一月七日に、派遣員の日額単価が高いので、この話はこれで終わると返事があり、この業務の受注はなくなった。

日額単価については、事前に支店長にも、先に阪神工業から行った時は、日額八万円であった。阪神工業は採算を度外視して、実績造りを主に考えて、この単価で契約していた。当社もそれを考慮して、多少高い程度の単価を提示すべきである。また、実行予算で純利益を、三〇％も取ることはないのではないか？　と話したが、受け入れられなかった。

問題は、これだけではなかった。私が報告した出張旅費精算が問題となった。四和建設には海外旅費規定がなかったので、私が阪神工業の規定を支店長に見せて、日当と宿泊料は国内の旅費規定を準用することにし、海外出張に付きものの支度料は、初回一〇万円として、一年間有効とした。すなわち一年間に何回出張しても支度料は支給されないという意味。そして、海外旅費規定は早急に作る。と打ち合わせた。帰国した翌日、私は旅費精算書を作成して、支店長経由で東京本社総務部に送った。なかなか返事が来ず、ようやく、十月二十三日付の総務部長の見解が、支店長に出された。それには、韓国は海外出張と言えない程近い国である。支度料など要らないのではないか、せいぜい一万円が妥当である。一年間有効として一〇万円と話したのであれば、十二で割って八三三三円で精算したらどうか？　というもので、全く、呆れ、驚いた。その上、宿泊料は先方負担ではなかったか、と当方の精算書を疑ってきた。客先負担は技術員を派遣契約した場合の話であって、業務受注お願いの話に行く営業的な出張に、当てはまるものではないことさえ判らない人らしい。また、支度金の分割支給という話は聞いたことがない。

これらの疑問点を支店長にぶつけるも、完全に無視された。常務取締役として私と出張前に協議した内容を忘れて、総務部長の言う通り、支度金の余り九万円を返却せよと主張した。まさに、後出しジャンケンである。

さすがの私も、こんな会社に居るわけには行かないと十一月十八日辞表を出し、後任者に業務を引き継ぎ、関係客先に挨拶して、十二月九日付で退職した。同社に在籍した期間は六ヵ月余であった。

この出張で、現代建設から聞いた話であるが、この年の二月五日、李工場長から私個人に対して、三月以降も引き続いて技術指導してくれと要望があり、当方が個人としては受け入れられないと断った、その後、現代建設は改めて阪神工業試験所に、その後の指導者の引合を出したが、同社から、適当な派遣者が見付からず、継続派遣の話は立ち消えになった経緯があったようだ。その上で、今回の話、個人的には受け入れることが出来ず、会社間は破談になったが、私を指名して、別の大きな橋・新巨済大橋の製作の技術指導を要請されたことは、前回の西江大橋の指導内容が、適切だったと受け取られていたことにもなり、技術者として大変嬉しい話であった。

5

四和コン退社後、建設コンサル最大手の㈱長大や日本工営㈱にも手紙を出し、面接をもとめた。日本工営には、翌年の二月に東京本社で面接を受けた。両社とも海外工事の管理を行っており、私のような人材を、必要としていることはよく判ったが、私自身が海外の現場に出向き、施工管理に直接従事しないことを問題視し、採用の話にはならなかった。平成九年、私は満五十九歳になる。東亜の工事会社で過ごした七年間が惜しまれる所以である。

その内に、既に記したように二月、技術士合格となった。この資格をぶら下げて、次に向かったのが、岡山の㈱ナイトコンサルタント本社であった。事前の調査では、当時、この中堅大手のコンサルは、技術社員数の割に、技術士の数が、他の同レベルのコンサルに比して、目立って少なかった。

この点を衝いて、全くアポイントを取らずに、二月二十日、無謀にも岡山の本社に飛び込んで、面接を要求した。相手も驚いたことと思うが、幸運にも副社長が直々に面接してくれた。履歴書を手渡して、正直に技術士は合格したばかりと伝え、もし、新幹線通勤が出来るのであれば、神戸からこの岡山本社に通勤すると話した。五日後、本社に呼ばれて、その場で採用が決まった。

6

平成九年（一九九七）四月一日、㈱ナイトコンサルタントに入社した。同社は資本金約一五億円、従業員は、技術社員五六〇名、事務社員一四〇名、計約七〇〇名の中堅大手の建設コンサルタントであった。西日本中心に、岡山に本社を置き、四支社、一三支店、三事務所を擁していた。ところが技術士は三十数名しか居らず、鋼構造及びコンクリート部門では、僅か一名が高知支店に居るだけだった。

入社時の私の肩書は、本社・技術本部（神戸駐在）で職名は技師長、社員資格は八等級相当との辞令を頂戴した。給与の処遇は、諸手当込みで、月額六五万二〇〇〇円であった。以後の辞令で、平成十年（一九九八）四月一日に、所属・神戸支店技術二部・部長兼本社技術本部技師長、平成十一年（一九九九）四月一日に、所属・職名は変わらず、本社技術本部技術開発部技師長兼務を解くとなり、平成十二年（二〇〇〇）六月一日に神戸支店・技術部・技師長となった。

給与は、毎年六月に改訂されるが、平成九年（一九九七）六月より、月額六六万二〇〇〇円、平成十年（一九九八）六月より、六七万八〇〇〇円、平成十一年（一九九九）六月より、七五万三〇〇〇円と順調に昇給された。月額給与以外に、私の歳でも賞与（夏・冬の臨時給与）が年額三〇〇万円ほど支給された。このため、平成十年（一九九八）と十一年（一九九九）の二年間の年収は東亜時代の最大値と変わらず一〇〇〇万円をゆうに超えていた。

私が配属された神戸支店は、当時、神戸市内の支店ビルが、震災で壊れて建替え中であり、明石城の北側にあった倉庫状の建物に仮住まいしていた。所在地は神戸市西区玉津町新方で、ここへＪＲ明石駅からバスで通っていた。しかし、四月十一日には、支店ビルが竣工して。祝賀会があり、二十五日には新事務所に引越した。所在地は、神戸市兵庫区下沢《しもさわ》通三丁目で市営地下鉄の湊川公園駅からごく近く、須磨の自宅からの通勤も楽になった。

六階建ての自社ビルの神戸支店は、一階が車庫、二階が営業と支店長席、応接室、三階は水工課、土工課、四階が構造課と技師長席、五階が技術部長席と測量課、六階が会議室と五十数名の社員が、比較的ゆったりした机の配置で勤務していた。また、何より新築したてのビルは気持ちが良かった。支店の社員数は、大阪支店とほぼ同数の五十数名で、近い内にどちらかが支社に昇格するとの話も出ていた。

7

最初の一年間は、私は神戸支店に駐在している本社技術本部の技師長という立場であるため、沢田技術部長の隣の席で、全社的な研修の準備や資料集め、各支店の専門業務に対する設計審査や照査業務に関わっていた。七月には、本社で構造関係の技術者を集めて、講演した。内容は、平成五年に私が、欧州橋梁調査団に参加した時に担当した、ドイツ・ライン川に架かる二七橋の、歴史と設計の意図、現状を写真入りで私自身がまとめた教材を使い、一時間半講義した。また、研修会とは、若手技術者が担当している業務の説明を聞きながら、適時に質問したり、アドバイスを与えたりして講評することであった。そのため、早くも五月下旬からは、山口支店、徳島支店に出張し、引き続いて広島支店、岡山本社、大阪支店、高知支店と年内には、全ての支店に出張することになった。

これらの業務内容・実績は、全社員（部長・技師長も含む）が毎日、出勤簿に時間で分類して記し、業務課に報告することになっていた。当然、受託業務に関わった場合は、その業務番号に仕分けて時間数を集計し、間接業務は営業・サービス等に分類して、最終的には予算管理の実績にするという、非常に木目細かい合理的な管理がなされていた。私が見ても理想的な管理手法であった。ＩＳＯ９０００Ｓについても関係し、従来の品質管理規定の実施要領を見直した「社内業務照査（技術審査）手順」を作成し、自身も委員になっている社内のＩＳＯ委員会に提示したりした。

そのように業務にも慣れ落ち着いてきた十一月十日、東亜本社に三田薗部長を訪ねて、或る橋の設計資料の借用に、二年半振りに顔を出した。翌々日、それを返却して、新会社の東亜アイ・イー・テック社も覗いてみた。久し振りです、とか、お元気でしたかと言う元の仲間達に挨拶しながら、元社長の島本氏を壁際の机に見付けて、名刺を差し出し挨拶したが、苦虫を嚙み潰したような表情で、まともな返事は貰えなかった。私が東亜の工事会社を退職した当時、「岩成君を路頭に迷わせたくない」と心にもない言葉で、引き止めた社長は、その後の合併新会社で、専務となったが、個室の社長室ではなく、壁際の一般管理職席に、漫然として座っていた。新会社の業績が思わしくないのかも知れない。その時、一つ置いた隣の机に岡山部長が在席していた。翌、平成十年（一九九八）の一月頃から、岡山君が私に電話をしてきて、何とかナイトコンサルに入社出来るよう取り計らってくれないか、と依頼してきた。東亜では次長級の彼も、間もなく五十七歳で定年となり、子会社に出向中の身は、その後、転籍になるものの、会社の先行きが面白くない様であった。結局、神戸大学卒で技術士資格を持っている彼に、ナイトコンサルも魅力を感じて、その四月一日で入社することになった。私と同じ、技師長としてであった。この入社を果たした彼は、今後、私に足を向けて寝られないと言って感謝した。

8

平成十年（一九九八）四月一日付で、技師長を兼務のまま、私は神戸支店の技術二部・部長となった。前任の沢田技術部長は、東京支店の支店長に栄進した。四月一日、神戸支店の朝礼で、私は以下のような挨拶をした。

〈皆さんお早うございます。本日より神戸支店、技術二部・部長に任命されました岩成です。昨今の厳しい受託環境の中、そして、組織の部制への変革を行おうという現在、大きな曲がり角に来ている当社に於いて、技術部長という大役を仰せつかりました。また、従来の本社・技術本部・技師長というスタッフ的な役目も兼務することになっています。しかし、主業務はあくまで当神戸支店の部長職で、その余力の範囲内で、技師長職を務めることになると思います。

ともあれ、この役目は私の経歴から見て、不慣れなコンサルタントのライン業務の管理であるため、当面、マゴマゴ、ウロウロすることになると思いますが、技術一部の正岡副部長、下瀬副技師長を始め、一、二部のベテラン管理職の皆様の助けを受けながら、かって、当神戸支店の技術部長であった経歴をお持ちの進藤新支店長とも相談し、その指示を受けて、伝統あるこの神戸支店・技術部を盛り立てて行きたいと考えております。

まあ、十歳くらい若返った積りで、しかし、ムリをせず頑張りたいと思いますので、宜しくお願い申し上げます〉

私が直接受け持つ課は、構造と水工の二つであった。日々の業務管理はそれぞれの課長や課長代理が行うが、東亜の自己申告書と同じように、各員が作成する「チャレンジシート」の面接・内容追跡や、支店の技術部門全体の工程・予算管理や会議の主導も部長の任務であり、従来通り、全国の支店の技術管理を担う技師長職の仕事も重なったため、より一層忙しくなった。四月から岡山君の席は、私の席の隣に設けた。その彼が、忙しい時は、三台の電話に同時に対応している私を見て、首を振りながら感心していた。

9

一方、高倉台の自宅では、平成十年（一九九八）十一月、その年で満九十二歳になる父・保治が、夜中に急に腹痛を訴え、医者に診てもらったら、急性盲腸炎の疑いとなり、急遽入院した。本人は、手術は絶対に嫌と頑張り、O病院の医師も高齢を理由に迷ったが、結局、手術を行った。局部の炎症は、相当に進み、もう一～二日遅くなったら命はなかったと術後、医師の説明があった。父は命拾いをして、その後さらに十年生き延びることになった。

翌、平成十一年（一九九九）、妻・常子は、年の初め頃から、何となく体調が悪かったようだ。六月の一般市民検診で胃に異常が見付かり、O病院にて七月診察を受けたところ、本人には告げていないが、スキルス性の進行胃癌と診断された。傍に居ながら、何で、もう少し早く気が付かなかったのか、と悔やまれた。

七月二十三日入院し、二十七日に胃全摘出手術を受けた。ところが手術から二ヵ月弱経過した九月十六日、腹部激痛で上記の病院に緊急入院、同日の開腹手術で、小腸に二つの穿孔が認められ、「小腸穿孔部閉鎖術」を受け、十月二日退院した。以後通院・加療し、抗がん剤を継続して投与したが急激に痩せてきた。以後、食後腹満感、下痢、体重減少、ゲップ等の症状に悩まされながら、平成十三年（二〇〇一）十月まで、月二回のペースで、通院・加療を続けた。

10

常子がそんな状態の最中、平成十三年（二〇〇一）六月十日、京都・平安神宮で行われた結婚同窓会で、我々夫婦は結婚三十五周年・珊瑚婚式を迎えた。何故か出席した数十組の代表に選ばれ、晴れがましくも、夫婦揃って神前に立ち、玉串を捧げた。そしてお祝いの席で、私が用意した次のような挨拶文を読み上げた。

〈私ども夫婦は昭和四十一年（一九六六）十一月十三日に御神前で偕老同穴を誓い、結婚式を挙げました。それから今年で満三十五年になります。「歳月は人を待たず」の古詩を思い出し、今更ながら時の移ろいの速さに驚いております。

あらためて過去を振り返って見ますと、決して絵に描いたように恰好の良い半生ではありませんが、何とか人並みの暮らしをして来られた。というある種の達成感があります。しかし、もう少し大きな目で見ると、ただ馬齢を重ねて来ただけではないか、という自問の声に忸怩《じくじ》たる思いもしております。

そろそろ現役飛行の高度を下げ、速度を落として、軟着陸態勢に入っている今の私共に頂いた珊瑚婚のお祝詞は、まことに時宜を得たものと思っています。五年前の真珠婚式では早過ぎ、五年後のルビー婚式では遅過ぎる人生の大きな節目に当たっているからです。

時はあたかも、二十一世紀の最初の年、めでたく珊瑚婚を迎えられた同窓会員四二組の皆様方の代表に、全く思いも懸けずに、指名される栄誉を得ました。先程の、会員安泰祈願祭の神殿では、一段高い席で大神様の霊気の涼やかな微風を全身に感じながら、御神徳に感謝し、玉串を捧げお参りさせて頂きました。この四二組の皆様方の中には、私どもより一足早く同年三月に挙式した妹夫婦も居り、幸い今なお健在な母と共に参列させて頂きました。この日を待ち望み、もっとも慶んでいたのは、二人のわが子が揃って珊瑚婚を迎えるのを、目の前で見ることが出来た、この母だと思います。

今後、私ども夫婦の原点とも言うべき、平安神宮の大神様をより一層崇敬しながら、歩んで行きたいと思っております。

宮司様、会長様、そして同窓会員の皆々様、本当に良い思い出になり、有難うございました。衷心より御礼申し上げます〉

この挨拶文の写しを、常子が病床の枕元の小物入れに保管して、繰り返し見ていたのが思い出される。今思い返せば、常子にとって、それは最後の晴れ舞台となった。

11

常子は、平成十三年（二〇〇一）十月二十二日入院、腸閉塞との診断が出て、その上、癌が腹腔部全般に転移しており、余命二～三ヵ月と告げられた。十月二十五日に三回目の手術を行ったが、これは、患者の手前、見せかけだけの試験開腹手術で、加療は何も行わなかった。私も白衣を着てゴム手袋をはめ、手術中の医者の横から、開腹された常子の腹中を覗きこまされ、転移した癌の具合と腸閉塞の部位をいちいち確認させられた。何とも言えない感じで、暗澹《あんたん》たる気持ちになった。術後しばらくして、常子が、私のお腹の中を見たでしょう、と言った。医者が伝える筈もなく、何で判ったのか不思議で驚いた。いわゆる「体外離脱」を体験したのかも知れない。

その後、栄養の経口摂取が出来なくなり、在宅中心静脈栄養法を採用することになり、同年十一月七日にカテーテル挿入用のポートを胸部に埋め込む手術を受けた。以後、ずうっと継続してこの栄養法を行った。食事は薄いお粥かスープしか口に出来なかった。在宅中心静脈栄養法は、私が行った。①カロリー輸液袋のセット、②ビタミン剤の注入、③生理食塩水の用意、④ポンプ用チューブのセット、⑤注入針の準備、⑥点滴開始、⑦点滴終了の手順で、就寝前に行うようにしていた。点滴時間は十時間であった。

平成十四年（二〇〇二）八月の検査で、腹水が少々溜まって腹膜炎の疑いが出てきた。以後翌年の二月まで、腹水抽出を十二回定期的に受けた。そして、平成十五年（二〇〇三）一月末頃より、本人の体力低下が著しくなり、全身の倦怠感を訴え、脚が腫れて歩行困難になってきた。二月十三日、O病院に入院、同日、初めて胸水を抽出、胸膜炎の疑いを告げられた。

最後の入院時、家を出る時、常子は結婚指輪を外し、玄関で家に一礼して、自分の足で病院に向かった。

その時、常子は、死を既に覚悟していたに違いない。私一人しか居ない、看取りの病室で、彼女の私に対する最期の言葉は「貴方と一緒になって幸せだった」であった。平成十五年（二〇〇三）二月二十六日未明、痛みに苦しむことなく、常子は静かに逝った。享年六十二歳だった。

余命二～三ヵ月と医者に言われてから、一年四ヵ月もの間、自身は食事も出来ないのに、食事の用意をして、一緒に食卓を囲み、寝る時以外は、居間の椅子に座って、生きていてくれた。ある日、その椅子に料理雑誌があったので片付けようとすると、常子が言った「それを眺めるのが私の食事だから、片付けないでくれ」と、いつになく強い調子で訴えた。癌が見付かってから、三年八ヵ月、本当に長く辛い月日だっただろう。

振り返れば、二人の結婚生活は三十七年間だった。仕事の都合で家を留守にすることが多く、私の気ままで職場を頻繁に変わり、両親と同居し、何故か子宝に恵まれず、高槻市での十八年間の保母勤務を経た三十七年間、本当に有難うございました、その内に、私もそちらに行くから……と、心からで手を合わせた。

常子の死後、不思議な体験をした。ある夜、自宅のベッドに入り、横向きになり寝かかっていた私は、突然、背中からスッポリと何とも言えない心地よい感触に全身が包み込まれた。これは何だと思いながら、うっとりしていると、しばらく続いたその感触は、ゆっくりと端から剥がれるようになくなった。ハッと気が付いた、その日は、常子の死後、丁度四十九日目であった。仏教で言われている、家の棟に留《とど》まっていた死者の魂が、あの世に向けて旅立った夜ではなかったか？　その時、これこそ、彼女の私に対する最後の別れの挨拶だったと思い、今でもそれを信じている。本当にお世話になり、有難うございました。

12

彼女の死去に絡んで、多くのことが思い出される。最初は、医療事故の疑いの件である。常子の死後、ずっと気になっていたのは、二回目の手術をした原因となった「小腸の穿孔」である。その年(二〇〇三)の十二月、兵庫医療問題研究会に宛てて、常子の死亡に至る経緯を記した調査カードを付けて相談した。返事は翌年一月二十日にあり、医師の見解として、間に入った伊東弁護士より知らされた内容は、一回目の手術から二ヵ月近くたってからの穿孔は、その手術が原因とは考えにくい。しかし、癌そのものが、穿孔の確率を高めた可能性はある。とのことだった。一月二十六日、O病院への訴追を断念した。これで一応納得した。

次は常子の葬儀である。直後の葬儀を公で行うことに私が耐えられず、当方の家族と妹の家族だけの密葬とした。密葬と言っても葬儀社の大きな会場で行う一般的な葬儀であった。本葬儀は、約一ヵ月後、高倉台の公民館を会場にして、近所や友人、会社関係者を招いて執り行った。二回も葬儀を行った理由として、挨拶で私が述べたのは、常子の両親の葬儀がいずれも二月であったことから、寒い時期を避けて三月にずらした、と説明した。

密葬の直後、どこから嗅ぎ付けたか、子供の頃からの私の友人大村君が電話をしてきて、変わりはないか?と聞くので、嘘はつけずに、実は……と話すと、こちらが本葬儀の案内を出すから、今は来てくれるなと言うのも聞かず、他の友人三人を引き連れて三月早々に来宅した。内、加東君は僧侶のため、僧衣を用意して読経してくれた。もう一方は、常子の友人達で五人ほどが同じ日に弔問に来た。こちらも、五人のうちの一人は、常子が瀕死状態の時、彼女も会いたくないと思うから、今は、来てくれるなと電話で言っているにも拘らず、翌日、病院を探して強引に見舞いに来て、常子の容態を見て驚いて帰ったが、本葬儀を待たずに他の友人を誘って来宅した。どちらも遺族にとって、そんな時は誰とも会いたくない、そっと放って置いて欲しい時である。本当に迷惑な話であった。

子供の頃からの友人大村君は、元来、嫉妬心が非常に強く、その裏返しか、他人の不幸は蜜の味、と公言して憚らない性格の人間で、周囲の友人を、次々とその餌食にしてきた。私も、まんまとその術中にはまった。後に、他の友人千原君から聞いた話では、彼・大村君は、当方に弔問に来た時、あの岩成が泣いていたと、声をあげて嘲笑っていたらしい。その友人千原君も、その話を何故、当人の私に直接伝えたのか理解に苦しむ。最初は聞こえない振りをして、黙っていると、同じことを繰り返して言い、当方の顔を覗き込んで反応を確かめていた。こんな下劣な人間は友人とは言えない。よく今まで付き合って来たと感じ、以後は、最小限度の付き合いに変えている。

次は、遺産相続の問題である。常子の死後、丁度一ヵ月経った三月下旬、弟の野島正孝が、電話で遺産相続の要求をしてきた。当方に子供が居ないので、たった一人の弟である彼に相続権があった。彼の言い分は、義父の遺産の一部を、常子の老後のために残せと言って渡した分が、不要になった筈だから、最低、その分を返せと言うものであった。

しかし、その時から九年前、二人の父・野島廣次が亡くなった時、義父の話から考えて、勘当同然であった彼に義父の財産相続権はない筈だった。訃報を聞き、常子と私が義父の家に駆け付けた時には、金庫にある筈だった義父の遺言状は、恐らく彼が処分したのであろうが、彼に聞いてもないと言い、見当たらなかった。私が、義父の言葉をそのまま彼にぶつけて、全額、常子の物だと主張すると、彼は猛反発してきた。彼が、常子の了解を得ず勝手に呼んでいた、遺品買取の古物商が隣室で聞き耳を立てる中、常子は衝動的に、もう何も要らない、全ての権利を放棄すると泣き叫んだ。私が慌てて、常子にも老後がある、その時のために少しでも相続しないと義父が浮かばれない、と言って、結局、総額七〇〇〇〜八〇〇〇万円あった資産の内、千数百万円を常子分とすることで話し合いは終わった。常子の人の良さに呆れると共に、もう少し粘ってもっと高額の遺産を相続すべきであったと悔やまれた。

義弟は、その金で奈良市の学園前に六〇〇〇万円以上する新築の住宅を購入したので、病身の常子と共にお祝いに行った時、彼の妻は、駅弁を放り投げるようにして出し、一切笑顔を見せなかった。私がリビアに行っていた留守中、野島家で義母と義弟の妻との間に、何か諍《いさか》いがあったようで、詳しい話は双方からも常子からも一切聞いていなかった。ただ、リビアから帰国後、義父から、義弟の妻が義母を殴ったと告げられた。その際、息子（義弟）は妻の方の肩を持ち、何も行動しなかったと言い、勘当したような風に話した。その後、義父が入院して、義弟が病院に来ても、追い返したとの話も義父は私に告げていた。

この様な経緯がある上に、常子の度重なる入院中、一度も義弟やその妻は見舞いに訪れず、放置していたことを告げて、常子の遺産相続権を放棄するよう説得したが、応じなかった。逆に、法事の席で、その妻は、常子の死に様を嘲った。まるで、二人とも鬼のようだ、と言っても動じない。

結局、五月の初め、私は義弟の地元、奈良の家庭裁判所に調停を訴えた。何回かの陳述を経て、九月十八日に調停は完了し、当方は、約六〇〇万円を彼の取り分として認めることになった。死の床に居た常子に、酷だと思いながら、遺産を弟に分けることを望むか？　と尋ねたところ、一旦、先のことから考えて一切渡す必要はないと返答したが、しばらくして、一部で良いから渡してくれと言い遺していた。私は納得できなかったが、これで、彼女の希望に副った解決になった。

13

常子の病状が思わしくなくなった平成十一年（一九九九）末、ナイトコンサルに退職の機会を伺った。理由は、妻が胃癌にかかり、傍で看病する必要がある、としていた。会社側は、それを信じずにどんな形でも良いから、会社に残ってくれと引き止めていた。会社は、私の部長職兼任の負担が大きいからと勝手に解釈して、平成十二年（二〇〇〇）の四月一日から、技術部長職を外して、技師長職のみにする配慮も見せてくれた。

私は、同年四月に東亜本社に行き、東亜が韓国の仁川新空港に向けて、ソウルからの高速道路で施工中の、「永宗大橋」の見学をさせて欲しいと頼んだところ、快諾された。そして、翌月の二十日、韓国への社員旅行の際、見学を希望した五名の社員を連れて、現場に赴き、東亜の小寺技師の案内で、施工中の橋をつぶさに見学できた。これを置き土産にして、平成十二年六月三十日に㈱ナイトコンサルタントを退職した。同社での在職期間は四年一ヵ月であった。

この会社で、これらの仕事は、東亜の工事会社を退職する時、まさに希望していた仕事内容であり、この会社に継続して居ることが、最も良かったと思い、心残りであったが、仕方がなかった。この四年余のナイトでの仕事は、私にとって、十分満足のゆく内容であったと感じている。

七月、人材銀行や人材紹介業者に行き、次の就職活動を行った。八月初め、人材紹介業者の紹介で、鳥取に本社のあるヒカリコンサルタント㈱の会長と神戸・三宮で面接し、平成十二年（二〇〇〇）九月一日付で入社決定となった。

本社の所在地は、鳥取市千代水四丁目で、昭和四十九年（一九七四）に設立された、コンサルとしては老舗になる、従業員は一一〇名程の中堅会社であった。私の勤務先は、姫路市安田四丁目にある兵庫支店であり、肩書は技師長で報酬は、年額六五〇万円であった。姫路支社の支社長と共に近隣の官公庁に、挨拶回りをすることが多かった。待遇も平成十五年（二〇〇三）七月末までは、入社時のままであったが、私が満六十五歳になった八月から、定年退職後の給与として、月額二五万円、年額三〇〇万円に減額された。肩書も、兵庫支社・非常勤の技術顧問となった。この契約更改は、新社長になってからのことであった。会社の経営状況が苦しいので、給与の減額をお願いするという話が、平成十五年（二〇〇三）二月社長からあり、結局、事業の縮小に伴う人員整理という、会社の都合で退職することであれば、三月末での退職を了解する。と常務を証人にして約束した。そして、平成十六年（二〇〇四）三月三十一日で退職した。しかし、退職後の四月九日に送られてきた離職票では、事業主と労働者双方の意思により、契約を更新しない、労働契約期間満了による離職、と、約束を無視した理由になっていた。

同社では、社員旅行として平成十三年（二〇〇一）五月に、三泊四日でタイのバンコクとアユタヤに行った。その旅行記を書いてくれと旅行団の幹事から、岩成個人の自由な感想文をという注文であった。結果、私の感想文は、「ヒカリのかわらばん」という、総務部発行の社内報六月号に掲載されたが、そこに私の名前はなく、イニシャルだけが記載されていた。その理由を糺したが、総務部に任せたと言うばかりで、不明であった。

また、同年六月には、中国江蘇省無錫《むしゃく》市旅游局の招きに応じて、上海の旅行社が主催した、上海・江南のモニターツアーがあり、私は個人的に参加した。旅行前には予想出来なかったが、幸運にも世界第四位の吊橋「江陰長江大橋」をこの目で見て、バスで渡る経験をした。その内容と中国の橋梁建設事情や土木建築関連事項をまとめた「行ってきました上海・世界四位の吊橋」と題した紀行文（四〇〇字の原稿用紙七枚）を作成した。これを、先の旅行団幹事の、本社・設計部の根本課長に宛てて送り「かわらばん」に載せるか、社内回覧をお願いしたが、何の返事もなかった。変な会社だと思った。以前の社長は、私を気に入ってくれていたし、給与の額についても、当初、本当に月五〇万円で良いのか？　と聞いて来たくらいで、月額五〇万円以外に、夏冬のボーナス時期に二五万円ずつ支給される、年額六五〇万円で契約したのであった。同社での在任期間は、それでも、三年七ヵ月となった。

14

技術士の登録が完了したのは、平成九年（一九九七）四月であったが、その年の十一月に土木学会の「フェロー」として認定された。「土木学会フェロー会員」とは、土木分野の見識に優れ、責任ある立場で長年にわたり指導的役割を果たし、学会の重要な活動に従事するなど、社会に貢献してきた正会員の中から、理事会が認めた方、と学会で定義されている。

更に、アサヒに在職中の、平成十三年（二〇〇一）十二月には、“APEC Engineer”となった。ＡＰＥＣとは、平成七年（一九九五）十一月大阪で開催された、アジア太平洋経済協力会議（Asia-Pacific Economic Cooperation）で、ＡＰＥＣ域内の発展を促進するためには、技術移転が必要であり、そのためには国境を越えた技術者の移動が不可欠である。と決議された。これを受けて、技術者資格の相互承認の方法として、APEC Engineer 資格が制定された。相互承認する七つの国は、日本・オーストラリア・カナダ・中国香港・韓国・マレーシア・ニュージーランドである。

APEC Engineer になる為には、先ず、技術士の資格を有していることが求められ、二年間の実務経歴を和文・英文で記し、それを、適当な肩書を有する人に、証明して貰う必要があった。私はリビアにおける活動を記し、当時の現場所長の曾我氏に証明をお願いした。

これだけの資格を揃えれば、土木技術者として、少なくとも外面は、環太平洋の加盟諸外国の、どこでも通用するようになったと思われた。

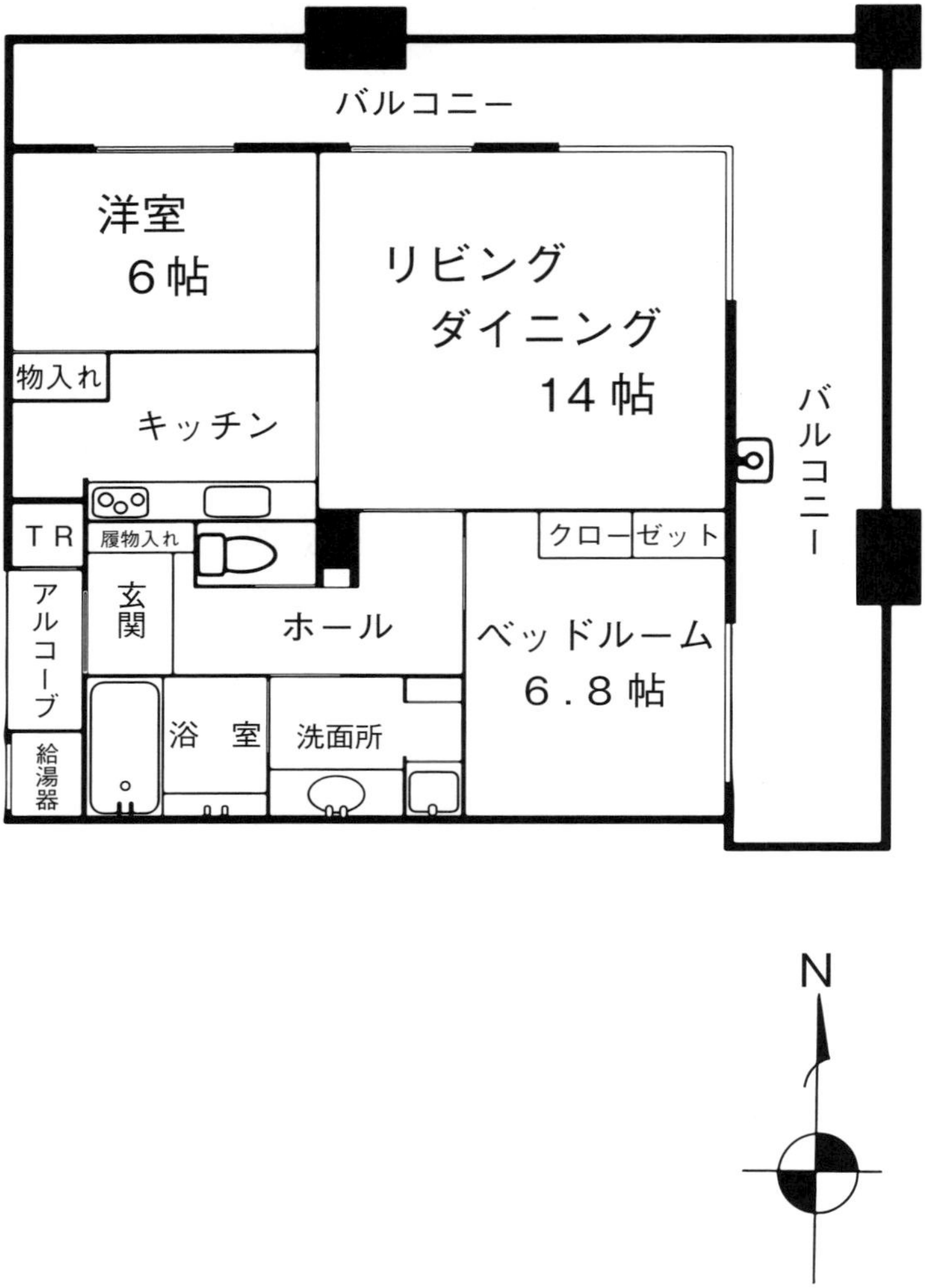
バルコニー
洋室
6帖
リビング
ダイニング
14帖
バルコニー
物入れ
キッチン
TR
履物入れ
クローゼット
アルコーブ
玄関
ホール
ベッドルーム
6.8帖
給湯器
浴室
洗面所
N

図ー8　　神戸　三宮の家

七節　三宮・マンション（神戸市）

1

平成十四年（二〇〇二）も残り少なくなった頃だったと思うが、三宮に超高層マンションが建つという、新聞の折り込み広告が入った。それに見入っていると、横から、腹水が溜りだして、体力が目に見えて衰えてきた常子が言った。「そろそろ新しい書斎を考えて見たら？」その言葉に推されて、そのマンションの友の会に入ることにした。顧客の希望価格帯を探るアンケートに答えてハガキを送信した。翌年二月に、常子は逝った。

六月、友の会の会員に対して、希望の部屋の要望書の提出を促し、購入を希望する部屋の登録が始まった。当初、書斎にするから下層階の五〇平方メートル程度の狭い部屋で結構と考えていたが、展示場でモデルルームを見て、このマンションの仕上げ材や天井高等の仕様は、四段階にクラス分けされていることを知り、また、販売員の説明を聞く内に、超高層マンションであるからには、部屋も超高層になくては意味がない、と考えるようになった。書斎であるから、南側や西向きでは不都合と考え、階は上からランク2に属する三八階、部屋は東と北に向いた角部屋と条件を付けた。販売員が調べると、その部屋は既に、先に登録している人が居た。その部屋以外は要らないと強硬に主張し、結局、その人が他の部屋を選んでくれたので、希望が叶った。

六月十九日に申込み、二十九日に契約した。

ただし、建物はまだ基礎工事中で、入居できるのは、二年近く後の、平成十七年（二〇〇五）四月の予定だった。その後、オプション工事の発注や工事途中の内覧会を二回経て、平成十七年（二〇〇五）四月八日に、ようやく入居した。（図―８）にその平面図を示す。四三階建て三八階にある部屋は、住居専有面積七二平方メートル、アルコーブ面積二平方メートル、バルコニー面積三二平方メートルの２ＬＤＫである。所在地は、神戸市中央区八幡通四丁目で、神戸市役所の東側で、ＪＲ三宮駅から徒歩五分ほどの位置にある。価格は四五四〇万円で、追加工事と諸経費等を合わせた総額は、ほぼ五〇〇〇万円になった。カーテンを例にとっても、天井高が二・七メートルあるため特注で、ヨーロッパの製品になると一〇〇万円以上すると聞き、驚いた。支払いは、全て現金で行い、ローンは組まなかった。名義は、もちろん岩成一樹一名にした。

図に示した洋室六帖を書斎とし、北の窓に向けて机を置き周囲を書棚で埋めた。隣の一四帖の居間には応接セットと食卓を配置し、大型テレビの周囲は本棚にした。ベッドルームにはクイーンサイズのベッドを入れ、宿泊も出来るようにした。

2

入居して五年経った頃の書斎に居ての感想を記した文章が、以下の通りである。

〈目の前の窓幅いっぱいに六甲山系峰々の稜線が広がっている。右から最高峰の六甲山、長峰山、摩耶山、ぐっと近くに世継山、城山、碇山である。花の季節が過ぎて間もなく萌黄《もえぎ》色の新緑の候、明るい日の光に山が笑っているように輝いている。緑の山肌を縫うように新神戸ロープウェイ（夢風船）のゴンドラがゆっくりと昇り降りしている。風の丘や布引ハーブ園の駅舎も植物園温室も見えている。

麓にはＪＲ新幹線・新神戸の駅舎、その前の中央に新神戸タワーマンション（四三階建て）、左にクラウンプラザホテル（三七階建て）、右には神戸芸術センター（三六階建て）三本の超高層ビルが背景の山肌の中程まで聳えている。その左側に、目を凝らせば北野町のうろこの家や風見鶏の館、その前の階段広場も見分けられる。

　ここはＪＲ三宮駅の南、神戸市役所の東に建つ超高層マンション高層階の一室、私の書斎の窓から見える景色である。部屋は約六帖の洋室、真北に向かって開いた大きな窓辺にパソコンと電話機を置いた幅広の机、机の左にはＦＡＸ兼用の大型プリンターを載せた引き出し付ワゴン、右手に引戸、左奥には両開き戸を付けた書庫、あとの壁面は天井まで届くぎっしり本が詰まった本棚で囲まれている。私は机に向かい、背凭れの高いキャスター付き黒い革張りの椅子にゆったりと座り、空の眩しさを抑えるため、ブラインドを三分の二ほど下ろした窓から、それらの見慣れた景色を眺めてる。目の下には三宮界隈のビル街が見渡せる。

　ただし、このマンションは自宅ではない、自宅は神戸市内の須磨にあり、特に用事のない限り毎朝このマンションに通い、夕方帰宅することで過ごしてる。マンションは五年前の新築時に購入した物で、部屋は東北の角部屋、専有面積は七十数平方メートルで、比較的広いベランダを入れると一〇〇平方メートル以上になる2ＬＤＫである。夫婦二人にとっては、丁度良い居住空間になると思っている。ただ今のところ、ここに泊まるのは月に一泊するかしないかぐらいで、夫婦で泊まることはまず滅多にない。

　退職して半年、ようやく今の生活になじみ落ち着いて改めて過去を振り返ってみると、目まぐるしい程だった仕事や会社の変遷と共に住まいの遍歴の多さも思い返される。家族の住居変更が五度ある。それに自身が単身赴任や出張など仕事で自宅に居なかった夜数は延べ三〇〇〇泊以上になり、その内一ヵ月以上泊まった時の住まいも含めて考えると何度住居を変わったか直ぐには数え切れない〉

3

このマンションに入居した前年の初め、ある人の紹介で、今の妻・京子とその友達に大阪で会い、食事をした。その時は、そのまま別れたが、三ヵ月以上経った五月の連休のある日に、京子から電話が入り、その後如何ですかの挨拶から始まり、散歩がてら、京都に二人で行く話が出来た。

一週間後、京都の御室・仁和寺の八十八ヵ所巡りをして、月末には、手元に優待券が残っていたので、全日空で四国・松山に日帰り旅行もして、急速に親密になった。八月初めに婚約し、平成十六年（二〇〇四）十月十一日、神戸の市営「舞子ビラ」で、結婚式を挙げた。式には私の友人は一切呼ばずに、京子の友人と双方の近い親戚のみで行い、披露宴は両家の近い親戚のみの質素な宴会にした。

彼女は、昭和二十四年（一九四九）生まれの五十五歳、私と十一歳違う若い嫁だった。その時から六年ほど前に離婚して、離婚の直前に実母を、スキルス性胃癌で、癌と判ってから僅か三ヵ月程で失っていた。

京子は婚約時、堺市内の不動産会社に勤めていた。普通の仲介不動産屋ではなく、会社自らマンションや住宅を建設して売出す小規模ながら建設会社兼不動産会社であった。彼女は取締役として対外折衝も任されていたらしい。現に、宅地建物取引主任の免許も持っていた。古くから、調理師免許に合格して、結婚後も母から料理の腕を認められていた。何事にも積極的に取り組み、常に自分の意見を表明し、くよくよ拘らずに明るい性格が同居する老両親と共に暮らせる基となり周囲の人から親しまれている。

この同時期、ヒカリコンサルを退職して四ヵ月後の七月一日付で、京都人材銀行の紹介により、滋賀県の山本設計に入社した。しかし、会社の業績不振による廃業で、解雇となった。同社の在職期間は、九ヵ月間であった。

4

平成十七年（二〇〇五）五月一日付で、神戸市内の㈱エリヤコンサルタントに入社した。しかし、この会社もやはり弱小で、二年目の契約更改に条件を付けて来て、より仕事量の多くなる業務内容で、同額の給与を提示してきたので、平成十八年（二〇〇六）四月末日で退職した。同社の在職期間は、丁度一年間であった。

5

三宮のマンションでは、二年間、管理組合で輪番制に依る理事を務め、内一年間は理事長になった。区分所有者二七五軒を束ねるのは大変で、理事長在任中に管理規定の改定や、新規定制定を行った。中でも、トランクルーム使用規定の改訂は、居住者の数に比してトランクルームの数が少なく、入居の当初に抽選で当たった人は、その賃貸料が安いので、既得権として手放さず、使用を継続し続ける弊害があった。それを、区分所有者の平等の原則から、賃貸料を近隣の相場を参考にして、約三倍に改訂し、需給のバランスが計られるようにした。理事在任中、管理組合の諸連絡や諸検討で、頻繁に使ったパソコンとプリンターを各々一台壊してしまった。

このマンションに在住中、私が最も大きな問題と思うのは、平成二十三年（二〇一一）三月十一日に発生した東日本大地震の影響が、遠く離れたこのマンションにも生じたことである。この地震時に、私は、たまたま三八階の自室に居て、その揺れをつぶさに体験した。いわゆる長周期地震動である。地震の直後、管理組合の理事長に宛てて、次のような手紙を送った。

〈先頃（三月十一日）に発生した「東日本大地震」は、あの阪神大震災を規模・被害で数段上回る未曾有のものになるのは御承知の通りです。東京電力「原発」の安定化にも目が離せない状況です。被害に遭われて亡くなった数万の人々の冥福をお祈りすると共に、被災され不自由な生活を余儀なくされておられる幾十万の方々の一日も早い復興を願わずにはおられません。

地震発生のあの日あの時刻、私はたまたま三八階の自室に居りました。何か変だなと感じた時には、まず東西方向に窓のブラインドが揺れて窓枠に当たり、カチャ！　カチャ！　と音を立て、レースのカーテンは緩やかに振れて、建物がゆっくり、五〜六秒周期か？　揺れ動いていました。その後、揺れは南北方向に変わり揺れ続けた時間は五〜六分間でしたでしょうか？　部屋にある背の高い本棚が倒れないかと心配した程で、しばらく船酔い状態で頭がふらつく感じが残りました。後で考えると、振幅（揺れ幅）が四〇〜五〇センチはあったように思いました。

このマンションに新築入居して満六年が過ぎましたが、この間、四六時中棟内に居なかったものの、これ程の揺れを感じたのは初めてでした。皆さまは如何でしたか？　地震直後、マンション内は静かで、棟内放送もなく、エレベーターも正常に動いていたようです。何だか狐に抓《つま》まれたようにキョトンとしていた時、大阪・梅田の高層ビルに用事で居た妻から電話があり、大きく揺れたそのビル内の人は大騒ぎで避難し始めているとのことでした。その後、聞いた友人の話（当時、同じく大阪・梅田のビルの六階に居た）では、その高さでも、みんなが船酔いを感じる揺れだったようです。

巨大地震発生から四十日が過ぎました。この間、当マンションの管理組合・理事会でこの地震について、何ら話合いはなかったのでしょうか？　エレベーターの臨時点検は行ったのでしょうか？　掲示板には何のお知らせもなく、戸別にビラも入っていません。また、地震直後の三月十三日に開催された、第八回の「理事会だより」でも、全く触れられていません。管理組合だけでなく、管理会社のダイワサービス及び設計・施工会社の小林建設にとっても、今回のこの建物の「大きな揺れ」は何の問題にもならないのでしょうか？もし、無対応であったのであれば、信じ難いほど無責任で、職務怠慢だと言わざるを得ません。

「大きな揺れ」の正体は、紛れもなく「長周期地震動」です。宮城沖の震源から遥か七〇〇キロ以上離れていても、この神戸の高層ビルをあれほど揺らしたのです。もちろん、当マンションでも上層階ほど大きく揺れたでしょうし、建物それぞれの固有周期の違いによって、神戸の超高層ビルの揺れ方もそれぞれ異なったでしょう。中低層の普通の家屋やビルでは、震度二程度の揺れとして問題はなかったかも知れませんが、超高層ビルの「長周期地震動」は違います。

今後、いつ起こっても不思議ではないと言われている「東海」「東南海」「南海」等の巨大地震が発生すれば、今回と同じような大きな揺れが、また、生じる可能性は十分あります。従来、高さ六〇メートル以上の高層ビルは、国の耐震基準に基づき、一分以上の揺れを想定した強度を義務付けられているようです。今年度からは、三大都市圏の新しいビルは、約八分間の揺れを想定するよう基準を強める予定でした。（添付の新聞記事参照）このマンションビルは当然、この従来基準で設計された筈です。私が当日感じた揺れの時間は五〜六分でしたが、果してこのマンションはそのような長時間の長周期振動に耐えられるのか、設計計算の見直しが必要ではないでしょうか？　また、耐えられないと判れば、耐えられるように補強する必要があるのではないのでしょうか？　当マンションは「免振マンション」ですが、「耐震マンション」でも「制振マンション」でもありません。

具体的な対応としては、まず、理事会で審議いただき、「耐震専門委員会（仮称）」を理事会の下部組織として設立することをご検討頂きたい。その正式な設立は、当然六月？　の総会に提案し可決されなければなりません。委員としては、小林建設のしかるべき技術者・専門家はもちろん、その他の専門家・先生がなるべきでしょう。作業は、現設計の見直し検討、必要な補強工法の検討、予算策定、大規模修繕計画策定、修繕積立金計画の見直し等などが考えられます。

日本建築学会が国の委託により、二〇〇七年から調査した結果では、現在国内にある超高層ビルの内、被害を受けやすい建物は一〇〇棟以下とは言え、推定されているようです。小林建設では情報を摑んでいるのではないでしょうか？　被害が出てから検討を始めていては遅すぎます。いや、三月の巨大地震により、細かく検査すれば、既に当マンションに何らかの損傷が生じているかも知れません。早急な対応が望まれます。

いろいろ記述しましたが、私は建築技術者でもなく、ましてや地震の専門家でもありません。単なる一居住者として、不安のない情報を望んでいるだけです。安心していられる建物は、当マンションの居住者全員共通の望むところだと思います。

以上、まず、理事会でご審議・ご検討を宜しくお願い申し上げます（以上）〉

ところが、それから六年、繰り返して理事会で審議・検討をお願いしたが、管理会社を含めて、遂に最後まで誰ひとり、長周期地震動の当マンション建物への影響を理解して貰えなかった。最後の段階では、私自身が、設計会社である小林建設に宛てた質問状を作成し、理事会を通じて小林に提示した。理事会は、内容を理解せぬまま、小林に見せたが、小林は、質問内容を見て（恐らく驚き）設計の幹部級が理事会主催の説明会に出席して回答したらしい。その説明会、当方に何の連絡もないので、知らなかった。後で、回覧された小林の回答を見てみると、私が心配していたように、長周期地震動が、当マンションの構造に影響を与える可能性が大と書かれていた。理事会役員の方々は、それすら判らずに居た。

昨年、熊本県で発生した大地震の観測から、長周期地震動を上回る、急激な揺れをもたらす〝長周期パルス〟が、超高層ビルに大きな影響を与える可能性が、最近になって取り沙汰され始めている。

6

京子と二人でこのマンションに泊まることもあった。年に一回、八月の第一土曜日に開催される、神戸港での花火大会は、港に直接行き見上げるように見る尺玉の光と音は素晴らしかった。その帰りは、須磨まで行かず、目の前のマンションに泊まった。それと、旅行の行き帰り、個人旅行はポートライナーに乗れば十七分程度で着く神戸空港を利用することが多かったが、朝一番の出発便でも、夜遅く着く帰着便でも、須磨の自宅を起終点にせず、このマンションを利用するのが便利であった。

この十二年間、ベランダから見下ろす三宮界隈の変貌は著しかった。当初は、阪神大震災の爪痕が残っており、周囲に空き地が目立っていたが、着実に新しいビルで埋まっていった。このマンション自体が、古い低層ビルを壊して建設されたものである。夜になると、ビルの窓の明かりと共に、市章山《ししょうざん》に灯る神戸市の市章型の明かり、それと港を意味する錨型の明かりが碇山に灯され、布引の夢風船の明かりも加わり、実に見ごたえのある贅沢な夜景が拡がる。

話は遡るが、高倉台一丁目のマンションは、三宮のマンションに書斎を移して二年後の平成十九年（二〇〇七）三月三十日売却した。売値は、四三〇〇万円、諸経費等を差し引くと手元に残ったのは四〇九万八〇〇〇円で、何と十七年前に取得した金額の、僅か十分の一にしかならなかった。父は、このマンションを買った時の経緯を忘れて、或いは無視して、この僅かな売却金についても、自身の持ち分割合を

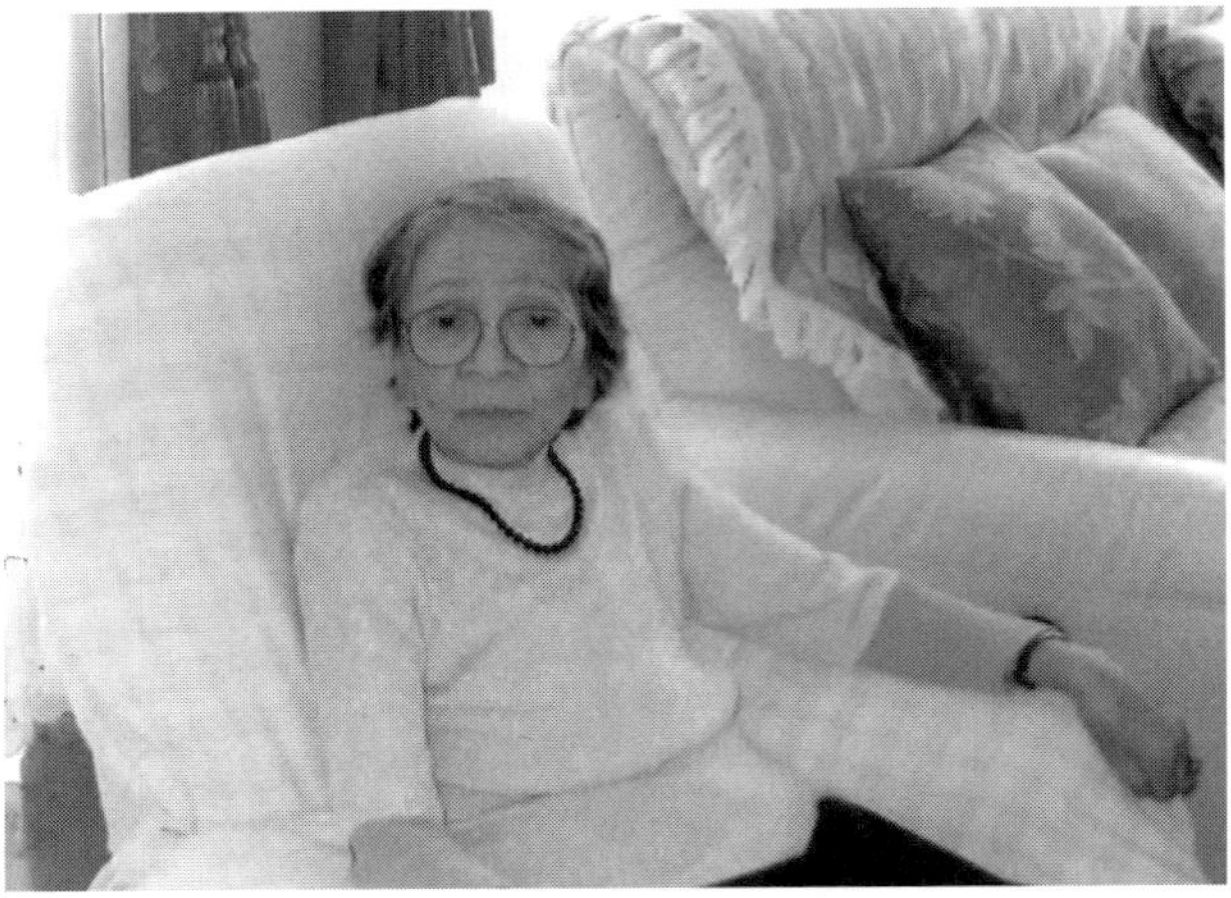

写真－6　神戸・三宮のマンションで、くつろぐ母（満91歳）

主張して譲らず、半分の二〇四万九〇〇〇円を自身の口座に振込ませた。

平成二十九年（二〇一七）一月、三宮の超高層マンションの部屋も売却して、書斎を六甲アイランドに移した。

八節　須磨・高倉台④（神戸市）

1

父・保治が、平成十八年（二〇〇六）十二月五日、満百歳になった。その日に先立ち九月二十二日、神戸市須磨区役所の福祉部長が来宅、百歳を祝う内閣総理大臣・泉田総介の表彰状と銀杯及びタオルセットが、父に授与された。同時に、私共家族に宛てた感謝状も頂いた。感謝の意味は、よくも百歳の長寿を保つまで、身辺で世話を掛けて頂いて有難う、という意味だった。当時、わが国の百歳以上の人口は、約一万三〇〇〇人と聞いた。その内訳は、女性の方が圧倒的に多く、男性は少ないので、父の百歳は、ごく稀な存在だった。帰り際、お役所の人が言った、門を潜った時から、百歳の人が居るのに相応しい住環境だと感じられた、と。父はこの後、一年半生きて、満百一歳三ヵ月で亡くなった。

直接の死因は、院内感染の肺炎であったが、その元となったのは、平成二十年（二〇〇八）の一月中頃、台所でコーヒーを淹れていた時、母と接触して転び、背骨の二ヵ所を圧迫骨折したためであった。直後は、本人の強い意志によって家で療養していたが、痛さに耐えられず、掛かり付けの医師の指示で、須磨山病院に入院して初めて、病状が判明した。超高齢のため手術も出来ず、食は次第に細り、二月十八日に、予備的に胃瘻の手術を行った。

その後も何とか経口摂食で済ましていたが、平成二十年（二〇〇八）三月九日未明、肺炎による呼吸不全で死去した。胃瘻は使わず仕舞いだった。

前にも記したが、父は八人兄弟の長男だった。実業学校を卒業して、十五歳から働き始め、子沢山の家計を懸命に支えた。最後まで姉弟の行く末を見守るのが俺の役目と、日頃から言っていたが、その通りに、姉弟の一番後にあの世に旅立った。三男の保親は戦争で負傷帰国時に、阿波丸に乗っていて、台湾海峡でアメリカの潜水艦の魚雷攻撃で沈没し、二十七歳で亡くなったものの、他の姉弟は皆、長生きした。それぞれの享年は、長女・嘉寿栄九十四歳、次女・輝子七十九歳、三女・秀子九十八歳、次男・保憲八十三歳、四女・鶴枝九十四歳、そして五女・夏子八十三歳だった。父は百二歳、長男の貫禄を示したと言える。

2

高倉台の家の改修・補修工事に随分費用が掛かった。入居直後の塀や庭の工事以外に主なものを挙げてみると、①座敷広縁の硝子戸をアルミサッシに入れ替え、雨戸新調、浴槽取替えで約三〇〇万円、②台所と居間の床を張り替え、吊り戸工事等に約二〇〇万円、③システムキッチン入替工事で約一八〇万円、④外壁塗装塗替え工事二回で、約二三〇万円、そして、平成二十二年（二〇一〇）に施工した⑤耐震補強工事で、約二四〇万円等、入居時から約二〇〇〇万円の費用がかかった。耐震補強では、家の九ヵ所の壁を耐力壁に置き直す工事で、工事中母を一時的に京都・城陽市の妹の家に避難させた。先ず、着工時に家の廊下の水平度や柱の垂直度をレーザービームで検査したが、どこも完璧なほど水平・垂直が保たれていて、工事会社の担当者は、あの地震に遭った家で、ここまで精度を保っている家は初めてと感心していた。工事で家中に埃が充満している所へ、母が予定より早く帰って来て、寝所造りが大変だった。妹の家にはとても我慢していられない由、我が儘な母のことで予想はしていたが、余りにも早く帰って来たので驚いた。

母はこの家を非常に気に入っていた。座敷の畳や敷居に陽が当たり、灼《や》けるのを嫌って、布切れを被せたり、新聞紙を敷いたりと、異常なほど神経質になっていた。また、毎日のように、庭に出て植木の手入れを怠らなかった。枯れ葉を拾い上げることはもちろん、枝に付いている気になる葉っぱまでむしり取り、常に庭には落ち葉ひとつない状態にしていた。

年に一、二度庭師を入れて、植木を整え、防虫剤を散布させた。それでも、虫が生き残った樹木は、事前に相談なく、庭師に伝えて容赦なく根元から伐採させた。我々が反対しても無駄だった。南庭の東側に大きな枝垂れ梅の樹があった。毎年、見事な花を咲かせて、目を楽しませていたが、庭師が入った時、突然、その木を切れと、縁側に居て母は命じた。理由は、その木の下に行くと、腕や脚が痒くなるからだと言う。庭師も驚いて、事前に話してくれれば、根元の土もろ共掘り出して、貰って帰るのにと、残念がっていた。また、南側の塀沿いに、隣家からの目隠しが目的の棒樫を、ずらりと植えていたが、その樹にはよく毛虫が発生した。それを嫌って、ある日、全て伐採せよと庭師に命じて、綺麗に除去させた。ところが不思議なことに、その直後から母の首が右に傾いたままになってしまった。周囲の者は、木の精の祟りだと思った。傾いた首は二ヵ月程で元に戻ったが、本人は何とも気にしている様子はなかった。

3

母の心身に大きな変化の兆しが出始めたのは、母が満八十八歳になる平成十八年（二〇〇六）の事故からと思える。京子と再婚して二年ほど経った九月、母は自宅で転倒し、左大腿骨の付け根の転子部を骨折して。元町の荻原整形外科病院に救急車で搬送され、入院した。骨の中に鉄パイプを挿入する手術を受け、二ヵ月余りたった一月中旬に退院できた。その入院中から、薬の関係もあり、幻影を見たり、奇声を発することもあった。帰宅すると、父と共に半分公然と京子のことを悪く言い出した。

常子が亡くなり、京子と再婚するまでの一年半、母は仕方なく元に戻り、家事をやり出したが、妹に、もう体力の限界だと訴えていたようであった。その後、宅配便で買物を注文したりしていたが、注文書もまともに書けず、ミスが目立った。介護制度を利用して家政婦を派遣して貰ったが、どの家政婦も気に入らず、絶えず交代させて長続きしなかった。そんなことは何も知らず、京子は嫁に来て、家事を行い、いきなり老両親の面倒を見ることになった。その京子に向かって悪口を言い、ののしり出した。完全に認知症の症状だと思い始めた。父が亡くなった後も、それは変わらなかった。間に入り私が宥めても、お前は阿保や、馬鹿だと罵りが始まった。つい同じような言葉で言い返すようになった。いくら口で言っても駄目だと考えて、当方の不満も溜まっていたので、父の時代からのことを手紙にして、母に読ませて、今までの経過を理解させようと考えた。その手紙の内容は以下の通りである。

〈母上様　前略ごめん下さい。

お耳がひどく遠い状態で、まともな会話が出来ないので、文章にして説明します。

父が亡くなって、もう一年が経過しました。最近の母上は一ヵ月か二ヵ月おきに、何かと不満を述べ、京子や私を困らせる言葉を吐き、自分自身も面白くない状態で過ごすことが多くなりました。少なくとも日々の生活では何の不自由もなく、食事は好きな物を美味しく食べられ、元気で九十歳まで長生きしておられるのに全くもったいないことと思います。

京子の話では、私が母上と口げんかの末いつも「アホヤ、馬鹿や」と言っていることをことさら気にしておられるようですね。そんな言葉でののしるのは、京子が嫁いできてからのことで、京子が私にそう言わせているように感じられているようですが、全く違います。確かに以前はそんなことを言うことはなかったと思います。

平成十八年（二〇〇六）九月に、母上は自宅で倒れ、大腿骨骨折で入院し、十一月の満八十八歳の誕生日の直前、退院になりましたが、あの自宅での事故に際して、直ぐ救急車で入院を勧めたのに、私に任せず我を張って入院を遅らせました。また、昨年一月には、今度は父が自宅台所で倒れ、腰の骨折で動けなくなり、直ちに救急車で入院すべきと私が主張していたのに、母上は猛反対で十日間も、つらくて痛い状態にしたままにし、その後、私が見かねて強引に入院させたものの、三月には急性肺炎が死因で帰らぬ人となりました。

この二つのことだけではありませんが、これで代表して分かるように、母上は勝手な自己判断や自分の都合だけで物事を処理しようとする態度があからさまに感じられ、自分自身では何も出来ない（高齢のため当たり前ですが）のに、ご自分の置かれている状態が分からず、まともな処理が出来ないで過ごしてきました。振り返れば、結局、私が判断した通りにすれば良かったことが多く続いてきました。

私が、父に対して心の底から憤りを感じたのは、父の最晩年、すなわち一昨年の二月に高倉台一丁目のマンションを売却した頃から、亡くなる直前までの父の言動に依ってです。一言で言えば、母上をはじめ近くに居る家族に「何のお世話にもなっていない」という傲慢な態度です。百歳の今まで、すべて自分の力だけでやって来たと、はっきり言っていました。平成十八年（二〇〇六）九月には、父は神戸市から満百歳の表彰を受け、泉田首相からも表彰状を授かりましたが、その時同時に、母上をはじめ周囲の家族に対して神戸市から、父を百歳まで面倒をみた努力に対する感謝状も貰いました。それに対して父は鼻で笑うだけで、一言もなかったです。マンションを売った後の金も、私の強い反対を押し切って、半額を私や常子の負担で購入したにも拘らず、買値の十分の一になった売値の半分は、多大の損害を与えた息子には渡さずキッチリ自分の口座に振込むよう求めました。

生活費については、今さら言うのはおかしい話ですが、四十七年前、大和橋梁に就職してから毎月必要な金額を継続して家に入れてきたはずです。その後、今から三十四年前、常子が高槻市に保母として勤めだした時から平成二年の退職まで十五年間になりますが、この当時、私は日々の仕事に忙しく、私の給与は銀行振り込みでしたから、ガス・水道・電気・電話代・固定資産税・テレ聴取料さらには城陽の家購入時に会社（東亜製鋼所）から借り入れたローンの支払いなどすべて、銀行の私の口座から自動引去りされていました。そのため生活費として必要なお金は主に毎月の食事代だけですから、常子の給料から、財布を預かっていた父に五万か六万円も払えば良いと考えて常子に任せていたのです。もちろん、足らない分は父も年金を貰っているのですからそこから出せば済むことです。その他の大きな買物の時は、その都度私が支払ってきました。

ところが、一、二年が経って、常子に給与の預金の状況を尋ねた時、初めて、父はすべての給料・ボーナスを現金の入った封筒のまま取り上げて、常子には通勤交通費と僅かの小遣いを渡して、残りは父が自由に使っていることを知りました。現実に、父が常子に幾ら渡したかを記した給与の封筒の束が、庭の物置から見付かっています。

それはおかしい、父に話をすると言ったのですが、常子は「お義父さんは、ひどいことをしはる！」と言って涙を流しながらも、「義父には何も言わないで欲しい、貴方は出張で留守がちで良いけれど、いつも顔を突き合わせて暮らしているのに、おかしいと言ったために不機嫌な顔で居られるのは耐えられない」と頼むので、そのままにして来ました。この時から、母上や父に私から小遣いを渡すことは止めました。当然でしょう。また、そんなお金は持っていないのですから「常子は実家に行くたびに親にお金を渡している」という馬鹿げた推定の話も出来ないと思います。

以上から、必要な生活費を差引いても、この十五年間に父が手にした現金はざっと五〇〇〇万円以上という莫大な金額になるでしょう。

常子が退職したあとは、常子が財布を預かることになり、私から直接、常子に毎月の費用を渡すようになりました。それ以後、一昨年（平成十九年）の六月まで、父から毎月の生活費は、一切貰っていません。高倉台に来てから二十五年になりますが、その間、何回も郵便局から「貴方の預金残高は、限度額を超えるので、お金を引き出して下さい」というお知らせが、父宛に来ていたことを知っています。これは年金だけの収入しかないのに、それを使わなくても良い生活状態であるため、年金が貯まる一方だったということを示しています。仮に高倉台に来てから一昨年の六月までに期間を限定しても、毎月生活費の名目で一人五万円出して頂いていれば、三十三年間のその合計額は、約三〇〇〇万円にもなります。逆にこれが父の財産として残っていたはずです。

もし老人夫婦二人が普通の賃貸アパートで暮らしたとすると、家賃・光熱費・電話代・食事代・病院代・交通費・健康保険代・介護保険代などの生活費一式は父の年金だけで賄うのは難しく、とても旅行・被服代や趣味代まで手が出なかったでしょう。結局、長生きすればするほど年金だけでは足りず、別の預金が必要になるのです。

これらのことから考えれば、「一樹は生活費を家に入れなかった。小遣いも貰ったことはない」などと父が言っていたのは、とんでもない「大嘘」だったことがわかるでしょう。このことは父自身が最も良くわかっているはずのことです。それを今も信じている母上は「大馬鹿」と言えるのではないでしょうか。

平成十九年（二〇〇七）の六月、私は完全に退職し、年金生活になったため、同じ年金を貰っている父から食費ぐらいは頂いても良いのではないかと思い、父が提案した一人毎月五万円という金額で合意しました。

次は、今までの家の購入のことです。

北野→山科→山崎→城陽→高倉台と転居を繰り返し、現在に至っているわけですが、確かにそれぞれの家を購入した価格とそれぞれの家を売却した価格を比べると、いつでも購入価格より売却価格が大きく、得をしてきたことは認めます。しかし、山科↓山崎↓城陽↓高倉台と三回転居した時、家を売って次の新しい家を買った、いわゆる買い替え差額はいつでも赤字でした。従って追加のお金が要るわけですが、父はどの場合も、用意できたのは端数程度の少ない金額だけで、足らない大部分のお金は私が工面しました。特に現在住んでいる高倉台のこの家を購入した時は、城陽の家を売った金額の内、私の取り分を一部に充てたほかは、すべて新しい別のお金を私が用意しました。父からは一円も支払って貰っていません。いつも母上が繰り返し話をされる「高倉台の庭造成工事費と塀新築工事費は父が支払い、領収書も手元にある」とのことですが、それは父に預けていた城陽の売却金の内、私の取り分の残りです。私がリビアやその他の仕事で留守であったため代わりに父が支払っただけです。それは父のお金ではありません。

現在の高倉台の家を得るまでの経緯詳細は別紙の表にまとめた通りです。その大元は山科の家を父が全金額を出して購入したことで間違いはありませんが、一五〇万円程度のその家でも、父は三五万円の借金をしています。前の年、昭和三十七年（一九六二）に、一年間延長して満五十六歳で定年退職した身でしたから、退職金もあったはずですが、当時、借金するほどお金がなかったわけです。

その後、父は嘱託の社員として昭和五十五年の満七十四歳まで勤めました。給料は出来高払いでしたので、最初は五万円程度ながら、多い時は二十万円程度の月収になっていたようです。十八年間の合計給与は当時のお金で三五〇〇万円程になっています。

確かに満七十四歳まで十八年間もよく働いたと思いますし、凄く頑張ったとは感じますが、その給与は株式にも不動産にも投資しなかったため、何も残らなかったようです。昭和四十三年（一九六八）の大山崎、および昭和五十一年（一九七六）の城陽の家購入時には、父の手元に五〇万円から一五〇万円程度のお金しかなく、残りの必要金額は私が用意したことは、別紙の表にまとめたとおりです。

その後は前記したように、常子が働き出し五〇〇〇万円が、そして高倉台での支払わなかった生活費合計約三〇〇〇万円が父の懐に入りましたが、それらのお金はどこに行ったのでしょう。私の方に帰ってきたのは、いつの日でしたか、子と孫に生きている内に遺産を渡すとか言って、一〇〇万円ずつ配られましたが、その時の二〇〇万円のみです。その他の使い道は私には判りません。

城陽の家を売った金額の内、父の取り分約一六〇〇万円の行方は明らかです。すべて高倉台一丁目のマンション購入に充てられ、一昨年に僅か二〇〇万円になって戻ってきました。

ここまでの経緯がありながら、最初に記した父の言葉「何のお世話にもなっていない。すべて自分の力でこの歳までやってきた」と言うのが亡くなる前の年の暮れの話です。陰では「東亜製鋼所は給料が安い。親がずっと同居して来たから今まで生活できたのだ」という悪口も聞いていました。給料が安いとは私が「中身の濃い仕事に比べて安い」と言ったまでで、他の会社と比べて特に安いわけではありません。最近の新聞によると、大学卒で正社員として入社した者が一生の間で稼ぐ給料の総額は約三億一五〇〇万円程度と出ていましたが、私の現在までの総額は三億七〇〇〇万円を超えており、決して安い金額ではありません。すべて明細があります。

子供がなく、共稼ぎで、酒や博打に溺れず、病気せず、贅沢に過ごさず、マジメにやってきた証拠が、何度もの巨額の転宅費用の負担に耐えてある現在の姿です。特に三年半の海外勤務や延べ合計七年間に及ぶ出張は、宿泊経費などが出張旅費で賄われたため、家計負担を軽減し、大きな貯金を可能にしています。

これらのことを全く理解せず、半分ぼけていた父の、私に対する陰口を信じ込み、父亡き後の今でも繰り返しそのことを叫び、私に悪態をつくのを「あほか、馬鹿だ」と言って何が悪いのでしょうか。口に出して言うようになったのは、ここ一年以内に、何回も同じ話を母上が繰り返すからです。

これまで同居してきて父母に奉仕してきたことは、すべて長男の勤めであり、親に落ち度はなく当たり前のことと言われるのなら、そんな親はいりません。何か言うと「お祖父さんには同じように給料袋を取られ、仕えてきた」「兄弟の多い中で、苦労してきた」と言われますが、その期間は僅か七年間ほどだったのでしょう。私の方は四十七年間です。比較になりません。また、お祖父さんにやられたことが嫌だったなら、同じ嫌なことを自分の子供に押し付けるのは間違いです。そんなことは親と名のる者がすることではありません。「親が息子に言って何が悪い」と言われますが、親という年齢を遥かに超した判断力もない行動力もない老人です。そのようになれば息子の言うことを素直に聞くのが人間として当然で、世間でそのようにしない親は、おそらくいないでしょう。

大学に通わせて貰った恩は、とっくの昔にお返ししています。今まで、ご自分の思い通りに家を買い替え、好きな服飾にお金をかけ、旅行にもたびたび出掛け、身辺の雑事を人にやってもらい、美味しい食事をつくってもらい、何の不自由もない生活であるはずです。この上、何を要求しようとするのですか？お耳が遠くなったのは、年令のせいでどうしようもありません。諦めるしかありません。

その上で、今後は、同居している息子や嫁の言うことを素直に聞いて、安らかに過ごしてください。私も母上と同様、老い先の永い身ではありません。あと十年元気で居られたら幸いと思っています。京子も還暦、膝の具合も簡単には良くならないでしょう。つまらぬ口喧嘩はもうやめて、三人で出来るだけ楽しく暮らしましょう。お願いします。　草々

平成二十一年（二〇〇九）四月二十日〉

結果、長文過ぎたのか、全部を読み下すことが出来ず、所々を拾い読みして、最後は、破り捨てようとした。思った以上に、認知症が進んでいると思われた。

その後、妹夫婦にもこの手紙を見せ、これ以上母が我が儘を言うようなら、同居出来ないので、しばらく

母を京都の家に引き取ってくれないかと相談し、神戸の家で母を目の前にして協議した。母は、不承不承乍らこの家に居ると言って、その場は収まった。

4

京子とはお互い旅行が趣味で、よく旅行した。先ず、国内旅行は、結婚直後の平成十六年（二〇〇四）十一月・石川県の山中温泉から始まって、北海道の大雪山、兵庫県の有馬温泉、東京、兵庫県フルーツフラワーパーク、広島県の宮島、京都の嵐山温泉、東京、兵庫県の舞子、長野県の小布施、沖縄、栃木県の日光、愛知県の多治見、長野県の上高地、宮城県の仙台、東京、大阪の石切温泉、三重県の渡鹿野《わたかの》島、東京、沖縄県の石垣島、長野県の湯田中温泉、鹿児島県の垂水《たるみず》温泉、北海道の道北、東京、南東北地方、東京、そして平成二十九年（二〇一七）八月・長野県の軽井沢他。その他として、東亜製鋼所の健康保険保養施設・淡路島のあさなぎ荘に、年二〜三回宿泊している。また、三宮のマンションにも、結構、宿泊している。

海外旅行は、新婚旅行として、平成十七年（二〇〇五）二月・インドネシアのバリ島・ジンバランを始めとして、台湾周遊、中国の上海、韓国のソウル、韓国の済州島、欧州一〇ヵ国を巡る船の旅、トルコ国内周遊、マレーシア国内周遊、中央ヨーロッパ五ヵ国周遊、カンボジアのアンコールワット、中国の西安・兵馬俑、カナダのナイアガラ他、アメリカのグランドキャニオン他、タイのバンコク他、そして平成二十九年（二〇一七）十月・アメリカのニューヨーク他。
と、まさに旅行三昧であった。私の計画通りであったなら、更に頻度を上げて旅行した筈であったが、母の状況や京子の仕事の繁忙さに妨げられ、思うように行けなかった。

5

平成二十二年（二〇一〇）十二月初め、京子と二人で夕方自宅に戻ると、門を入った石畳の上で、母が動けず蹲《うずくま》っていた。庭で転んで動けず、そこまで這って来たらしい。直ぐ病院と言うのを激しく遮るので、二人で家の中に担ぎ込み寝かせた。二日目の昼、痛がるため救急車の手配をしようとすると、暗くなるまで待てと主張、夕方ようやく救急車を呼び、垂水区の名谷《みょうだに》病院に入院した。検査結果は大腿骨頭部骨折との由、しかし、個室でない大部屋での入院を母は拒否したので、同七日、須磨区の野村海浜病院の個室に転院、同二十日、ボルト三本で骨を結合する手術を受けた。

医師から退院しても歩けないので車椅子生活になると告げられて、京子と適当な老人ホームを調べて、見学にも出向いた。翌平成二十三年（二〇一一）二月、老人施設・パールホームへの入居契約を行い、十九日に退院・入居を行った。入居一時金を三九八万円支払い、五年間で償却される。月額の利用料は食費込みで、約二四〜二五万円であった。部屋は二階の個室、広さは約二〇平方メートルでトイレと洗面所、ベッドが設えてある。食堂は一階にあり、その都度介護士が車椅子を押して、食堂に送り迎えすることになっていた。母は新築できれいな部屋に満足し、最期まで宜しくお願いしますと施設側に挨拶していた。

母が施設に移ったその年、京都の上京区のお寺に、父が昭和二十九年（一九五四）に建立した、岩成家のお墓を神戸に移した。京都のお寺とは離檀料の話も円滑にでき、区役所にも改葬届を出し、古い墓は解体・撤去して更地に戻し、神戸市北区の鵯越墓園に、当家としては立派な新しいお墓が出来た。墓地は二メートル×二メートルの四平方メートルで、墓標の脇には墓銘碑も設けた。ここには、母と私それに京子の三名分の彫余白を残していた。この墓には、車椅子の母を介護タクシーに乗せて二回連れて行った。母は立派なお墓だと言って、大層喜んだ。

その後、施設で母は、平成二十四年（二〇一二）九月、胃潰瘍で入院、十月退院、平成二十五年（二〇一三）六月、誤嚥性食道炎から肺炎で入院、同月退院、平成二十五年（二〇一三）十月、同じく、誤嚥性食道炎から肺炎で入院、同月退院、平成二十六年（二〇一四）五月、又も大腿骨骨折で入院、六月退院、平成二十六年八月、痰が詰まって肺炎、同九月退院、平成二十七年（二〇一五）八月、肺炎と腸炎で入院、同月退院、と入退院を繰り返していた。

6

平成十八年（二〇〇六）四月末に㈱エリヤコンサルタントを退職して、約一年三ヵ月後の平成十九年（二〇〇七）七月一日、大阪人材銀行の紹介で㈱阪神コーポレーションに入社した。業務内容は官公庁に登録する技術管理者として会社の専属となり、関連業務成果品の照査・技術指導・客先打ち合わせ時の同行等であった。月額賃金は二二万円、出勤は原則月に六日間であった。役職名は技術部技師長で、勤務場所は東大阪市小阪二丁目、近鉄奈良線の八戸ノ里《やえのさと》駅の近くであった。従業員数は二〇〇名以上いる中堅のコンサルであるが、施工管理が主たる事業になっている。業務として愛知県岡崎市まで出張することもあり、また、橋梁点検調査業務に係わる企画提案なども行ったりして、大過なく二年余が過ぎた頃、突然、コンサルタント事業部を閉鎖するという話が出て、契約社員である当方は、平成二十一年（二〇〇九）十月末日で、即退職となった。同社の在籍期間は、二年三ヵ月間であった

そろそろ、会社勤務は止めにしようと考えていた矢先、やはり大阪人材銀行の紹介で、翌平成二十二年（二〇一〇）七月一日付で、阪南航測㈱に採用された。仕事は週に二〜三回大阪支店に顔を出して、半日から二時間程度席に居て、社員からの相談に乗ってくれればよい、ということで給与は月額一五万円であった。

大阪支店は大阪市中央区谷町四丁目にあり、通勤には問題はなかった。三ヵ月程勤務をした頃、主任技術者として直接客先に対応する業務に携われと要求され、当然、給与も増額されるが、当初の約束と違うことから、退職を決意し十月末で退職した。同社の在籍期間は僅か四ヵ月であった。小さなコンサルは、どこも人手不足で、猫の手も借りたい状況から、契約時にはない無理な条件の提示に繋がるようである。

次に人材銀行より紹介されたコンサルは、従業員僅か一〇名程度の個人企業的な会社であったが、社長と面接して即採用となった。社名は㈱マーク技研、所在地は和歌山市津秦、給与は月一二万五〇〇〇円で、年間に十日ほど出社するという条件であった。平成二十三年（二〇一一）四月一日に入社した。しかし、特に出社することもなく、一年間の契約期間が終了した翌年三月末で「橋梁部門の人員整理が必要となったため」という理由で雇用止めとなった。

今度は引続いて平成二十四年（二〇一二）四月十五日付で本社が佐賀県佐賀市にある㈱熊本コンサルタントに入社した。面接は、社長自ら神戸に来られて、当方の三宮マンションで行った結果、即採用となり、三宮のマンションを同社の神戸事務所とすることにして、月額一二万円（二万円は事務所使用料として）で決めた。その後当方が佐賀の本社に出向くことなく、三年余が過ぎた平成二十七年（二〇一五）八月、社長より電話があり、業績不振で解雇したいとの話、十月末で退職することを了解した。同社での在職期間は三年半余であった。

そして、熊本コンサルを退職する日を待って貰っていたのであるが、間髪を入れずに同年の翌月、十一月一日より、兵庫県たつの市に本社のある㈱ドットコムの姫路支店に入社した。今回は人材紹介会社㈱ベネットの紹介であった。月額報酬額は一二万五〇〇〇円で、月一回程度の出社という条件である。姫路支店は姫路市安田四丁目にある。私は同社の技術参与という立場で現在に至っている。阪神コーポレーション入社以来のこの十年間で五社の入社・退職を繰り返したことになる。

7

当岩成家のご先祖が創建した「岩成郷元神社」を訪ねて、京子と共に初めて長野県小布施町に出向いた。平成二十二年（二〇一〇）六月のことである。長野電鉄の小布施駅からタクシーで一〇〇〇円ほどの千曲川の畔にその神社はあり、余りにも広い境内と立派な社殿に驚いた。普段は無人のため、予め宮司さんにお参りすることを伝えていたので、氏子の代表者三名と共に掃除をして待っていられた。参拝後、座談形式で当方が用意した資料を基に、当方岩成家と神社創建に関わる因縁のお話をさせて頂いた。氏子代表から、付近は岩成郷となっているが、現在は岩成姓を名乗る人は一人も居ない由、ただ、小布施町の教育委員会が設置した「岩成居館跡」という遺跡表示の柱が立っている、等のお話があった。当方の調査が完結していないので、確実に岩成家のご先祖様の創建になる神社とは断言できないと宮司さんにお話ししたものの、ほぼ間違いないことを私自身で確信した。この結果を、神戸市に居られる岩成家第四十代当主・岩成忠嗣氏にも報告した、が余り関心はないようであった。

平成二十八年（二〇一六）四月十六日、再び岩成郷元神社にお参りした。地区の氏子・湯本さんに、御柱祭が行われるので来ないかと誘われたので出かけたが、同神社は諏訪神社の流れを汲み、小規模ながら御柱祭を六年毎に執り行っていた。直接、祭りの行列には入らないで傍観させて頂いたが、総勢二〇〇〜三〇〇人が参加する賑やかなお祭りであった。

更に、平成二十九年（二〇一七）八月二十九日、軽井沢で過ごす六日間のツアーに参加した際、小布施に行くオプショナルツアーの自由時間を利用して三度目の神社参拝をした。岩成公会堂の庭にある小林一茶の〝からめては　栗で埋りし　御堀哉〟の句碑も改めて眺めることが出来、記念撮影もした。また、午後には善光寺にも行き、岩成家と同じ家紋のある、本多家の仏前でお参りも出来たし、初めて、京子と共に山門に登った。これで、ご先祖の供養が少し出来たと考えている。

あとは、長野県上伊那郡箕輪町の、天竜川左岸にある岩成家由来の最初のお城「上の平城」の城跡を訪ねることが残っている、近い内に是非出向きたい。

8

母の入っている施設・パールホームには一ヵ月に二〜三度程度の頻度で妻と交代で訪ねていた。最初は喜んで入居した母も、次第に元気がなくなり、前記したように怪我や病気で入退院を繰り返し、体も弱って来た。入居後四年ほど経った時、施設を訪ねると母はベッドで眠っていた。声をかけると施設の者と勘違いしているようで、目を閉じたまま「もう少し寝かせて下さい。お願いします」と言った。この一言で気が付いた。施設では、少しでも入居者に掛ける手間を省く為、ある一定の時間になると、部屋に居る入居者を各階の共有スペースに、強制的に集めて食事や遊戯をさせるようになっていた。最初、食事時には、一人ずつ車椅子に乗せて一階の食堂に連れて行き食べさせていた。また、希望によって、食事は各部屋まで配食してくれていたのが、いつの間にか、まとめて面倒を見るような、雑な取扱いに変わっていたのである。理由は介護人不足とエレベーターを使って一人ずつ移動する手間を省く為であろう。介護の質が、目に見えて落ちて来た。母にとっては、大勢の人と一緒に居るのが無意味で苦痛のように見えた。こんな状態ではいつまでもこの施設に、母を置いておけないと感じ、これから先の母の余生は、たとえ短くても自宅で面倒を見ようと京子と話し合った。

しかし、この高倉台の家では、車椅子での生活は無理である。自由に寝室から食堂まで移動出来るような

写真－7　神戸・須磨・高倉台の自宅

平面的な家が望ましい。となると、マンションしかない。適当なマンションを探して、高倉台から転居する検討が始まった。

第六章　御影（神戸市）の巻

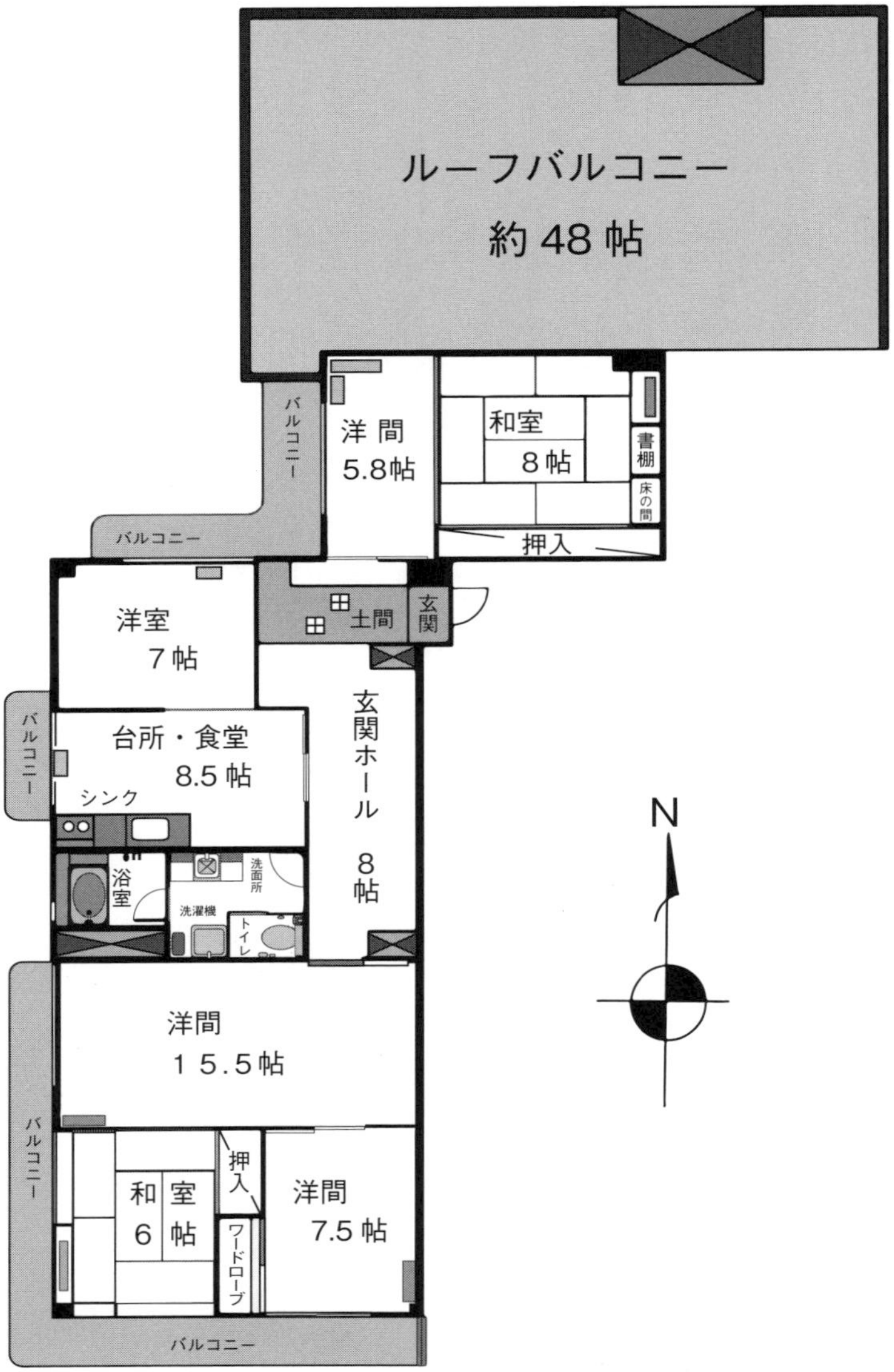

図－9　　**御影山手の家（平面図）**

一節　御影山手・マンション（神戸市）

1

　新聞広告やインターネットでマンション探しを始めた。最初に目に付いたのが、ポートアイランドの二十五階建てマンションの最上階の物件だった。専有床面積は一一九平方メートルと問題なく広かったが、京子と見学に行って見ると、肝心のエレベーターが二十四階までしかなく、二十五階へは階段を使うしかない構造だった。同じビルの二階に同程度の広さの空き部屋があったが、見晴らしが余りにも悪く、どちらの物件も見送った。

　結局、築四十五年と相当に古い物件であったが、小林建設施工のヴィンテージマンションと謳って、御影山手で売り出されていた「天神山アーバンライフ」の六階の部屋を購入することにした。その平面図を（図―9）に示す。

　専有面積一四一平方メートル、バルコニー二三平方メートル、ルーフバルコニー八〇平方メートルの大きな物件である。地下に駐車場一台分の権利も付いている。戸建ならザラにある広さながら、マンションとしては相当広い方である。七階建ての総戸数五四軒、所在地は、神戸市東灘区御影山手五丁目、最寄り駅は阪急電車・御影駅で、徒歩約十三分。市バスなら阪急六甲駅より約五分の天神山停留所の真上に当たる。

　北・西・南と三面に窓があるため、気持ちの良い風が吹き抜ける。標高約八〇メートルに位置するため、南側の見晴らしは良く、晴れていれば、大阪湾を通して、遠くに紀伊半島や紀淡海峡まで見渡せる。目の下を阪急電車が通り、ＪＲの電車も見える。また、目を凝らせば阪神電車も走っている。まるでジオラマのような景色は素晴らしい。ルーフバルコニーは、六甲山の山麓の緑が目の前に迫って、見上げられ、畳にして約五〇帖の広さに立つと、何とも言えない開放感が得られる。広さは問題なく、京子も気に入って購入することにした。

見学して一週間後、平成二十七年（二〇一五）二月二十五日、総額二二〇〇万円で購入契約した。名義と持分は、私と京子、それぞれ五〇％とした。

2

リフォーム計画が大変だった。図─9に示す平面図はリフォーム後の姿である。

先ず、玄関土間は、元々畳半帖分ほどしかなく、西側の洋間（元は和室の押入）の壁が迫り、家の広さに不釣り合いな狭さであった。そのため洋室の押入を撤去してその分玄関の土間を広くした。また、玄関ホール八帖と書かれているが、ここは東側一面に押入があり、狭い廊下になっていたので、押入を全て撤去し、衣類箪笥類を並べる広いホールにした。玄関の土間でホールと北側の洋間が分断される部分には、飛び石状のタイルを二ヵ所に配置して、上履きのまま渡れるようにした。

このマンションは、地下のボイラー室で沸かした湯を、配管で全室に循環させて暖房にしているため、各部屋に冷房機兼暖房機が置かれている。今ではお目に掛かれないナショナルの製品であるが、四十五年経っても、その機能は失われていなかった。ただ前の住人の話では、暖房機はともかく、冷房機を頻繁に使う台所と隣の和室は、経済性からエアコンを設置したとのことで、当方も邪魔になるので、元からある冷・暖房機を、この際二部屋から撤去した。その際、和室を洋室に変更し、境目の敷居は撤去し、同じタイルで統一した。

他は、北側の和室八帖と南側の和室六帖を除いて、全ての敷居は除き、吊り戸を設けて、敷居のないフラットにした。床は防音型フローリングにして、車椅子の移動が容易になるようにした。南側七・五帖の洋間の押入も天井高に合わせた吊り戸にして、大きなワードローブに変更した。冬でも日当たりの良い、この洋室を、施設から引き取る母の部屋と考えて、換気扇を新設した。

風呂と洗面所は元のままで、トイレのみ方向を変えて周囲に壁を設けた。元は、車椅子でも使用できるように。周囲の壁・扉はなくしてあった。これらのリフォーム費用は、しめて四八六万円であった。

3

このマンションの売買契約をした、不動産仲介業者のリフォーム部門に工事を発注した。リフォームを始めて、台所横の和室の畳を撤去している時、床下に水が溜まっているのを発見した。細かく見ると、台所の冷暖房機の配管から、霧状の漏水が見られた。間もなく、階下の住民から、天井から水が漏れてきたと報告された。リフォーム業者が調べると、真下に位置する五階の部屋の天井からの漏水で、階下の部屋は水浸しになっていた。

直ちに、このマンションに専属している配管屋に連絡して、台所と和室の二ヵ所の冷暖房機を撤去し、止水工事を行った。一方、加入したばかりの保険会社にも連絡して現状確認をして貰い、保険金の協議を行った。損害を与えた階下五〇三号室の和室は、そっくりリフォームすることにして、その費用をリフォーム業者に見積りさせ、保険会社に費用の請求を行った。階下の管野様とは、リフォームすることで示談が成立した。

これにより、保険会社から支払われた保険金は、総額二八四万円になったが、この金額のほとんどをリフォーム業者に支払うことになった。

御影のマンションを購入するに必要な金額総計は、これらのリフォーム工事・五〇三号室の損害賠償金・引越費用等の諸経費を含めて、二九五二万円になった。もし、保険加入が遅れていたら、更に、保険金分の二八四四万円負担が嵩み、総額三二三六万円になるところだった。

4

水漏れ事故で遅れていたが、平成二十七年（二〇一五）九月九日、ようやく須磨の家から御影のマンションに引越した。一息つく暇もなく、今度は施設に居る母の引き取りである。九月三十日で施設を退所し、御影のマンションに移動させた。介護施設からの返還金は、当初の入居一時金三九八万円は、五年間で償却されるので、四年八ヵ月入居していた母には、一七万円余の返還金があった。四年八ヵ月間の費用総計は、医療費を除いて、約二〇〇〇万円になった。この間の医療費は、総額約一三〇万円だった。その内、父の遺族年金と本人の年金の総額は約九〇〇万円であるから、父の遺族年金があってかなり助かったと言える。

予め訪問介護施設と契約していたので、自宅に引き取ると直ぐ、看護士や介護士が自宅に五〜六人来た。介護用の大きな電動ベッドも搬入された。母の部屋は、予定していた奥の洋間ではなく、玄関脇の約六帖の洋間と八帖の和室を充てることにした。介護施設と相談した結果、全てを訪問介護にするのではなく、昼間は、送迎車を利用してデイサービスを施設で受けて過ごし、夕方から翌朝までは在宅として必要に応じて介護して貰うことにした。朝夕の食事はどのように配慮して食べさせれば良いか？　との当方の質問に、このお歳だから、ご本人が食べたいという物を用意すれば良いとの返事があり、その様にした。

母は自宅に戻り、我々と一緒に暮らすことになり、非常に喜んだ。デイサービスに行くのを、学校に行くと言って、カバンを肩に掛け車椅子に乗って勇んで出かけた。食べ物も、お粥は嫌っていたので、我々と同じ物をよく食べた。マンゴージュースを飲ましたら、世の中にこんな美味しい飲み物があったのか、と言いながら喉を鳴らして飲んでいた。垂水の施設に居た時と比べると、別人のように明るい顔になり、食べ物の性か顔に艶も出るほどの変わり様であった。かなり進んだ認知症も、時には真顔になり、テレビも一緒に見る程だった。

そんな具合で一ヵ月余過ごした十一月の初め、いつものように私が三宮の書斎から戻ると、丁度、食事をしていた母は、片手を挙げて、お帰り！　と私に言った。その直後、風呂に入っていた私に京子が、お母さんが食べ物を喉に詰まらせている、と言って浴室に来た。慌てて風呂から食堂に行って見ると、母は椅子でぐったりしていた。消防に救急を頼むと共に、母を床に寝かせて、首を横に向け、腹と胸を押さえて口中の食べ物を吐かせ、人工呼吸をしたが、反応はなかった。救急隊が到着して、ＡＥＤで心臓に電気ショックを何回か与えたが、心肺停止状態で救急車に乗せ、病院に搬送された。その夜、病院で死亡が確認された。死因は、食べ物を喉に詰まらせた窒息死だった。私が診た所、窒息するまでもなく、その前に心臓が止まっていたように感じた。苦しむことなく、安らかな死に方だったと思う。

あと二週間ほど生きていれば、満九十七歳になる筈だった。振り返って思い出したが、その日から二日前の夜、我々は南側の洋間で寝ていたが、夜中に母は、昔なじみの友達や親戚の者に対して、次々に大声で名前を呼びかけながら、元気か？　久し振りだと挨拶を延々と繰り返していた。それは、既に亡くなった人々が、母を迎えに来ていたのかも知れない。平成二十七年（二〇一五）十一月八日、神戸三宮で、私と妹の家族だけの出席で、葬儀を行った。妹は式が立派過ぎると言っていた。母は富農の娘に生まれて、下男や女中にかしずかれ、何不自由のない身分で育ったことを誇りに思い、非常に気位の高い人だったが、親の言い付けに従って若くして結婚し、主人の両親や弟達と同居した当初の苦労が、いつまでもトラウマとなって、その後は勝手気ままに過ごしてきた。そんな人の最期は、それなりに盛大にすべきと考えて、葬儀屋の数々の提案に、逆らわずに従った式にした。誰より母が満足しているであろう。これで、母の遺産は、何も残すことなく綺麗になくなり、妹もそれを了解した。

母は生前、祖父・保多と一緒のお墓に入るのを嫌がっていたが、あの世に行けば問題にならないと考えて、遺骨は神戸鵯越墓園の岩成家の新しい墓に、十二月十九日に納めた。また、翌日には、京都・西本願寺の西大谷に行き、祖壇納骨した。

5

この年の十月、空き家になっていた須磨・高倉台の家の売買契約をした。売却先は東京に本社のある建売業者・飯田産業である。私は何とか土地付きの家として売却したいと思い、いくつかの不動産屋と相談したが、築三十年以上経った木造建築は、いくら状態が良くても日本では市場性はなく、当方の希望価格をはるかに下回る売値しか認められなかった。買主の飯田産業も、家を取り壊して更地にし、二軒の建売住宅を建設する予定と言っていた。売値は二六二〇万円で翌年一月二十九日が決済日と決まった。ただ、売り渡しに先立って、境界測量を改めて行う必要が生じ、三十数万円の思わぬ費用が余分に発生した。これら諸経費を差引くと、売却による手取り金額は二五〇九万円になった。

高倉台の家の名残として、座敷の欄間にあった透かし彫を二枚取り外し、御影マンションに持ち帰り、北の八帖間の飾りにしている。

残るのは、三宮のマンションの売却と新しい書斎探しとなった。

二節　六甲アイランド・マンション（神戸市）

1

平成二十八年（二〇一六）、新しい書斎を探していた。八月、現在住んでいるマンションの三階にある空き部屋が売り出された。広さは七〇平方メートルほどで、六階の自宅から至近距離にあり、適当と思われた。ただ、建物本体の北側に付属したような部屋で、内部の状況から見て、相当なリフォームが必要であった。価格は一一八〇万円、一〇〇〇万以下にするのであれば買っても良いと仲介業者に告げた。結果は不調となった。

十月、ふと思い付き、六甲アイランドで物件を探した。ウエストコート十八番街でメディケアサービス付きマンションを見付けて見学した。十一月二十一日に京子を連れて再び見学に行き、彼女も気に入ったのでその場で契約した。

部屋の平面図を図—10に示す。専有面積六四平方メートル、ベランダ八平方メートル、建物は鉄筋コンリート造り、一九階建ての一七階、築十五年で、総戸数は四〇八戸という大規模マンションである。部屋は全て洋間でフローリング仕様、床暖房が二ヵ所、広いウォークイン・クローゼットも付いている。オール電化でセントラル給湯となっている。一階にレストランがあり、予約なしで三食食べられる。室内の浴室とは別に、別棟の一三階に展望大浴場も設けられている。高齢者の一人住まいや夫婦だけの家族には、打って付けの条件が揃っている。購入価格は一一五〇万円であった。決済日は、早い方が良いとして、十二月十二日にした。

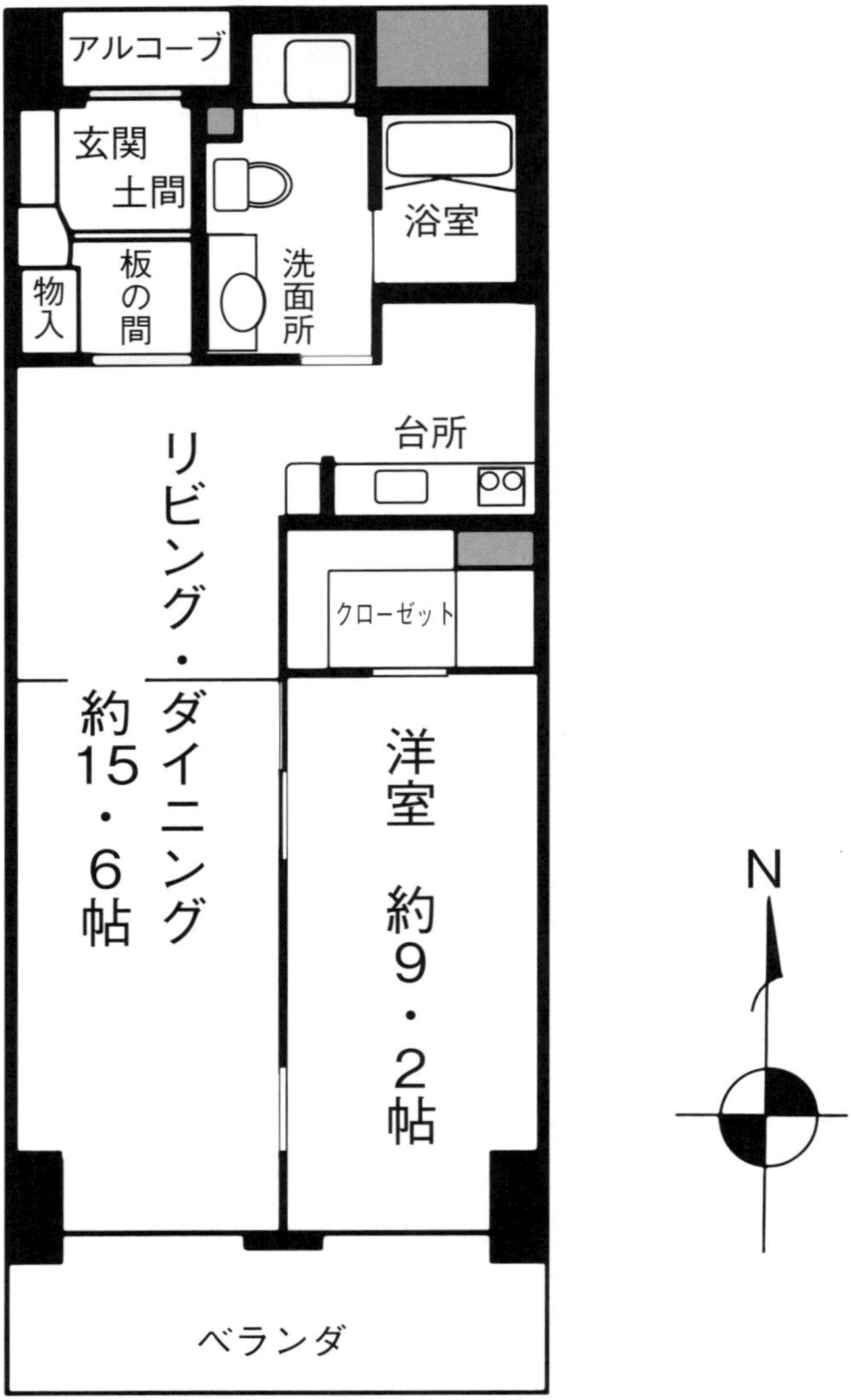

図－10　六甲アイランドの家

このマンション、新築時から、或る会社の会長が住居としていたが、五年前に亡くなり、その後、空き室として会社が管理していたが、資産の処分を行うため売り出した物件である。各部屋の照明、エアコン二台、全自動洗濯機は、そのまま使用でき、室内も綺麗でリフォームは一切必要なかった。従って、購入費用の総額は、諸経費を含んで一二二七万円となった。ただ、毎月一万円のメディケアサービス費と若干高めと思われる、五万五〇〇〇円の管理費・修繕積立金が必要になっている。

2

書斎として使用するだけであれば、賃貸でも良いとして、三宮周辺で色々探したが、当方の年齢からか保証人を何人か用意せよとか、敷金の倍増を要求されるとか、面白くない物件ばかりで、しかも、賃料に比較して、狭苦しい部屋が多かった。それで、買取物件に照準を合わせることにした。

書斎の移転先が定まったので、三宮のマンションを売り出すことを決心した。二年ほど前に当時の相場を訊いたところ、丁寧な対応をしてくれ、好印象が残っていた㈱日住サービスにこの話を持って行った。十二月八日、物件査定依頼書を出して、査定価格が出た。所長と係員が査定条件を変えて出した金額は、①五七九二万円、②五七〇八万円、③五八三九万円であった。

これに対して、私は、過去の同マンションの他物件の売り出状況の資料から算出して、新築当初の価格と中古の売り出価格の経年推移傾向線を割り出し、現在の比率を一・四〇と決めた。これに当初の物件価格・四五四〇万円をかけると、六三五〇万円になった。日住は、えらい強気ですね、と言っていたが、その根拠を示し、協議して売り出価格を六二八〇万円として、物件情報を十二月十日に公表した。

早速、翌日、見学者①が来宅した。十五日には、見学者②が家族連れで来た。かなり気に入った様子であった。

十九日に見学者①から五九〇〇万円の購入依頼書が入り、値切って来たが、断った。見学者③が、二十二日の見学を予約して来た。二十日見学者①が六二〇〇万円でどうかと改訂購入依頼書で申し入れて来た。当方はそれを受け入れた。見学者③に売切れを通知し、十二月二十六日、見学者①と売買契約を取交わした。諸経費を差引いた当方の受領金額は六〇二九万円であった。しかし、十数年間の償却費を考慮すると、ある程度の譲渡益が出ているため、平成三十年（二〇一八）の年頭に、税金を幾ら支払うことになるか、現在は不明である。

見学者①は、同マンションの十階の住民で、どうしても高層階に移りたかったらしい。それも早く移住したいとのことで、契約では決済の期日を、平成二十九年（二〇一七）二月二十日にしていたが、一ヵ月以上早い一月十六日にしたいと申し入れがあり、当方も了承した。大慌てでサカイ引越センターに引き合いを出し、書斎の本類や資料の梱包作業は人手を入れて行うことにし、一月十二・十三日の両日で、六甲アイランドに移った。六甲アイランドのマンションの決済日から丁度一ヵ月、早めに移動先を手配しておいて良かったと京子と頷き合った。三宮マンションの在住期間は、十一年十ヵ月になる。

3

六甲アイランドのマンション、一七階、南側のベランダからの眺めは素晴らしい。南に約五〇〇〜六〇〇メートル先は海であるが、その間には低層の六甲アイランド高校の校舎があり、その他は神戸市の市有地で、多目的の芝生広場になっている。海岸の椰子の並木越しに見える海の沖合には、フェニックス計画で、六甲アイランドの二期工事の埋立てが進行中である。首を巡らすと大阪湾の全容がほぼ見渡せる。天気の良い時には、先ず、西を見ると、神戸の中心街の遥か向こうに、須磨・鉄拐《てっかい》山・鉢伏山と明石海峡大橋が見える。

南に目を移すと続く淡路島、紀淡海峡、和泉山脈、正面の南には関西国際空港と連絡橋、橋の左端には全日空ゲートタワーホテルも屹立して見える。東に首を巡らすと河内の山々、その麓にはＰＬ教団の特異な塔も白く光っている。更に東方には、堺と大阪の市街地と生駒連山、市街地に目を凝らすと中之島のビル街やひと際高い近鉄のあのビル・あべのハルカスも望める。ベランダに出ると仄かに潮の香も感じられ、正にアーバン・リゾート気分になれる。

六甲アイランドは、当初の目標である三万人の人口には、未だ届いていないが、一時の落ち込みから、最近は新しい大規模マンションも建ち始めて、住民の数も増えつつある。学校・病院・ホテル・美術館も点在し、住民に欧米人も多く、文化・芸術の匂いも漂う広場や遊歩道が完備されて、ゆとりのある快適な生活空間に満ちた所と思われる。

私は、今、毎日、自宅からこのマンションに通っている。阪急電車の御影駅まで歩けば、みなと観光㈱のコミュニティバスの定期路線がある。片道約二十分でマンションの近くに行ける。しかも、運転免許返納者は、運賃半額の優待で利用できる。京子も、ここを非常に気に入り、母が居なくなって、夫婦二人だけでは、ちょっと広すぎる御影の自宅から、出来れば、近い内に引越して来たいと言っているほどで、週末には泊まり掛けで来て、余暇を楽しんでいる。

私も、振り返れば、永い間に色々あった、忙しく多彩な住まいの遍歴は、そろそろ、ここらでお仕舞いになり、ここが〝終の棲家〟に成るのではないかとの予感もしている。

その為には、目の前の壁面を埋めている書物の整理と処分が、どうしても必要である。さて、どうしようか……それとも、もう一回、新しい家を探そうか？

（終り）

あとがき

この原稿を書き始めた時には、精々この半分程度で書き終える感じがしていた。しかし、書き進めるに従い、これもあれもと言う風に書き加えて行き、ここまで増大した。物心ついて七十数年、手元に残る過去の資料に依って、その時々を思い出しながら綴ってきたが、今になって、その記憶が間違っていたり、順序が逆であったりして、認識を改めることが多かった。

さて、本文は、その時々の家を中心にして書いているが、それは、その時々の母の意思が強く働いていたからである。現在まで、それを一貫して振り返って見ると、母の意思は、最初から終りまで理路整然として筋が通っていることが判った。すなわち、母の最初は、下男や女中が居る大きな農家で、周囲からちやほやされながら、何不自由なく育った生家が原点である。そこから、十九歳という若さで、歳の離れた父と見合いもせず結婚して、突然、義父母や義弟達と同居させられ、まるで女中のように働かねばならない環境の、狭い長屋の借家に放り込まれた。大げさに言うと、奈落の底に突き落とされたように感じたのではないか。義弟達が居なくなり、義父母が亡くなっても、そこから抜け出るには、息子である私が、社会に出て働くまで待たなくてはならなかった。

それで、先ず買ったのは、三軒長屋の山科の家であった。狭い長屋ながら借家ではなく自分の持家であった。次に大山崎の一軒家に移った。二家族住むには狭いながら、一軒の独立家屋であった。次に母が求めたのは、広い城陽の家であった。敷地・床面積とも、それまでの家と桁が違うほど大きな家であった。ただ、家の質は悪く、所在地は辺鄙な所であったが、母はお構いなしと思っていた。更に、母は上を求めた。それが、質の良い家で敷地面積はほどほどで、広さは二世帯でも満足できる程度の高倉台の家である。母はこの家を最も気に入っていた。最後の自宅となった御影のマンションは、認知症のため、正常に認識出来なかったようであるが、老人施設を離れて、五年振りに自宅に帰った直後には、こんな広い家を用意してくれて嬉しいと、まるで子供のように話していた。

京都北野の家から高倉台の家まで、五軒の家は、母の上昇志向の線上に綺麗に並んでいることに、改めて気付かされた。私は、その強い意志に導き牽かれて、ただ懸命に付き従って来ただけかも知れない。もし、母の意思がそこまで強くなかったなら、私自身が日々の忙しい仕事の合間に、とても家探しは出来なかったであろうし、綱渡り的な費用の工面に煩わされようとは考えなかったことと思う。まさに、「母に牽かれた、住まいの遍歴」であった。

本稿には直接関係しないが、第一章で記した遠い先祖の古の家である「上ノ平城」のことをここに書き加えて置きたい。

平成二十九年（二〇一七）十二月、年の瀬も迫ったある日、思い立って長野県上伊那郡箕輪町に、妻・京子を連れて出かけた。神戸から名古屋まではＪＲ新幹線で行き、名古屋から中央自動車道を高速バスに乗って行った。

天気に恵まれ、中津川付近から巨大な山容の恵那山を見上げて、その長い、長いトンネルを抜けると信州・飯田であった。バスは更に伊那盆地を北上し、駒ヶ根市付近に来ると、西に木曾駒ヶ岳、東の南アルプスには仙丈岳や甲斐駒ヶ岳など日本百名山の高さ三〇〇〇メートル級の山々が白い山腹を見せている。バスは伊北インターで中央道を下り、終点の箕輪町に着いた。名古屋から三時間二十分の長旅であった。

そこでタクシーを呼び、「上ノ平城跡」と行き先を伝えると、案じていたのに相違して、二つ返事で走り出した。城跡は国道のバス停から、JR飯田線の沢駅の脇を通り、天竜川を渡った東側の小高い丘陵地にあった。昭和四十四年七月に史跡指定されたという長野県教育委員会の「上ノ平城跡」と書かれた標柱が道路脇に設けられ、大きな説明文と「三の堀」という標識も立っていた。

説明文に依れば、城の規模は、東西約四五〇メートル、南北二〇〇メートルに及ぶもので、一から四までの郭に別れていたらしい。平安時代末に源為公《ためとも》により築城され、最近の発掘調査結果では、戦国時代まで城として機能していたことが明らかになったとのこと。先にも触れたが、源為公は信濃源氏の元祖と言われる人で、当岩成家初代の源為信（岩成為信）の曾祖父に当たる人であると、岩成本家所蔵の古文書に書かれている。

近くには、「城跡の一本桜」と名付けられた桜の巨木が残っており、伊那平野を見晴るかす休憩所も設けられ、付近の観光地の一つになっている感があった。想像していた以上に規模も大きく、綺麗に整備された城跡に感動し、しばらく、早くも傾いた西日に映える跡地を眺めて、遠い先祖に心の中で手を合わせて挨拶させて貰った。その夜は、城跡から天竜川を挟んで西側の丘陵地にある箕輪温泉に付属する宿泊設備・公共の宿「ながた荘」に投宿した。

本家先代の岩成治郎兵衛・忠光が、約八十年前に教職の合間に信州中を探し回り、ようやく小布施郊外で、先祖が創建した岩成郷元神社を見付けて亡くなった。父保治と保憲叔父が、昭和五十五年（一九八〇）六月に福井県の岩成本家に赴き、蔵から見付けた古文書の写真を撮り、一部を模写して帰った。その時、本家の床の間に自らの祖父、第三十六代岩成治郎兵衛・知周の遺影を掲げて、伝家の日本刀を腰に構えて、得意顔で佇んでいる父の写真が残っている。しかし、持ち帰った史料は判読に手間取り、放置されていた。平成五年（一九九三）に保憲叔父が亡くなり、平成二十年（二〇〇八）に父保治も亡くなり、父が撮った写真は、いつの間にか母が処分して仕舞っていたが、古文書の模写等の史料一式は従兄弟が保管していた。それらを

七、八年前に私が引継ぎ、コツコツと解読し、史料を探索してきた結果、ついに今年（二〇一七）、古文書にある「上の平城」の城跡の所在地を突き止められたという経緯がある。
その夜は、肌がツルツルする箕輪温泉にゆったり浸り、積年の念願を果たしたことで、身心の疲れが気持ちよく抜けてゆくように感じて心も軽くなった。
ここまでの私のほぼ一生を顧みて、いうまでもなく、公的には「位人臣を極め」てはいないが、その時々の仕事だけは思う存分やったという満足感はある。一方、私的には、やることはやった、やらねばならないこともやって来た、と勝手ながら思っている。
読者はどのように判断をされるでしょうか。

末尾ながら、初めての出版に際して、株式会社鳥影社・東京事務所の編集部長小野氏、本社編集室の北澤氏、そして矢島氏から懇切丁寧な助言・指導をいただいたことを付記し、心から感謝の意を表して擱筆します。

巻末に、本文の内容をより良く理解できるように、参考資料として以下の表を付けた。

※　文中および参考資料―②の表中で、過去の金額表示に際して、現在換算値を併記している根拠は、厚生年金の標準報酬月額の、算出時の係数を利用した。

No.	略　称	住所・所在地
1	京都・北野	京都市上京区相合厨子通り下長者町下ル
2	東京・等々力	東京都世田谷区玉川等々力町
3	群馬県・水上町	群馬県利根郡水上町藤原　湖畔亭
4	宮崎県・椎葉村	宮崎県東臼杵郡椎葉村間柏原　旅館　成《なるみ》
5	京都・山科	京都市東山区山科厨子奥
6	宮崎県・日之影町	宮崎県西臼杵郡日之影町七折　田口旅館
7	宮崎県・西郷村	宮崎県東臼杵郡西郷村小原　甲斐商店
8	新潟県・津川町	新潟県東蒲原郡津川町
9	京都・大山崎町	京都府乙訓郡大山崎町鏡田
10	神奈川県・川崎	神奈川県川崎市川崎区旭町　みどり荘
11	京都・城陽市・青谷	京都府城陽市市辺青谷
12	神戸市・六甲	神戸市灘区伯母野山町　六甲台・東亜寮
13	インド・カルカッタ	15 Jawaharlal Nehru Road Calcutta India　Hotel Oberoi Grand
14	リビア・ミスラタ	Misurata Socialist People's Libyan Arab Jamahereya Camp of Toa Steel Co. Ltd.
15	神戸市・甲南	神戸市東灘区甲南町　東亜・甲南寮
16	神戸・高倉台①	神戸市須磨区高倉台8丁目
17	神戸・高倉台②	神戸市須磨区高倉台1丁目
18	韓国・仁川	大韓民国・仁川広域市中区港洞街　Olympos Hotel
19	神戸・三宮	神戸市中央区八幡通4丁目
20	神戸・御影	神戸市東灘区御影山手5丁目
21	神戸・六甲アイランド	神戸市東灘区向洋町中3丁目

参考資料—①　住宅・宿の住所一覧表

（住所は当時の表示）

参考資料―② 住宅の種別・金額等一覧表
(2017年9月1日時点)

(金額欄の下段は現在換算値)

No.	略称	種別	規模(㎡) 土地	規模(㎡) 床面積	購入 金額(万円)	購入 年月	売却 金額(万円)	売却 年月	備考
1	京都・北野	長屋	78	62					借家
2	京都・山科	長屋	72	43	149 (1,350)	1963年10月	232 (1,330)	1968年6月	持家
3	京都・大山崎町	一軒家	116	67	422 (2,400)	1968年6月	1,569 (3,737)	1976年5月	持家
4	京都・城陽市・青谷	一軒家	387	165	2,519 (5,995)	1976年7月	3,291 (4,670)	1984年1月	持家
5	神戸・高倉台	一軒家	248	145	5,246 (7,440)	1983年11月	2,509 (2,590)	2016年1月	持家
6	神戸・高倉台マンション	マンション		60	3,633 (4,190)	1990年2月	410 (410)	2007年3月	持家
7	神戸・三宮マンション	マンション		72	5,007 (5,007)	2005年4月	6,029 (6,029)	2017年1月	持家
8	神戸・御影M	マンション		141	2,952 (2,952)	2015年8月			持家
9	神戸・六甲アイランドマンション	マンション		64	1,227 (1,227)	2016年12月			持家

人数を表示( )内は院卒の内数

	最終学校	土木	建築	機械	化学	電気	その他	合計
1	北大	1		1	1	1		**4**
2	東北大	1	1(1)	2				**4(1)**
3	東京大			1			1	**2**
4	金沢大	2		1(1)	1	1		**5(1)**
5	名古屋大	2(1)		2	1	1	1	**7(1)**
6	名古屋工大	5(2)		1	1		1	**8(2)**
7	京都大	4(2)	4(1)	6	1(1)	1	7(5)	**23(9)**
8	大阪大	2	5(2)	5(3)			7(2)	**19(7)**
9	大阪府立大			2	2	1	2(1)	**7(1)**
10	大阪市大	4		2(1)		1		**7(1)**
11	神戸大	9(2)	5(2)	2(1)	5(3)	2(1)	7(2)	**30(11)**
12	九州大	5		3		1		**9**
13	立命館大	2(1)		1	1			**4(1)**
14	早稲田大	1		2(1)		2		**5(1)**
15	同志社大			3				**3**
16	その他国立大	4(1)	3(2)	16(1)	3(1)	4		**30(5)**
17	その他私立大		4	8(1)		3(1)		**15(2)**
18	高専	13		27		5		**45**
19	工業高校	8	10	72	4	25	3	**122**
20	その他	2	6	14	1	1	43	**67**
	合計	65 (9)	38 (8)	171 (9)	21 (5)	49 (2)	72 (10)	416 (43)

参考資料―③　㈱東亜製鋼所　昭和62年（1987年）の技術者経歴表

平成５年（1993 年）～平成 30 年（2018 年）

西　暦	和　暦	暦日数	自宅外 泊	内：海外	外泊率	備　考
1993年	平成　5年	365	53	0	14.5%	定年退職
1994年	平成　6年	365	33	0	9.0%	
1995年	平成　7年	365	29	15	7.9%	
1996年	平成　8年	366	42	33	11.5%	
1997年	平成　9年	365	23	0	6.3%	
1998年	平成10年	365	19	0	5.2%	
1999年	平成11年	365	14	0	3.8%	
2000年	平成12年	366	18	0	4.9%	
2001年	平成13年	365	23	5	6.3%	
2002年	平成14年	365	19	7	5.2%	
2003年	平成15年	365	18	0	4.9%	
2004年	平成16年	366	10	0	2.7%	
2005年	平成17年	365	17	0	4.7%	
2006年	平成18年	365	17	5	4.7%	
2007年	平成19年	365	20	0	5.5%	
2008年	平成20年	366	30	0	8.2%	
2009年	平成21年	365	12	0	3.3%	
2010年	平成22年	365	12	0	3.3%	
2011年	平成23年	365	44	32	12.1%	
2012年	平成24年	366	16	0	4.4%	
2013年	平成25年	365	33	24	9.0%	
2014年	平成26年	365	16	0	4.4%	
2015年	平成27年	365	3	0	0.8%	
2016年	平成28年	366	33	13	9.0%	
2017年	平成29年	365	24	16	6.6%	
2018年	平成30年					
合	計	20,454	3,565	1,433	17.4%	

外泊日数：換算年数	:	9.8	年
海外外泊：換算年数	:	3.9	年

参考資料―④　経歴中の外泊日数（業務＋私用）
昭和 37 年（1962 年）～平成 4 年（1992 年）

西　暦	和　暦	暦日数	自宅外 泊	内：海外	外泊率	備　考
1962年	昭和37年	365	94	0	25.8%	大学卒業
1963年	昭和38年	365	90	0	24.7%	
1964年	昭和39年	366	135	0	36.9%	
1965年	昭和40年	365	75	0	20.5%	
1966年	昭和41年	365	113	0	31.0%	
1967年	昭和42年	365	107	0	29.3%	
1968年	昭和43年	366	77	0	21.0%	
1969年	昭和44年	365	26	0	7.1%	
1970年	昭和45年	365	38	0	10.4%	
1971年	昭和46年	365	42	0	11.5%	
1972年	昭和47年	366	51	0	13.9%	
1973年	昭和48年	365	48	0	13.2%	
1974年	昭和49年	365	48	1	13.2%	
1975年	昭和50年	365	26	10	7.1%	
1976年	昭和51年	366	138	0	37.7%	
1977年	昭和52年	365	71	0	19.5%	
1978年	昭和53年	365	26	18	7.1%	
1979年	昭和54年	365	28	3	7.7%	
1980年	昭和55年	366	210	0	57.4%	寮含む
1981年	昭和56年	365	256	256	70.1%	
1982年	昭和57年	365	319	308	87.4%	
1983年	昭和58年	365	360	256	98.6%	寮含む
1984年	昭和59年	366	63	57	17.2%	
1985年	昭和60年	365	6	0	1.6%	
1986年	昭和61年	365	2	0	0.5%	
1987年	昭和62年	365	295	289	80.8%	
1988年	昭和63年	366	97	85	26.5%	
1989年	平成　1年	365	40	0	11.0%	
1990年	平成　2年	365	30	0	8.2%	
1991年	平成　3年	365	36	0	9.9%	
1992年	平成　4年	366	40	0	10.9%	
上記の　計		11,323	2,987	1,283	26.4%	

【主人公の略歴】

岩成　一樹（いわなり　かずき）

昭和十三年（一九三八年）京都生まれ
昭和三十七年　立命館大学理工学部土木科卒
　同　年　大和橋梁㈱工事部入社、鋼橋の施工計画・現場施工を担当
昭和四十一年　常子と結婚
昭和四十四年　大和橋梁㈱を退社し、㈱東亜製鋼所に入社
　鋼橋の設計・製作・工事・開発業務や海外業務に従事
平成　五　年　同社を定年退職し、東亜鉄構工事㈱に転籍
平成　七　年　同社の取締役を辞任して、建設コンサルタント業界に転職
　ナイトコンサルタント㈱技術部長・技師長等数社のコンサルタントを歴任
平成十五年　妻・常子死去
平成十六年　京子と再婚
平成二十年　父・保治死去
平成二十八年　母・ヒサ死去
平成三十年　現在、㈱ドットコム・技術参与

【資格等】

・土木学会フェロー会員
・技術士（建設部門・鋼構造及びコンクリート）
・ＡＰＥＣエンジニア
・一級土木施工管理技士
・測量士

母に牽かれた
住まいの遍歴

定価（本体1600円+税）

乱丁・落丁はお取り替えします。

2018年5月28日初版第1刷印刷
2018年6月 9日初版第1刷発行
著　者　石津一成
発行者　百瀬精一
発行所　鳥影社 (www.choeisha.com)
〒160-0023 東京都新宿区西新宿3-5-12トーカン新宿7F
電話 03-5948-6470, FAX 03-5948-6471
〒392-0012 長野県諏訪市四賀229-1(本社・編集室)
電話 0266-53-2903, FAX 0266-58-6771
印刷・製本　モリモト印刷・高地製本

ISBN978-4-86265-679-7 C0095